DROEMER

Über den Autor:
Robert Glancy wurde als Sohn zweier Briten in Sambia geboren und wuchs in Malawi auf. Mit vierzehn zog er von Afrika nach Edinburgh und studierte später Geschichte in Cambridge. Er lebt mit seiner Frau und seinen Kindern in Neuseeland. Nach seinem Debüt *Die AGB meines Lebens,* für das er viel Lob erhielt, u.a. von Kollegen wie Matt Haig und Gavin Extence, ist *Hotel Mirage oder wo man Elefanten nicht beim Schlafen stört* sein zweiter Roman im Droemer Verlag.

Weitere Informationen über den Autor unter:
twitter.com/robertglancy
facebook.com/robertglancyauthor

Robert Glancy

DIE AGB MEINES LEBENS

Roman

Aus dem Englischen von
Ulrike Wasel und Klaus Timmermann

DROEMER

Die englische Originalausgabe erschien 2014 unter dem Titel
»Terms & Conditions« bei Bloomsbury Publishing, London.

Diese vollständige Taschenbuchausgabe ist 2015 unter dem Titel
»Die Allgemeinen Geschäftsbedingungen meines Lebens«
im Droemer Hardcover erschienen.

Besuchen Sie uns im Internet:
www.droemer.de

FSC
www.fsc.org
MIX
Papier aus verantwortungsvollen Quellen
FSC® C083411

Vollständige Taschenbuchausgabe Oktober 2016
Droemer Taschenbuch

Redaktion: Teresa Pütz
Covergestaltung: Stephan Schöll, München
Coverabbildung: Stephan Schöll, München
Post-it und liniertes Blatt: Shutterstock / Tatjana Rittner
Satz: Adobe InDesign im Verlag
Druck und Bindung: CPI books GmbH, Leck
ISBN 978-3-426-30558-4

2 4 5 3 1

Für Jemma

DIE ALLGEMEINEN GESCHÄFTSBEDINGUNGEN DES LEBENS

Das Leben im Allgemeinen ist kompliziert und noch dazu eines, bei dem die Geschäftsbedingungen nur selten deutlich gemacht werden.

Mein Name ist Frank Shaw, und ich verdiene meine Brötchen mit dem Schreiben von Verträgen. Ich bin nicht stolz auf meine Arbeit. In meinen dunkleren Momenten glaube ich, ich bin der Tod eines wesentlichen Teils von Mitmenschlichkeit. Früher wurden Geschäfte per Handschlag besiegelt. Ich ersetze den Handschlag durch teure Tinte. Ich tausche menschliches Miteinander gegen gefühlskalte Verträge aus. Was Antimaterie für die Materie ist, bin ich für das Vertrauen – *ich bin das Antivertrauen*, die dunkle Kraft, die es sich zur Aufgabe gemacht hat, Glaube, Hoffnung und Staunen im Leben zu vernichten. Kurz gesagt – ich bin Anwalt für Gesellschaftsrecht.

Ich bin Spezialist für Kleingedrucktes, womit ich in der Hackordnung meiner Branche ganz unten stehe. Ich bin das juristische Pendant zu dem Typen, der im Friseursalon die Haare auffegt. Wahrscheinlich haben Sie heute meine Allgemeinen Geschäftsbedingungen einfach überlesen, als Sie etwas im Internet gekauft und »Ich stimme zu« angeklickt haben; oder als Sie blind irgendeinen Vertrag unterschrieben, mit dem Sie Ihre Rechte, Ihr Leben, ein Pfund von Ihrem Fleisch hergaben.

Mein Meisterwerk ist die Arbeit, die ich für die moderne Versicherungspolice geleistet habe. Ich schrieb die Police gleich nach dem Jurastudium, als mein Intellekt noch brillant war und strahlte. Sie ist genial, weil sie unerträglich langweilig ist. Nur wenige bringen es fertig, sie von vorne bis hinten zu lesen, und bis zum Kleingedruckten schafft es keiner. Das ist die Masche, mit der ich Sie kriege – die Police scheint ein goldenes Sicherheitsnetz zu weben, das Sie auffängt, wenn Sie durch die Tragödien des Lebens rauschen, doch die spitze Feder meines Kleingedruckten reißt das Netz in Fetzen. Denn wenn der Teufel im Detail steckt, bin ich des Teufels Ghostwriter, der Ausnahmen und Einschränkungen in einem so kleinen Schrifttyp tippt, dass sie unsichtbar werden. Sie sind kaum zu sehen, und wenn Sie sie doch sehen, ist es zu spät.*

Ich spreche aus leidvoller Erfahrung. Nach meinem Autounfall musste ich feststellen, dass das Kleingedruckte nicht bloß meine Arbeit dominiert, sondern auch die gestrenge Satzung ist, die mein Leben bestimmt. Unmittelbar nach dem Unfall – als ich schwer angeschlagen im Bett lag – konnte ich mich an kaum etwas erinnern; nur eines wusste ich mit Sicherheit: Etwas Schreckliches war passiert.

* Deshalb rate ich Ihnen dringend – lesen Sie das Kleingedruckte.

ZUSTAND 1

AMNESIE

ALLGEMEINE GESCHÄFTSBEDINGUNGEN DER TRAGÖDIE

Wenn dir etwas Seltsames und Schreckliches widerfährt – ist das eine Tragödie.

Wenn einem anderen etwas Seltsames und Schreckliches widerfährt – ist das bloß Unterhaltung.

ALLGEMEINE GESCHÄFTSBEDINGUNGEN VON MIR

*Ich bin nicht mehr der Mann,
der ich mal war.*

Ich wachte umgeben von Leuten auf, die behaupteten, meine Familie zu sein, und mir sagten, es würde mir bald wieder gut gehen.

Wie kann es mir gut gehen? Ich hab keine Ahnung, wer zum Teufel ihr überhaupt seid!

Sie versuchten, vor der Wahrheit davonzulaufen, die Realität mit Hoffnung zu ersticken, indem sie gebetsmühlenartig beteuerten: *Es geht dir bald wieder gut, Franklyn, du kommst wieder ganz in Ordnung!*

Beim Anblick meiner vergessenen Familie begriff ich, dass Verdrängung so ist, als würde man auf einem Laufband rennen, während das Monsterwesen, das du verdrängst, hinter dir steht und darauf wartet, dass du müde wirst, hinfällst und zurücksaust in seine haarigen Hände. Aber ich kannte die Wahrheit – es ging mir alles andere als gut. Das Monster hatte mich. Und eine Zeit lang lag ich in seiner dunklen stillen Umarmung. Als ich schließlich sprach, machte das alles nur noch schlimmer.

»Wer seid ihr?«, fragte ich.

Eine von ihnen erwiderte: »Ich bin deine Frau, weißt du nicht mehr?«

Meine zweite Frage setzte ihren Beteuerungen, es würde mir bald wieder gut gehen, ein jähes Ende.

»Und wer bin *ich?*«

Da ich kaum Anhaltspunkte dafür hatte, wer ich war, fiel es mir schwer, ich zu sein. Ich wollte irgendetwas sagen, um allen zu versichern, dass ich derselbe gute alte Frank war und dass alles in bester Ordnung war. (Aber keines von beidem stimmte.) Und ich merkte natürlich, wenn ich etwas Falsches sagte. Ihren Gesichtern entströmten kleine sorgenvolle Rinnsale, und sie sahen mich schief an, als wäre ich unscharf geworden, als hätte ich etwas Unpassendes gesagt. Was genau das Problem war: Ich passte nicht mehr zu mir. (Wenn ein Vertrag nicht eingehalten werden kann, spricht man von *Unmöglichkeit der Erfüllung*, und das war mein Problem – ich sagte ständig Sachen, die der Frank von vor dem Unfall nicht gesagt hätte.) Das Einzige, woran ich mich ganz klar erinnerte, war, dass die Leute mich vor dem Unfall einfach *Frank* genannt hatten. Aber danach fingen sie plötzlich wieder an, meinen vollständigen Vornamen zu benutzen – *Franklyn*. Ich verlor eine Persönlichkeit, gewann aber eine Silbe dazu.*

* Was für eine magere Entschädigung.

ALLGEMEINE GESCHÄFTSBEDINGUNGEN DER SINNE

Meine ergaben keinen Sinn mehr.

Als ich mein Gesicht sah, erkannte ich mich nicht. Der Spiegel zeigte einen zermatschten Fremden: verquollene, in Blut schwimmende Augen, zerschmetterte Zahnreihe, grotesk aufgeblähte Wangen. Und meine neue Welt war auch nicht viel hübscher. Sie war umzingelt von Warnungen. Maschinen gaben schrille Geräusche von sich, die im Eiltempo Mediziner herbeiriefen. Hinweise auf Fußböden riefen: *Vorsicht Rutschgefahr!* Schreie erklangen aus fernen Korridoren, bloß um gleich wieder erstickt zu werden. Die Zettel mit den Risiken und Nebenwirkungen meiner Medikamente waren so lang wie russische Romane. Ein roter Knopf trug die Aufforderung: *Im Notfall drücken!*

Mein Körper geriet unaufhörlich in Panik und drängte mich, den Knopf ständig zu drücken. Anfänglich drückte ich ihn auch ständig. Sie stöpselten ihn aus. Dann fing ich an zu schreien: *Hilfe, Hilfe, ich kann mich nicht erinnern, wer ich bin!* Sie spritzten mir Medikamente, die hundert Decken über meine Panik breiteten, so dass niemand an mich rankam. Ich wollte, dass sie den Knopf wieder einstöpselten. Ich vermisste ihn.

Meine durcheinandergeratenen Hormone verstärkten mein Angstgefühl noch. Der Unfall hatte meine säuberlich etikettierten Einmachgläser – *T*raurig, *F*roh, *W*ütend – zerschlagen und ein schwappendes Chaos wilder Flüssigkeiten zurückgelassen. Ich hätte am liebsten immerzu nur gelacht, geweint und geschrien, alles gleichzeitig. Außerdem waren meine Nerven, die früher durch einzelne Leitungen zu Ohren, Augen, Nase und Mund verliefen, zu einem wirren Zopf verflochten. Deshalb sah ich grün und schmeckte Fisch, hörte Schreie und sah blau, roch Käse und hörte Musik.

Dr. Mills beruhigte mich, diese Synästhesie sei lediglich der Versuch meines Gehirns, neue Wege zurück zu alten Erinnerungen zu finden. Verstand und Empfindungen waren bei mir derart verquirlt, dass ich, als Dr. Mills einen Kaffee trank, den Dampf aufsteigen sah wie einen tiefen Basston, der meine verwirrten Sinne vibrieren ließ und ein Gefühl auslöste, ein ungemein peinliches Gefühl – *Verknalltheit*. Während ich Dr. Mills Kaffee lauschte, begriff ich, dass Gefühle klebriger sind als Erinnerungen.*

* Schüttele dein Gehirn kräftig durch und Erinnerungen schweben davon wie Pollen, aber Gefühle – sie haften an wie die Kletten. Daher ging es bei meinem ersten echten Gefühl nicht um meine Brüder, meine Frau oder meine Verwandtschaft – *sondern um meine schöne Barista.*

ALLGEMEINE GESCHÄFTSBEDINGUNGEN VON KAFFEE

Sein Geschmack erfüllt nie,
was sein Aroma verspricht.

Dieses klebrige, abwegige, peinliche Gefühl – *diese alberne Verknalltheit* – zerrte meine erste richtige Erinnerung hervor. Ich erinnerte mich plötzlich, dass ich Kaffee überhaupt nicht mochte, aber in die schöne Barista des Cafés in unserem Bürogebäude verknallt war. Ihr schokoladenbraunes Haar fiel um ihr Gesicht, und ihr Busen hob sich mir ständig entgegen.

Ich erinnerte mich auch daran, dass ich unzählige Stunden damit zugebracht hatte, mir äußerst geistreiche und interessante Sachen einfallen zu lassen, die ich zu ihr sagen könnte.

Einmal, als wir zwei ganz allein im Café waren, sagte ich zu meiner schönen Barista: »Ihre Kaffees sind wunderbar.«

Sie lächelte. Ihre Lippen werden nicht schmaler, wenn sie lächelt, sie werden dicker, und während sie die Milch aufschäumte, flog ein Spritzer hoch und landete mitten auf ihrer Brust.

Genau in diesem Moment beschloss ich, das Impulsivste zu tun, was ich je in meinem sicheren kleinen Leben getan habe – ich beugte mich über die Theke und wischte den Spritzer weg.

Sie sah aus, als wollte sie mir jeden Moment eine knallen, ich wich ängstlich zurück, doch sie packte meinen Kopf, zog mein Gesicht dicht an ihres und bedeckte es in diesem Moment der Verlegenheit mit Espressoküssen. Ihr Atem war warm, köstlich und voller Liebe, ihr Körper zu mir vorgebeugt, während ihre Brüste …*

* Dementi: Natürlich ist nichts davon wirklich passiert.[1]

[1] Mein zerfranstes Gehirn hat da Phantasie mit Realität vermischt. Die Wahrheit war weit weniger romantisch. Genau genommen – wenn ich mich recht entsinne – habe ich kaum mal mit ihr gesprochen. Dennoch bin ich jedes Mal überglücklich an meinen Schreibtisch zurückgekehrt, doch während mein Cappuccino abkühlte, nistete sich in mir eine Traurigkeit ein, und jeden Tag saß ich mit einer kalten Tasse Kaffee da und dachte: »*Was zum Teufel mach ich eigentlich mit meinem Leben?*«*[1]

[1] Und jeden Tag antwortete eine winzige Stimme: »Nicht viel.«[2]

*[2] Diese melancholische Erinnerung war das erste Anzeichen dafür, dass etwas im Argen war.

ALLGEMEINE GESCHÄFTSBEDINGUNGEN MEINER FRAU

Alice ist meine Frau – angeblich.

Wie viele meiner Besucher wirkte auch meine angebliche Frau sehr nervös, als sie mich besuchen kam.

Warum? Fürchteten sie, ich würde sie nicht wiedererkennen? Vielleicht hofften sie, sie könnten der besondere Mensch sein – *der Schlüssel* –, derjenige, der mich durch seine bloße Gegenwart aufschließen würde? Oder waren sie vielleicht nervös, weil ich ein absoluter Scheißkerl gewesen war?

War der Alte Frank ein echtes Arschloch?

Ich merkte sehr bald, dass niemand mir erzählen würde, wie ich wirklich gewesen war. Als ich meine Frau fragte, antwortete sie nur äußerst vage, mit Worten, die eine Milliarde andere Leute hätten beschreiben können: »Du warst, *bist* … ein netter Kerl und witzig, sehr ehrgeizig und …« Es hörte sich an wie diese schauerlichen »Persönlichen Angaben« in Lebensläufen – *mein persönliches Profil.* Daher fand ich mich damit ab, dass nur ich allein wirklich herausfinden könnte, wer ich mal gewesen war – ich wusste, niemand würde mir je die ungeschminkte Wahrheit sagen.*

Aber meine nervöse Frau ließ doch ein paar Hinweise fallen, die mir klarmachten, dass meine Erinnerung nicht

*Niemand würde mir direkt ins Gesicht sagen: *Du warst ein richtiger Kotzbrocken, Frank. Du hast das Leben gehasst, konntest deine Freunde nicht leiden und wurdest häufig wild masturbierend in Parks gesichtet.*

völlig gelöscht war. (Während mein Kurzzeitgedächtnis ein ausgebranntes Büro war, waren einige Langzeiterinnerungen in einem Lagerhaus weit weg sicher verwahrt.) Als meine Frau mir beispielsweise erzählte, dass ich einen Bruder namens Malcolm hatte, tauchten aus meiner amnesischen Suppe prompt zwei Wörter auf, die ich triumphierend ausrief: »Scheiß drauf!«

Sie lachte: »Stimmt. Das hat Malcolm immer gesagt. Wir haben versucht, ihn ausfindig zu machen, aber er reist durch die Weltgeschichte und ist Gott weiß wo ...«

Meine Frau redete weiter, aber ich hörte nicht zu: Ich war für einen Moment ganz gebannt von meiner eigenen Hand, und ich konnte mich immer nur auf eine Sache richtig konzentrieren. (Meine Konzentration war die Abteilung meines kaputten Gehirns, die am meisten unter Personalmangel litt; ein einziger überforderter Bursche nahm hektisch Einträge in eine endlose To-do-Liste vor, die sich hinter ihm abspulte wie eine Klopapierrolle.)

»... du mir überhaupt zu, du Strohkopf?«, sagte sie, zuckte dann aber zusammen, weil es sich nicht gehört, so etwas zu jemandem mit Gehirnschaden zu sagen. »Oscar? Dein älterer Bruder? Erinnerst du dich? Oscar?* Groß ... Er ist, ähm ...« Während sie angestrengt versuchte, Oscar zu beschreiben, wurde mir klar, dass die Menschen ihre Freunde und Verwandten so gut kannten, dass sie sie gar nicht mehr richtig wahrnahmen. (Jeder wird unsichtbar.)

Ich dagegen wurde von Einzelheiten überflutet. Da ich alles nur unscharf sehen konnte, stachen die auffälligen äußerlichen Merkmale von Leuten hervor wie Karikaturen – Dr. Mills' Glatze; der schwarze Bubikopf von Alice –,

* Oscar? Ähm? Nein, kein Oscar da – versuchen Sie's im Fundbüro am Ende des Flurs, gleich hinter der Déjà-vu-Abteilung.

aber was mir fehlte, war der Kleber, um das richtige Merkmal an die richtige Person zu heften. Deshalb erschien Dr. Mills in meiner benebelten Unterwelt mit Alice' Bubikopf oder Alice mit Dr. Mills' Knollennase, die ihr grotesk aus dem Gesicht hing. (Der juristische Begriff *Vermischung von Gütern* beschreibt eine Situation, in der das Eigentum von zwei Personen untrennbar miteinander verzahnt wird – ich litt an *Vermischung von äußerlichen Merkmalen.*)

Ich musste immer mal wieder kurz eingeschlafen sein, denn plötzlich war Oscar da. Er saß steif neben meiner Frau, als wäre er aus dem Nichts aufgetaucht, was bei seiner außerordentlichen Leibesfülle irgendwie besonders erstaunlich war. Die beiden wirkten angespannt, saßen schweigend da, er dick, sie schlank, und beide beobachteten mich. Mir fiel auf, dass sie nie direkt miteinander sprachen, und ich spürte, dass sie einander nicht ausstehen konnten.*

Oscar hatte eine Tüte Pflaumen dabei, und er sagte: »Franklyn, wieder mal ein Schläfchen gemacht, hä? Hab dir die hier mitgebracht. Alle bringen immer nur Trauben mit. Ich hab eins draufgesetzt, hab dir Pflaumen mitgebracht. Im Prinzip Riesentrauben.«

Und irgendwas verströmte einen ranzigen grünen Geruch.

Oscar friemelte das Preisschildchen von der Tüte und wickelte es sich um die Finger. Ich nahm eine Pflaume und bestaunte sie: pralle Haut, marmoriert mit dünnen blutroten Adern, die sich tief in das dunkle Fleisch im Innern zogen – dieses perfekte Design überwältigte mich,

* Die Wut zwischen ihnen war derart offenkundig, dass ich sie als schillerndes weißes Licht sah.

und ich sagte: »Ist das nicht unglaublich?«, woraufhin Oscar, der noch immer auf das Etikett starrte, blaffte: »Ich weiß! Zwei Dollar für ein paar Pflaumen! Das ist Scheißwucher!«

Ich hatte wohl verwirrt geguckt, denn Alice und Oscar merkten, dass ich nicht den Preis gemeint hatte. Sie lachten kräftig und laut und zwangen die Anspannung um uns herum zu vorübergehender Unterwerfung.*

Meine Frau sagte: »Das war echt witzig, Franklyn.«

Als das Lachen abebbte und die Anspannung wieder um sich griff, überwältigte mich der widerliche grüne Geruch. Oscar musterte mich forschend, als erwartete er, dass ich irgendetwas sagte. Er fühlte sich unwohl. Ich lächelte; beim Anblick meiner abgebrochenen Zähne huschte ein leiser Ekel über Oscars Gesicht, als er sagte: »Kannst du dich noch an viel von deiner kleinen Episode erinnern, Franklyn?«

Kleine Episode!

Die Hand meiner Frau schoss über die Kluft zwischen ihnen und packte Oscars Knie. Er zuckte ein wenig zusammen.

»Was meinst du damit?«, sagte ich. »Was für eine *kleine Episode?* Mir wurde gesagt, ich hätte einen Autounfall gehabt.«

Meine Frau lächelte – ihre Hand ließ Oscars Knie los, und der Abstand zwischen ihnen leuchtete hell auf –, als sie sagte: »Nichts, nichts, gar nichts, Franklyn. Du warst ziemlich müde … gestresst und müde, vor deinem Unfall, das ist alles …«

Aber das anschließende laute Schweigen – das ich als ei-

* Und dämpften das grelle Licht zwischen ihnen.

nen violetten Schrei sah – deutete darauf hin, dass sie mir etwas verheimlichten. Erschöpft von meinem Sinnescocktail, lehnte ich mich zurück und starrte nach oben an die weiße Decke. Der violette Schrei verklang, der grüne Gestank ließ nach, und ich sank in einen farblosen Schlaf.

ALLGEMEINE GESCHÄFTSBEDINGUNGEN DER MILZ

Du kannst ohne sie leben, aber es macht das Leben ein kleines bisschen schwerer.

Jeden Morgen brachte mich Dr. Mills über meinen Zustand auf den neusten Stand. Es war beinahe lustig – *wäre es nicht so traurig gewesen* –, wie er so dasaß, die Brille ganz vorne auf der Nasenspitze, und haarklein meinen anatomischen Fahrplan beschrieb.

»Also, Mr. Shaw, Ihre Knochen verheilen gut, ein paar Rippen sind noch immer lose, aber sie wachsen wieder zusammen, beide Schlüsselbeine sind nach wie vor gebrochen. Die Amnesie werden wir ganz genau beobachten. Der Blutdruck stabilisiert sich, aber Sie haben noch häufig Panikattacken. Und abschließend, es tut mir leid, dass wir Ihnen das nicht gleich nach dem Unfall mitgeteilt haben, es war ein Versehen, und wir hätten es Ihnen wirklich früher sagen sollen, aber ich muss es Ihnen jetzt sagen«, und er beugte sich langsam näher, als wollte er mir etwas Schreckliches beichten, und sagte mit getragener Stimme: »Sie können ohne sie leben, also geraten Sie bitte nicht in Panik, aber wir mussten Ihre Seele entfernen, da sie bei dem Unfall gerissen ist.«*

»Sie haben meine Seele entfernt?«, kreischte ich.

»Nein, nein, das ist nicht mein Gebiet«, sagte er mit einem leichten Lächeln. »Ihre *Milz*. Wir mussten Ihre Milz

* *Meine Seele entfernen!*

entfernen, die bei dem Unfall gerissen ist. Tja, wie gesagt, es ist kein lebenswichtiges Organ. Es bedeutet bloß, dass Sie möglicherweise ein wenig anfälliger für Infektionen sind. Die Milz ist ein sehr schlauer, kleiner zusätzlicher Filter, aber bei einer gesunden Lebensweise können Sie auch ohne sie alt werden. Überhaupt kein Problem. Ja, viele bedeutende Männer der Geschichte sind sogar bei bester Gesundheit alt geworden, ohne ihre Milz ...«

Er ließ den Satz im Raum stehen, deshalb lächelte ich, wartete darauf, dass er ein paar von den bedeutenden Männern aufzählte, die ohne ihre Milz bei bester Gesundheit alt geworden waren, aber Dr. Mills klappte bloß die Akte zu und ging weiter zum nächsten Patienten.

ALLGEMEINE GESCHÄFTSBEDINGUNGEN VON MALCOLM

Er war nirgends zu sehen.

Meine Frau kam, brachte mir meinen Laptop und öffnete mein persönliches E-Mail-Konto, in der Hoffnung, meinem Gedächtnis so auf die Sprünge zu helfen. Ich grub mich in meine Vergangenheit hinein. Es war eine beschämend flache Ausgrabung. Anscheinend konnte ich mich nicht über einen ausufernden Freundeskreis beklagen. Abgesehen von Spam-Mails hatte eigentlich nur mein jüngerer Bruder Malcolm regelmäßig mit mir kommuniziert, und seinen spärlichen Mitteilungen nach zu urteilen, war er häufig abgetaucht. Aber beim Lesen seiner E-Mails schloss ich ihn sofort ins Herz.

Von	scheißdrauf@hotmail.com
An	franklynmeinlieber@hotmail.com
Betreff	Eine griechische Tragödie

Frank – hi!

Bin gestern Abend auf einem griechischen Bahnsteig gestrandet, zusammen mit einem schottischen Herumtreiber.
Haben den Zug verpasst, und wir wurden im Bahnhof eingeschlossen.
Bevor er einschlief, waren seine genauen Worte: *Keine Bange, Kumpel, ich bin kein Dieb – ich bin bloß ein kleines bisschen ein Mörder.*
Das hat er tatsächlich gesagt, und dann ist er eingeschlafen, während ich hellwach war.
Irgendwann holte mich die Erschöpfung ein, und ich bin auch eingeschlafen.
Zum Glück entpuppte er sich als Lügner.
Als ich aufwachte, hatte er mir alles gestohlen, sogar den Schlafsack, in dem ich gesteckt hatte. *Puh!*

Liebe Grüße und Lügen,
Malc

PS: Habe heute diesen Aufkleber gesehen: *Das Herz ist ein blindes, hoffnungsvolles Organ, das geduldig schlägt und nach Spannung und Liebe lechzt. Wenn du es nur mit Einsamkeit und Furcht fütterst, kündigt es dir eines Tages den Dienst.*

ALLGEMEINE GESCHÄFTSBEDINGUNGEN DES GLÜCKS

Zwischen Hysterie und Glück liegt bloß ein Katzensprung.

Als ich endlich zurück nach Hause kam, ebbte meine helle Panik zu nervöser Euphorie ab. Ich kam mir vor wie ein Spion, der das Leben eines Fremden beobachtet. Und, Mensch, was für ein Leben! Meine Frau: *wunderschön*. Die Wohnung: *sagenhaft*. Schon seltsam, an was man sich erinnert. Ich erinnerte mich genau, wo die Teelöffel aufbewahrt wurden, aber ich hatte noch immer keinen Schimmer, was ich mal für diese Frau empfunden hatte, mit der ich verheiratet war. Sie wirkte allerdings nett und war richtig sexy.* (Das einzig Störende war, dass sie mich ständig beobachtete.)

Die Zeit und eine Zahnbehandlung hatten mein Gesicht wieder auf seine Originalgröße verkleinert, meine Augen wurden klar, und geblieben war nur eine Narbe an der Stirn, die ich mit meinen Ponyfransen verdeckte. Meine Sinne hatten sich getrennt und waren wieder unabhängig. Und meine Erinnerung kam zurück, als würden sich tausend gerissene Fasern wieder miteinander verbinden, wie ein Jucken an der Nase, das *kratz mich, kratz mich* schreit, wenn du gerade beide Hände voll hast. Ich war noch immer benebelt von der breiten Palette an Antipsychotika und Schmerzmitteln, doch als ich nach Hause kam, meinte

* Obwohl wir noch keinen Sex gehabt hatten, weil meine Rippen nach wie vor in mir herumschwammen wie zerbrochene Bambusstöckchen in Suppe.

ich, vor Glück platzen zu können.* Es heißt, wer eine Nahtoderfahrung gemacht hat, empfindet überschwengliche Freude. Verschwiegen wird dagegen, dass das Gefühl endlich ist. Es flaut ab. Meines flaute schnell ab.

Nach einigen apathischen Tagen fiel mir als erste Merkwürdigkeit an meinem Leben auf, dass ich so wenig darin vorkam. Wie ein Mordtatort, an dem jemand sämtliche Beweise meiner Existenz beseitigt hatte. Gehörte ich zu den Leuten, die einfach durchs Leben trudelten, ohne einen Abdruck zu hinterlassen? Die Wohnung war sehr feminin, weiße Wände und Kissen in Hülle und Fülle. So wenige Spuren. Meine Kleidung war unauffällig, ich hatte eine alte Aufziehuhr, und die meisten meiner Bücher befassten sich mit Vertragsrecht. Ich sah mich um und dachte: *Wo zum Teufel bin ich in all dem?*

Als meine Frau zur Arbeit ging, wurde ich ein schläfriger Detektiv auf der Suche nach mir selbst. Unter dem Bett fand ich einen Karton. Ich öffnete ihn mit heftigem Herzklopfen, als würde ich gleich darin meine Erinnerung entdecken, als könnte ein einziger, schlichter Gegenstand in diesem Karton meinen Amnesiedamm brechen, eine Flut auslösen, so dass ich in mir ertrinken würde. Ich wurde bitter enttäuscht: Der Karton enthielt Verträge, bloß irgendwelche Arbeits- und Versicherungsverträge. Ich überflog sie.

Ich wusste allerdings, dass ich wieder ganz gut beieinander war, als ich, der Neue Franklyn, etwas entdeckte, das der Alte Frank offenbar übersehen hatte. Im Kleingedruckten eines Vertrags befand sich ein Fehler: *Klausel*

* Ergänzung zu Allgemeine Geschäftsbedingungen des Glücks: Wie sich herausstellte, war mein Glück Nitroglyzerin. Klar und stabil, solange alles absolut ruhig war. Aber ein kleines bisschen Schütteln genügte, und es explodierte.

gereicht zum Nachteil – non omnis moriar – des Versprechensempfängers. Ich weiß natürlich, dass *Non omnis moriar** wie ein juristischer Begriff klingt und leicht übersehen wird. Aber ich wusste, dass der Ausdruck falsch war. Er hat keine Rechtsgrundlage.**

Ich warf die Verträge zurück in den Karton, schob ihn unters Bett und arbeitete mich dann durchs Bücherregal, wo ich ein Buch mit dem Titel *Manager X* fand. Ich war ein wenig verblüfft, als ich sah, dass meine Frau es geschrieben hatte. Auf der Rückseite war ein Foto von ihr, auf dem sie eine Spur jünger aussah. Vorne auf dem Umschlag war ein riesiges X abgebildet, das eine schwarze Krawatte trug. Das Buch beschrieb einen Mann, einen Manager, und trotz des ganzen Wirtschaftskauderwelschs konnte ich lediglich folgern, dass dieser Typ, Manager X, ein Vollidiot war. Es ging in dem Buch darum, wie sich Persönlichkeiten einschätzen lassen, und es strotzte nur so vor dämlichen Fragen wie: *Jemand Neues kennenlernen – Vergnügen oder Qual?* Nachdem ich ein paar Seiten gelesen hatte, begann meine Hand zu zittern, und ehe ich wusste, wie mir geschah, warf ich das Buch gegen die Wand, und dann – es war wie in einem Traum, als würde ich mir selbst zuschauen – trampelte ich darauf herum, wieder und wieder und wieder, bis mir schwindelig wurde.

* Ich werde nicht ganz sterben.

** Ich füge erklärend hinzu, dass seltsame Ausdrücke durchaus Eingang ins Rechtswesen finden. Lateinische und biblische Zitate schleichen sich ein. In der Sache Donoghue gegen Stevenson trank Ms. Donoghue eine Schnecke mit ihrer Ingwerlimonade, und ihr Anwalt brachte das Gericht zu der Einsicht, dass jeder – einschließlich Ingwerlimonadenhersteller wie Mr. Stevenson – seinen Nächsten lieben und daher möglichst verhindern sollte, dass Menschen unabsichtlich Schnecken trinken. Somit brachte ein Bibelzitat einen Rechtsgrundsatz hervor.

Als die Wut sich legte, schämte ich mich.

Ich hatte ein Buch zerstört, das meine Frau geschrieben hatte. Und ich hatte keine Ahnung, warum. Ich machte mich hektisch auf die Suche nach einem Versteck für das Buch, um meine Tat zu vertuschen. Ich öffnete einen Schrank voller brauner Kartons.

Perfekt, dachte ich.

Aber als ich den obersten Karton aufriss, stieß ich auf viele weitere Exemplare von *Manager X*. Ein Schwächegefühl überkam mich, und ich packte den Karton, um mich festzuhalten, zog ihn aber im Fallen mit, was weitere Kartons und Bücher folgen ließ, so dass ich wild um mich schlagend auf dem Rücken landete. Sobald nichts mehr heruntergepurzelt kam, setzte ich mich auf und schaute mich um. Die Kartons hatten Unmengen Exemplare von *Manager X* ausgespuckt, und inmitten des Tohuwabohus entdeckte ich noch etwas anderes – kleine Figuren.

Es waren Spielsachen, Plastikpuppen, Figürchen, prallvoll mit herausnehmbaren Organen: Lunge, Leber, Milz, in leuchtenden Rot- und Blautönen, und sie ließen sich herausziehen und wieder hineindrücken wie Teile eines dreidimensionalen Organpuzzles. Ich nahm eine in die Hand, und meine Panik wuchs exponentiell, als ich in die winzigen Körperhöhlen aus Plastik spähte, wo ein kleines Herz und Gehirn hingehört hätten. Die lebenswichtigen Organe fehlten. Ihr Fehlen machte mich derart wütend, dass ich mich zur Beruhigung flach auf den Rücken legte und die Arme ausstreckte. Ich hielt das Püppchen in der rechten Hand und starrte an die Decke, versuchte, die Panik so einzudämmen. Als meine Atmung wieder einen halbwegs normalen Rhythmus gefunden hatte, drehte ich ganz langsam den Kopf und blickte an der weißen Linie meines Armes entlang auf meine geballte Faust. Der Kopf des Figürchens lugte auf der einen Seite über meinen Handrücken und die Füße auf der anderen.

Ich schickte ein Signal an meine Hand, doch sie schien so fern und abgekoppelt, dass ich leicht überrascht war, als sich die Finger langsam, wie eine aufgehende Blüte, öffneten und aus meiner Hand die Organe fielen – rote Niere, lila Spaghetti-Nervensystem, dunkelbraune Gedärme kullerten über den Holzboden, und einen Moment lang stierte ich reglos auf den Abdruck, den sie in meiner Hand hinterlassen hatten.

Sobald ich mich wieder im Griff hatte, setzte ich vorsichtig all die winzigen Organe wieder ein – die kleine Aufgabe erfüllte mich mit einer kindlichen Befriedigung –, dann packte ich die Bücher wieder ein, vergrub dasjenige, das ich malträtiert hatte, ganz tief in einem Karton. (Meine Frau würde es nie erfahren.)

Ich räumte auch die kleinen Puppen wieder weg. Als ich das letzte Figürchen auf das oberste Brett im Schrank stellte, entdeckte ich ganz hinten ein kleines Glasgefäß, ein altes Colman's-Senfglas. Auf dem Etikett stand in einer kindlichen Handschrift – *Vertrauenssprung!* Es war kein Senf drin. Gefüllt war das Glas mit einer trüben Flüssigkeit, und darin schwamm eine Pastinake, nein, ein gebogenes Stück Kreide, nein, eine kurze Spargelstange, nein, da war ein Fingernagel dran – *es war der kleine Finger eines Kindes.*

Nachdem ich von einem Buch und einem Figürchen zu Boden gestreckt worden war, hätte mich der Finger eines Kindes eigentlich schnurstracks in die Klapsmühle befördern müssen. Doch er bewirkte das genaue Gegenteil. Ich betrachtete ihn – wie er da in der Flüssigkeit schwebte –, und empfand dabei ein Gefühl der Ruhe, gefolgt von einer kraftvollen Woge Stolz. Ich setzte mich auf den Boden und hielt das Colman's-Senfglas behutsam in den Händen. Abgesehen von dem Stolz, brachte der Finger keine konkreten Erinnerungen zurück.*

Ich machte Inventur von dem, was »Meine Suche nach mir« bislang ergeben hatte. Es versteht sich von selbst, dass die bisherigen Hinweise nicht ausreichten, um die dunklen Nischen meiner verlorenen Persönlichkeit zu erhellen.

Ich hatte lediglich:

1. Ein unerträgliches Buch von meiner Frau.
2. Ein paar bizarre Figürchen mit herausnehmbaren Organen.
3. Und einen abgetrennten, kleinen Finger.

* Ich ging davon aus, dass ich kein Kind gekidnappt und ihm den kleinen Finger abgehackt hatte. Aber wer weiß? Ich beschloss, dass es vermutlich besser war, meine Frau nicht auf den eingelegten Finger anzusprechen, solange ich so wenig wusste.

ALLGEMEINE GESCHÄFTSBEDINGUNGEN VON IMITATIONEN

Es ist schwer,
sich selbst zu imitieren.

Seit meiner Entlassung aus dem Krankenhaus hielten meine Frau und ich eine strikte Routine ein. Es war eine Empfehlung des Arztes, der uns geraten hatte, Routine sei der beste Weg zur Genesung. Demzufolge nahmen meine Frau und ich täglich gemeinsam ein richtiges Abendessen ein.

Angenehm wäre die beste Beschreibung für diese Essen. Wir plauderten über Kleinigkeiten – ihren Arbeitstag, ihre Kollegen, die neuesten Nachrichten – und ja, gelegentlich lachten wir ein bisschen. Aber die Abendessen hatten die Atmosphäre eines ersten Rendezvous – *eines ständig neuen ersten Rendezvous* –, denn jeden Abend versuchten wir aufs Neue, einander kennenzulernen. Aber jeden Abend frustrierte uns dieses Knirschen, das zwischen Fremden auftritt, wenn sich gezwungene Höflichkeit und leichter Argwohn aneinander reiben.

Manchmal kam Oscar zum Essen, und das machte die Sache häufig noch schlimmer. Ich spürte einen zusätzlichen Druck in seinem Beisein, während ich mir große Mühe gab, mich an Einzelheiten zu erinnern. Die beiden wiederum gaben sich große Mühe, so geduldig wie möglich mit mir zu sein. Es kam mir so vor, als wäre Geduld eine Eigenschaft, die Oscar einigermaßen fremd war.

Jedes Mal, wenn ich versuchte, mich nach meiner *kleinen Episode* zu erkundigen, beantwortete meine Frau meine Frage mit einer Frage: »Wieso fragst du dauernd danach, Franklyn?«

Weil es beängstigend klingt, wollte ich sagen.*

Mir wurde klar, dass Oscar und meine Frau miteinander geredet und sich die simple Antwort – oder Ablenkung – zurechtgelegt hatten: »Du warst einfach müde und gestresst vor dem Autounfall. Mach dir deswegen keine Gedanken.«

Aber bei einem dieser Abendessen mit Oscar und meiner Frau fiel mir tatsächlich eine neue Erinnerung ein (diesmal waren meine Geschmacksknospen der Auslöser). Während ich ein Stück Kuchen aß, kam mir eine Einzelheit in den Sinn: Ein Kind in einer Cowboykluft zielte mit seinem Revolver auf eine Gruppe verdutzter Kinder und schrie: »Ihr sollt meinen Kuchen nicht essen! Haut ab, sofort!«

Ich wagte eine Vermutung: »Oscar, hast du mal deine Freunde von deiner Geburtstagsparty nach Hause geschickt … weil sie deinen Kuchen gegessen haben?«

Meine Frau lachte und sagte: »Das stimmt, Franklyn.«

Oscar wirkte genervt, bevor er zugab: »Ja, ich war als Kind ein ziemlicher Alptraum.«

»Und offensichtlich isst du furchtbar gern Kuchen«, scherzte ich. Zu spät wurde mir klar, dass es beleidigend war, das zu einem so dicken Mann wie Oscar zu sagen.

Sie schienen beide verdattert, dass ich etwas so Unhöfliches gesagt hatte.

Bestimmt hätte das der Alte Frank nie und nimmer gesagt, und es war ein herber Dämpfer für mich, sie so zu enttäuschen. Wieder mal war meine Vorstellung ein Deba-

* Aber ich sagte es nicht, weil ich meine Frau und Oscar nicht noch mehr beunruhigen wollte.

kel, denn im Grunde lieferte ich eine sehr, sehr schlechte Imitation meiner selbst.

Doch nach einer schrecklich langen Pause begann Oscar zu grinsen, lachte dann schallend auf, und das wiederum entlockte meiner Frau ein Lachen, ehe sie lieb lächelte und sagte: »Du hast es erfasst, Frank.«*

* Vielleicht hatte ich ja doch nicht das Falsche gesagt. Mir fiel auf, dass sie mich Frank genannt hatte. Nicht Franklyn. Als hätte ich etwas gut genug hingekriegt, um mit meinem alten Namen angesprochen zu werden. Das machte mich maßlos glücklich.[1]

[1] Vielleicht war diese Vorstellung ja doch kein totales Desaster.

ALLGEMEINE GESCHÄFTSBEDINGUNGEN VON SEX

Es gehören immer zwei dazu (aber beide Beteiligten müssen denselben Rhythmus finden).

Sex mit meiner Frau war eine seltsame Angelegenheit.*

* Vor allem, weil sie im Grunde noch immer eine Fremde für mich war. Als ich im Bett lag, beobachtete ich meine Frau heimlich beim Zähneputzen. Selbst unter einem ausgeleierten T-Shirt war die Form ihres Körpers deutlich zu erkennen, eine schöne, aber nicht natürliche Figur, ausgesprochen modern, sorgsam gestaltet durch Radfahren, Yoga, unzählige Stunden Fitnesswahn, schlank und muskulös. Noch immer nicht ahnend, dass ich zuguckte, zog sie das T-Shirt aus und taxierte ihren Körper im Spiegel[1]. Falls ihr Ziel eine androgyne Form war, was ich für durchaus möglich hielt, würde eine hartnäckige Schicht aus sanften Rundungen ihr für alle Zeit einen Strich durch die Rechnung machen. Oberhalb ihrer straffen Beine hatten ihre Hüften nur wenig Fett, waren jedoch von Natur aus weiterhin breit, weiteten sich flügelartig, offen und einladend, aber diese sanfte Einladung wurde ein wenig zunichtegemacht durch den einschüchternden Bauch, der genauso hart wie flach war, sogar leicht nach innen gewölbt, ein Rumpf mit angespannten Muskeln, der jede Ahnung der weiblichen Organe darunter verbarg, und Erleichterung von ihrem harten Zentrum stellte sich erst ein, wenn ihr Unterleib sich nach außen ausdehnte, um Brustkorb und Brüsten Raum zu bieten, die, obwohl keineswegs üppig, gerade groß genug waren, um nicht mit der sehnigen Muskulatur zu verschmelzen, von der sie sich so sanft erhoben. Ganz versunken in ihre Gestalt, bekam ich gar nicht mit, dass sie jetzt mich dabei beobachtete, wie ich sie beobachtete; sie kam näher und sagte: »Was ich dir noch gar nicht gesagt habe: Dr. Mills meint, das beste Mittel, um dein Gedächtnis wieder anzukurbeln, wäre, so oft wie möglich mit deiner Frau Sex zu haben.«

Ich fühlte mich schwach, außer Atem, verlor jede Menge Blut, als ihre

[1] Das Gesicht einer Frau zu deuten, während sie ihren Körper begutachtet, würde mehr Papier beanspruchen, als die Welt zu bieten hat, aber wenn ich mich nicht schwer vertue, war Enttäuschung mindestens ein Teil ihrer kritischen Selbsteinschätzung.

flinke Hand sich unter die Bettdecke schob und genau die Stelle fand, wo sich das meiste davon gesammelt hatte.

Ich sagte: »Ähm, es könnte ziemlich schnell gehen.«

Mit einem entwaffnenden Grinsen sagte sie: »Macht nichts, Mister[1], du warst noch nie ein großer Dauerläufer. Jetzt musst du dich wirklich ein bisschen entspannen, Franklyn. Lass mich nur machen, entspann dich einfach.«

Zuerst lief alles gut, und dann, mitten in einem herrlichen Augenblick, als unsere Atmung schwer und synchron wurde, hörte ich mich sagen: »Ich will mit dir schlafen, Alice.«[2]

Abgesehen von meiner psychischen Neurose mühte ich mich zudem körperlich ab, mich von meiner Kleidung zu befreien, will heißen, ich versuchte, meine blöden Boxershorts auszuziehen. Dann, als ich mich gerade von meinem peinlichen Lapsus erholt hatte und wir beide wieder so richtig in Fahrt kamen, machte ich eine zu schnelle Bewegung, was mir einen stechenden Schmerz durch den Körper jagte, als ob eine meiner losen Rippen einen Nerv gerammt hätte. Ich schrie auf, ließ ein Bein hochschnellen und erwischte meine Frau mit dem Knie im Gesicht – Zack!

Sie fuhr erschrocken auf, den ganzen Körper angespannt, als würde sie angegriffen, ihr Gesichtsausdruck fassungslos. Ich wäre am liebsten weggekrochen und gestorben.

Ich ging auf die Knie, streichelte vorsichtig ihr Gesicht. »Oh Gott, entschuldige. Ich glaub, ich hab dir mein Knie ins Gesicht gestoßen.«

Sie berührte sacht ihre Wange und sagte: »Du liebe Güte.«

Ich stammelte: »Ich führ mich auf wie ein pubertärer Volltrottel, tut mir leid, lassen wir's einfach.«[3]

Sie sah aus, als ob sie drauf und dran war, das Angebot zu akzeptieren, sich auf die Seite zu legen und einzuschlafen, doch plötzlich streckte sie

[1] Mister? Das war neu. War das ein Codewort zwischen uns? Irgendwas Spaßiges und Provokatives?

[2] Auweia. Ich begriff zu spät, was für ein bescheuerter Spruch das war. Mitten in diesem heißen Moment hätte ich knurren sollen: Lass uns vögeln – nein, das ist zu vulgär! Vielleicht irgendwas Harmloseres: Lass uns Sex haben, sofort? Ich hätte besser den Mund gehalten. Ich war hin- und hergerissen zwischen meinem höflichen Verstand und meinem erregten Körper; primitive Widersprüche von Liebe und Lust, ein Gewirr aus Begehren und Wut verklebte mir die Zunge.

[3] Doch obwohl mein Mund »Lassen wir's einfach« sagte, konnte ich meinen Penis[*1] nicht so einfach ignorieren, denn der sagte etwas wesentlich Deutlicheres – »Lass uns vögeln!«. Da wir beide einander gegenüberknieten, sah mein Schwanz tatsächlich aus wie eine kleine verzweifelte Hand, die sich nach der Vagina meiner Frau streckte.[*2]

[*1] Ist Schwanz vielleicht ein besseres Wort? Rute? Pimmel? Schwengel?

[*2] Die Muschi meiner Frau? Möse? Ach, keine Ahnung.

die Hände nach unten, half mir, meine Boxershorts loszuwerden, und sagte: »Hör auf, Franklyn, beruhige dich«, und sie beugte sich zu mir und küsste mein Gesicht und legte eine Hand sanft auf meine Brust, als ob sie meinem Herzen wieder zu einem normalen Rhythmus verhelfen wollte: »Kein Grund zur Hektik.«

Sie zog die Bettdecke weg, warf sie auf den Boden, und ich fühlte mich schrecklich entblößt, wie ich so dalag, nackt, mein bleicher, vernarbter Körper wenig verlockend neben der durchgestylten Figur meiner Frau. Aber sie nahm es anscheinend nicht zur Kenntnis. Sie betrachtete mich mit unvoreingenommenen Augen. Sie berührte meinen Penis, als wäre er eine Trophäe, sie gab mir das Gefühl, wichtig zu sein. Mein Gott, meine Frau war unglaublich, und irgendwie brachte sie sogar einen Scherz zustande, denn sie sagte in einem sexy Tonfall: »Wenigstens dieser Teil von dir ist noch gut in Form, Mister.« Sie bremste mich, als ich mich wieder bewegen wollte, drückte mich nach hinten und schwang ein Bein über mich, so dass sie rittlings auf mir saß. Mit einer fast yogischen Bewegung ließ sie ihren ganzen Körper langsam und methodisch auf meinen sinken.

Diese Bewegung war ungemein beruhigend, und ich wusste einfach, dass wir das früher schon gemacht haben mussten. Trotz all unserer Unbeholfenheit – während wir versuchten, einander kennenzulernen und uns vorsichtig heranzutasten – waren wir in diesem Moment, als sie da ganz flach auf mir drauflag, wahrer Ruhe näher gekommen als je zuvor. Obwohl unsere Charaktere bislang nicht harmoniert hatten, passten unsere Körper perfekt zusammen; ihre Brüste neigten sich zuerst zu mir herab, lagen dann zwischen uns, weich und warm, breiteten sich friedlich über mein ängstliches Herz; unsere Schultern berührten sich und verschmolzen fest miteinander; ihr konkaver Bauch senkte sich, eine Mulde, die mein kleiner Bauch füllte; ihre Hüften waren behutsame Klammern um meine, und mit einer kurzen praktischen Handbewegung dirigierte sie mich tief in sich hinein, woraufhin unsere Oberschenkel und Schienbeine ein sanftes Gleichheitszeichen bildeten. Eine oder vielleicht zwei Sekunden lang war ich ganz ruhig; zum ersten Mal seit meinem Aufwachen im Krankenhaus war ich zu Hause.[1]

Sex brachte keine Erinnerungen im engeren Sinne zurück, aber mein Körper, mein Blut und meine Knochen erinnerten sich an etwas, erinnerten sich an genug, um von der Panik befreit zu werden, die sie seit meinem Unfall umschlossen hatten.

[1] Mein Verstand war seit dem Unfall so desorientiert gewesen, und endlich war ich aus meinem Kopf heraus und in meinem Körper. Ich fühlte. Jetzt, da ich vorübergehend befreit war von dem unnachgiebigen Denken und Denken und Denken, hätte ich am liebsten geschrien vor Freude – wieso hatten wir das nicht schon früher gemacht! Ich verspürte ein übermächtiges Bedürfnis nach der Art von Sex, die mich in einen Zustand gedankenloser Hingabe schleudern würde.

Alice küsste mich und flüsterte: »Ich liebe dich, Frank.«[1]

Ihre Hüften bewegten sich, und ich war so kurz davor zu sagen: Ich liebe dich, Alice, dass ich dachte, die Worte hätten meinen Mund praktisch schon verlassen, doch was stattdessen herauskam, war ein leichtes Ausstoßen von Luft, und gleich darauf spürte ich den Spannungsaufbau, den Moment des Drucks, der der Erlösung vorausgeht. Der Druck war stark: die vielen, kleinen Schnitte an meinem Hals, wo die Ärzte ihre Infusionsschläuche in mich reingesteckt hatten, fühlten sich an, als würden sie jeden Moment reißen, und dann würde ich herumspritzen wie ein menschlicher Sprinkler. Die Spannung baute sich weiter auf, und ich wartete auf den Genuss, doch ich begriff zu spät, dass der Druck Panik war, die von meinem Schritt über den Bauch ausstrahlte, an meinen Rippen rüttelte, am Herzen entlangschabte und das Gehirn ansengte.

Alice deutete das jähe Zucken meines Körpers – als ich die Verbindung zu ihr kappen, sie abwerfen wollte – fälschlicherweise als eine Art von sexueller Ekstase, und sie drückte sich mit den Armen hoch wie ein Soldat, der Liegestütze macht, mit angespanntem Bizeps, pumpendem Becken. Meine Panikattacke war jetzt voll da – Tränen und Schweiß und Sperma quollen aus mir raus wie aus einem ausgequetschten Schwamm – während Alice sich richtig ins Zeug legte und gegen meine Attacke anritt, mit stoßenden Hüften, den Kopf hochgereckt, so dass ich nur die Unterseite ihrer Kinnlade sehen konnte, zusammengebissen und hart wie der Rest ihres gestählten Körpers; nur ihre Brüste verrieten eine gewisse Weichheit, während sie zur Zimmerdecke schrie: »Komm schon, Mister, so, ja, so, ja, ja, ja!«

Ich weinte, wollte aber nicht zugeben, dass ich Todesangst hatte, also klammerte ich mich verzweifelt fest – während die Sehnen an ihrem Hals vortraten – und hoffte, dass sie bald fertig war. Ehe ich sie runterwerfen konnte, stieß sie ein letztes Mal brutal nach unten, ihre Kinnlade lockerte sich, fiel schlaff wie ein Anker, der den Rest ihres Gesichts in die Tiefe zerrte – straffe Drahtadern schrumpften und zogen sich zurück in die Kehle –, und ihr Kopf legte sich schwer auf meine Brust, während sie stöhnend die letzten Überreste aus mir rauspumpte, als würde sie im Fitnessstudio beim letzten Liegestütz alles geben. Ich hatte es geschafft, meine Panik irgendwo tief in meine Mitte zurückzudrängen, und ich lächelte und umarmte sie fest, damit sie mir nicht ins Gesicht sehen und meine Angst erkennen konnte.

Ihr Körper entspannte sich, und sie stöhnte: »Toll gemacht, Mister. Wir haben dich im Nu wieder fit, dafür sorge ich als deine Personal-Sextrainerin.«

»Klingt gut, womit fangen wir an?«, brachte ich heraus, mit einer Stimme, in der ich meine abklingende Panik flattern hörte. »Erst Oberschenkel, dann Brustmuskeln?«

[1] Die entsprechende Antwort, wenn Liebe sich Bahn bricht – ich liebe dich auch – ging irgendwo zwischen meinem Herzen und meinem Mund verloren.

»Lass uns in der Mitte anfangen, mit reichlich Schwanzübungen, und von da arbeiten wir uns hoch. Wie klingt das?«

»Klingt perfekt«, sagte ich, als sie sich in meine Armbeuge schmiegte.

»Weißt du was«, flüsterte sie, »ich glaube, das mit uns wird wieder gut, Mister, richtig gut.«

Ich konnte mich noch immer nicht an meine Frau erinnern und kannte sie kaum, aber in diesem Moment, trotz der Farce und der Missverständnisse, die wir gerade hinter uns gebracht hatten, wusste ich, dass ich sie mochte. Sie hatte meinetwegen die Hölle durchgemacht – der Unfall, die Sorge, die Angst, meine Rückkehr nach Hause als amnesischer Schwachkopf – und sie hatte alles getan, um mich zu unterstützen und zu lieben. Ich wusste eigentlich noch immer nicht, wer sie war, aber ich wusste genug, um zu wissen, dass sie eine ganz besondere Frau war.

ALLGEMEINE GESCHÄFTSBEDINGUNGEN MEINES BÜROS

Ich tue alles für eine schöne Aussicht.

Die Tragödie des einen ist die Fernsehshow des anderen. Das sieht man jede Woche in den Nachrichten. Der Augenzeuge, der Schaum vor den Mund kriegt, während er irgendetwas Grauenhaftes schildert, das jemand anderem passiert ist: »Und dann, ähm, hat die Kugel ihn voll am Hals erwischt und ihm, ähm, den halben Kopf weggerissen, war echt irre …«

Dann merkt er, dass sich das gefühllos anhört, und schiebt nach: »Ähm, ich meine, das war halt … also eine irre schreckliche Tragödie … es war schrecklich, eine echt schreckliche Tragödie …«

Ich vermute, meine Kollegen hatten meine *kleine Episode* genauso wahrgenommen. Keine Ahnung, was ich gemacht hatte.* Daher ahnte ich, obwohl die Mitarbeiter mir mitfühlende Blicke zuwarfen, dass viele von ihnen sich hinter meinem Rücken köstlich amüsierten. Für sie war es wahrscheinlich richtig unterhaltsam gewesen; eine willkommene Abwechslung im langweiligen Büroalltag.

Und wie sich herausstellte, war ich nicht bloß ein stinknormaler Angestellter. Das Erste, was ich sah, war ein Schild an der Bürotür:

* Durchaus möglich, dass ich mit meiner Unterhose auf dem Kopf herumgelaufen war und die Nationalhymne gefurzt hatte.

*Shaw&Söhne**
**Rechtsanwälte*

Zu meiner Überraschung stellte sich heraus, dass ich einer der Söhne war, während Oscar, mein Bruder und mein Boss zugleich, die Kanzlei leitete. Er erklärte mir, dass unser Großvater die Firma gegründet hatte; danach hatte unser Vater sie geleitet, ehe Oscar (und ich) seine Nachfolge antraten.

An meinem ersten Tag zurück im Büro sagte Oscar in einer Rede vor den Mitarbeitern, dass ich einiges durchgemacht hatte, dass wir hier aber nicht bloß ein Unternehmen, sondern eine Familie waren und er dafür sorgen würde, dass ich wieder der brillante Mann wurde, der ich mal war. So erfuhr ich, dass ich mal brillant gewesen war. Es war ein schreckliches Gefühl für mich, die Leute in meiner neuen, weniger brillanten Form zu enttäuschen.*

Die ersten paar Tage liefen normal ab. Meine Kollegen waren sehr freundlich. Es schien sie nicht zu stören, wenn ich am Schreibtisch einschlief und meinen Schreibblock dabei ein bisschen vollsabberte. Das Gebäude war einer von diesen senkrechten Glasklötzen in der City, tausend waghalsig aufgetürmte Spiegel mit Shaw&Söhne ganz hoch in den oberen zwei Etagen. Und zu Anfang fand ich alles ganz leicht. Ich fügte mich reibungslos wieder ein, die Leute waren nett, sie lächelten und fragten, wie es mir gin-

* Ich war der elegante Schmetterling, der sich als fette, blöde Raupe entpuppte.

ge. Ich versicherte allen, dass es mir prima ginge (und sie schienen mir zu glauben).

Es gab nur ein einziges, kleines Problem in der Kanzlei, und das war eine Tür. In der ersten Woche versuchte ich, sie zu ignorieren, doch jeden Tag ragte sie größer am Rande meines Gesichtsfeldes auf. Sie war eine ganz normale Tür, bloß ein klein wenig weißer und sauberer. Ich kann die Wirkung, die sie auf mich hatte, nicht anders beschreiben, als dass sie mir Angst machte. Wenn ich mich ihr auf drei Meter näherte, wurde mir regelrecht schummrig. Ich versuchte, sie zu ignorieren, aber genauso gut hätte ich versuchen können, an einem strahlenden Sommertag die Sonne zu ignorieren.

Eines Morgens sah ich, wie drei Männer in Anzügen das Büro mit der weißen Tür betraten. Ich ging näher heran, doch als ich der Tür zu nah kam, sah ich prompt Sternchen, und ich wich zurück, lehnte den Rücken gegen die Wand, um mich zu stützen. Ich konnte nicht zu der Tür.

Daher beschloss ich, stattdessen auf Abstand zu bleiben und an meinem Schreibtisch zu warten, bis die Tür sich öffnete. Wenn ich dann jemanden herauskommen sah, würde ich ihm hinterherlaufen – *ohne der Tür zu nahe zu kommen* –, ihn befragen und das Geheimnis lüften.*

Leider stand mein Schreibtisch versteckt in einer Ecke, weshalb ich die weiße Tür von meinem Platz aus nicht richtig sehen konnte – es sei denn, ich stand hinter meinem Schreibtisch und beugte mich in einem unbequemen Winkel vor wie ein geknickter Strohhalm. Und genau das tat ich dann auch eine halbe Stunde lang, bis Oscar mich an-

* Ich hatte einen Plan, der brillant einfach war.

sprach und mir behutsam zu verstehen gab, dass ich anderen irgendwie Angst machte.

Als ich Oscar fragte, wer hinter der weißen Tür arbeitete, lachte er und sagte: »Da arbeitet niemand, Kumpel, das ist bloß eine Art Abstellkammer.«

Ich sagte ihm, dass ich gerade gesehen hatte, wie Männer da hineingingen, und dass es eindeutig keine Abstellkammer war.

Oscar sagte: »Hey, Franklyn, hast du heute schon deine Medikamente genommen?«

»Ja.«*

Statt da zu stehen und mich vorzubeugen, begann ich, meinen Schreibtisch zu verschieben. Unangenehm wurde es, als ich meinen Schreibtisch so weit nach rechts bugsierte, dass er den Schreibtisch meiner Kollegin berührte.

»Franklyn, kannst du deinen Schreibtisch vielleicht wieder ein Stückchen wegrücken?«, sagte sie.

Ich sagte: »Klar kann ich das.«

Ich tat es nicht.

Stattdessen wartete ich, bis sie zu einem Meeting musste, und rückte dann auch *ihren* Schreibtisch weiter weg, und dann den Schreibtisch neben ihrem und so weiter, so dass ich das ganze Büro langsam im Kreis bewegte.

Sobald die anderen zu einem Meeting gingen und ich allein war, wenn auch nur für ein paar Sekunden, verrückte ich die Schreibtische ein wenig. Ich stellte mir das alles im Zeitraffer vor: Schreibtische, die wie tektonische Kontinente über den dunkelgrünen Teppichboden wanderten.

* Nein. (Aber es geht mir wirklich gut!) Schmerzmittel betäuben Schmerzen, aber sie betäuben zugleich alles andere, auch das Gefühl, dass du existierst, und das wollte ich unbedingt behalten. Und meine antipsychotischen Medikamente hatten fürchterliche Nebenwirkungen. Daher nahm ich diese grässlichen Tabletten nicht mehr (und so weit, so prima!).

Eines Tages stolperte jemand über mein straff gespanntes Stromkabel und schrie: »Was macht das Scheißding hier?«

Ich nutzte die Mittagspause, um zu einem Laden zu laufen, wo ich ein Verlängerungskabel kaufte, damit ich weiter unauffällig Schreibtische verrücken konnte.*

In den ersten Tagen, die ich wieder im Büro war, schaffte ich es allerdings nicht ganz, sämtliche Schreibtische weit genug im Kreis zu schieben. Die weiße Tür war von meinem Platz aus noch immer nicht zu sehen. Deshalb kam ich am Freitag früher als alle anderen zur Arbeit, um noch ein bisschen zusätzliches Tischerücken zu erledigen. In der Mittagspause dann, als alle aus dem Büro gingen, hatte ich schließlich ausreichend Zeit, sämtlichen Schreibtischen einen allerletzten Schups zu geben, und dann war es so weit: *Ich hatte die perfekte Aussicht.*

So konnte ich einfach in sicherer Entfernung an meinem Schreibtisch sitzen und den Flur entlang auf die weiße Tür starren, und dann – sobald sie aufging – würde ich aufspringen, auf denjenigen zustürzen, der rausgekommen war, und fragen, was zum Teufel sich da drin befand, das mir so ein tiefes Gefühl der Furcht einflößte.

Ich saß freudig erregt da und wartete, konzentrierte mein ganzes Sein auf die Tür, als ich einen Kollegen quer durch den Raum rufen hörte: »Moment mal, ich hatte doch immer einen Fensterplatz, wer zum Henker hat meinen Schreibtisch verschoben?«

Es fand ein Meeting in Oscars Büro statt. Ich sah, wie sie alle redeten und dann auf mich zeigten. Oscar kam zu mir und wies mich sehr leise für das Verschieben der

* Und ich war nach wie vor überzeugt, dass das keineswegs eine Obsession war! (Oh nein, nein – *mit mir ist alles paletti!*)

Schreibtische zurecht und sagte, es wäre nicht gut für mich, wenn ich irgendwelche Obsessionen entwickeln würde, und dass Dr. Mills gesagt hatte, so etwas könnte passieren.

Ich versprach Oscar, das mit der Tür zu vergessen.*

Ich ging schnurstracks zum Empfang des Gebäudes und sprach mit dem Pförtner. Ich erklärte ihm höflich, dass es auf dem Flur, wo auch mein Büro lag, eine glänzend weiße Tür gab und ich lediglich den Namen der Firma wissen wollte; mehr nicht.

Der Pförtner sagte: »Gegenüber von Shaw&Söhne? Ein neues Büro? Nein. Wollen Sie behaupten, ich hätte nicht mitgekriegt, dass in meinem Gebäude eine ganz neue Firma aufgemacht hat? Wollen Sie behaupten, ich würde nicht ordentlich arbeiten, Sir? Soll das ein Witz sein? Hat Jeff von der Hausverwaltung Sie dazu angestiftet?«

Verdattert sagte ich: »Hm?«

Er sah mich argwöhnisch an und grinste: »Netter Versuch, Sir.« Dann fügte er hinzu: »Ich kenne Sie gar nicht. Sind Sie überhaupt befugt, hier zu sein?«

Ich kramte meinen Ausweis heraus und murmelte: »Ich bin ein … Shaw.«

Er wirkte nicht beeindruckt; stattdessen ließ er sich eine Ewigkeit Zeit, um meinen Ausweis zu studieren, und sagte dann: »Sie sehen irgendwie anders aus. Was ist mit Ihnen passiert?«**

Da ich zu verblüfft war, um die Unterhaltung fortzuführen, sagte ich, ich wäre in Urlaub gewesen, lief dann davon und beschloss, in das Café zu gehen und meine

* Ich log.

** Ich verweise meinen Mandanten auf die vorherigen zwanzig Seiten konfuser Enthüllungen.

schöne Barista anzustarren. (Um nahtlos eine Obsession mit einer anderen auszutauschen.)

Sie war sogar noch schöner, als ich in Erinnerung hatte, und ich war so hingerissen, dass ich mich schwer beherrschen musste, um sie nicht anzusprechen, weil ich fürchtete, ich könnte ihr mitten bei der Bestellung meine ewige Liebe gestehen.*

Ich sah, dass sie mit jemandem am Telefon plauderte, und dann kam der Pförtner, mit dem ich mich zuvor angelegt hatte, und forderte mich auf, das Café zu verlassen, da ich der jungen Frau Angst einjagen würde.

Alles in allem würde ich nicht unbedingt sagen, dass meine erste Woche zurück im Büro ein voller Erfolg gewesen war.**

* *Einen Espresso mit doppelt Zucker, du sagenhaft wunderbares Beispiel für alles, was ich im Leben liebe und begehre.*

** Es sei denn, man vergleicht sie mit der Woche danach, die eine der schlimmsten meines Lebens werden sollte.

ALLGEMEINE GESCHÄFTSBEDINGUNGEN VON BIENEN

Sie sterben.

Ich nahm mir ein paar Tage frei, auf ärztliche Anordnung. Ich hatte die Suche nach Anhaltspunkten in der Wohnung aufgegeben. Ich fand mich damit ab, dass ich nach jemandem suchte, der nicht da war. Ich war ein Junkie, der vergessen hatte, nach welcher Droge er süchtig war. Das Verlangen war da, aber ohne irgendwas, um es zu stillen, schmachtete ich ohne Ziel, begehrte ohne Befriedigung. Ich merkte, dass ich zwischen dem Alten Frank und dem Neuen Franklyn ständig an mir selbst zweifelte – etwas sagte, aber im Kopf das Echo dessen hörte, was ich eigentlich sagen wollte –, wie eine russische Matroschka-Puppe aus enttäuschten Versionen, die tiefer und tiefer ineinandergesteckt waren. Daher beschloss ich, meinem eigenen Elend ein Ende zu setzen. Ich wollte den Alten Frank nicht finden. Ich war glücklich so, wie ich war, und ich hielt die Traurigkeit für eine Weile in Schach, bis ich drei Leute kennenlernte. Sandra war die Erste, der Zweite war Doug, und der Dritte war der Seltsamste – nämlich ich.

Ich schaute eine Sendung im Fernsehen, und ein Moderator erklärte, dass die Biene ein wesentliches Glied in der Kette des Lebens ist.

»Ohne diese kleine Aphrodite der Blumen läuft die Menschheit Gefahr, wie die Bienen auszusterben«, sagte der Mann lächelnd in die Kamera. Eingeblendet wurde das

Bild von toten Bienen, die wie Schrotkugeln verstreut auf einem Feld lagen, und ich spürte Wärme im Gesicht. Tränen. Ich weinte. Weinte um diese verdammten dummen Bienen. Tränen liefen mir übers Gesicht. Ich dachte nicht mal an den Gesamtzusammenhang, was dieses Phänomen für die Menschheit bedeutete, ich war bloß unsäglich traurig wegen all der armen, kleinen, toten Bienen. Es klopfte an der Tür, und ich wartete, dass Alice aufmachen ging, doch dann fiel mir ein, dass sie einen Yoga-Ausflug mit ihrer Chefin Valencia machte. Ich brachte mich rasch wieder in Fasson, und als ich die Tür öffnete, stand da eine Frau, die genau das zu mir sagte, was zurzeit jeder zu mir sagte: »Ich bin nicht sicher, ob du dich an mich erinnerst, Frank.«

»Molly?«, riet ich.

»Ich bin Sandra.«

Diese Frau hatte eine ungemein markante Nase, wie aus Kristall gemeißelt, mit so vielen wunderbaren Ecken und Kanten, dass ich mich drin verlor. Sie lächelte auf eine Art, die mich mit Liebe erfüllte. Ich hatte das Gefühl, als ob sie meine richtige Frau wäre. Ich hielt diese jähe Liebesanwandlung fest und sagte: »Deine Nase ist wirklich wunderschön.«

»Danke«, sagte sie und wurde rot. »Ich bin eine Freundin deiner Frau. Na ja, um ehrlich zu sein, vielleicht eine Exfreundin. Es ist Jahre her. Aber ein Freund hat mir von deinem … Unfall erzählt. Du fehlst mir, Frank, es tut mir alles so leid …«

Und dann, ehe ich mich bremsen konnte, fing ich wieder an zu weinen. Sofort nahm Sandra mich in die Arme und drückte mich, und tief in ihrem Haar und ihrer Strickjacke – der ein leiser Hauch von Pilzgeruch entwich –, erinnerte ich mich unversehens an etwas. »Geht es Molly gut? Deine Mum ist Molly.«

Ohne die Umarmung zu lockern, sagte Sandra: »Es tut mir leid, dir das sagen zu müssen, Frank, aber Molly geht es gar nicht gut. Sie liegt im Krankenhaus. Sie stirbt.«

Daraufhin weinte ich noch lauter, und ehe ich begriff, was ich sagte, hörte ich mich an Sandras warmem Hals murmeln: »Genau wie all die Bienen, Sandra, genau wie all die armen Bienen.«

Sie hielt mich weiter fest in den Armen und flüsterte: »Ich weiß, Frank, ich weiß.«

ALLGEMEINE GESCHÄFTSBEDINGUNGEN DES AUSSORTIERENS

Freunde sind ein Hemmnis.

Seit meine Frau und ich miteinander geschlafen hatten – was ein einmaliges Ereignis bleiben sollte –, war nicht alles so glatt gelaufen, wie ich gehofft hatte. Zunächst war die Stimmung gut zwischen uns, und unsere angenehmen Abendessen waren weiterhin angenehm, bis wir eines Abends auf ein Hindernis stießen. Es fing an, als ich anfing, Fragen zu stellen. Ohne das Buch *Manager X* oder den schwimmenden Finger zu erwähnen, sagte ich bloß vage: »War ich vor dem Unfall deprimiert?«

Sie starrte mir eindringlich in die Augen, als ob wir auf einer telepathischen Ebene kommunizieren würden, nur dass mein Empfänger kaputt war und nichts ankam.

»Wieso fragst du das, Franklyn?«

Sie beantwortete Fragen immer gern mit Fragen. Es ging mir zunehmend auf die Nerven.

»Ich hab einfach das Gefühl, dass irgendwas nicht stimmt.« Dann ging ich einen Schritt weiter und sagte: »Hör mal, Sandra hat mich besucht, und sie hat mir erzählt, dass Molly krank ist.«

»Ich weiß«, sagte meine Frau ohne Überraschung in der Stimme.

»Du weißt, dass Molly krank ist, und du hast sie nicht mal besucht oder mir auch nur davon erzählt?«

»Du bist selbst noch krank; ich wollte dich nicht belasten.« Dann blickte meine Frau auf und sagte mit einer kalten Stimme, die ich nie zuvor gehört hatte: »Franklyn, ich will ehrlich zu dir sein; ich hab die beiden abserviert, ich habe sie aussortiert.«

»Wie meinst du das?«, fragte ich verwirrt.

»Hast du heute deine Medikamente genommen?«, fragte sie.*

Dann sagte meine Frau: »Ich hab sie aussortiert, weil ich einfach fand, dass ich mit ihnen auf der Stelle trete, nicht weiterkomme.«**

Aber diesmal hörte ich mich sagen, ehe ich mich bremsen konnte: »Sind Freunde dazu da? Dass du weiterkommst? Wenn du irgendwo hinwillst, nimm doch ein Auto.«

Meine Frau hielt inne, ihre Gabel knallte eine Spur zu fest auf den Teller, und sie sah mich an.

»Ich sehe, allmählich fällt dir wieder ein, was für ein Klugscheißer du warst«, sagte sie.

Das kam ihr in einem ausgesprochen sarkastischen Tonfall über die Lippen, aber er passte zu ihr und vibrierte durch mich hindurch in irgendeine vergangene Wahrheit hinein.

Ich sagte: »Aber Sandra hat gesagt, dass sie mal deine beste Freundin war.«

»*Beste Freundin.* Du hörst dich an wie ein Sechsjähriger, Franklyn«, sagte sie und lächelte ein so dünnes Lächeln, dass es Augäpfel hätte durchschneiden können.

* Nein (aber wie schon gesagt, es geht mir ohne wirklich absolut prächtig).

** Um des lieben Friedens willen tat ich bei unseren netten Abendessen normalerweise alles, um Ärger zu vermeiden, und normalerweise hätte ich einfach gesagt: »Okay, ich verstehe, bitte entschuldige, dass ich gefragt habe.«

Ich wurde ein wenig lauter: »Und du hörst dich an wie eine Zicke.«

Wir brauchten einen Moment, bis wir verdaut hatten, dass ich etwas Gemeines gesagt hatte, aber noch schlimmer war das Gefühl, dass wir endlich in unseren alten Trott zurückgefunden hatten. Ich spürte tief in mir – auf eine Art, die mächtiger und überzeugender war als bloße Erinnerung –, dass meine Frau und ich uns vor meinem Unfall öfter so gestritten hatten.

»Franklyn, ganz ehrlich, das sind bloß *alte* Freunde.«

»Alte Freunde sind die besten Freunde. Das sind die Freunde, die man am längsten hat.«

»Was zum Teufel ist bloß in dich gefahren? Was ist mit dem fröhlichen Franklyn passiert, der aus dem Krankenhaus gekommen ist? Lass gut sein. Molly und Sandra sind längst Geschichte.«

»Sie sind Teil unserer Geschichte«, flüsterte ich, plötzlich müde.

»Ich verspreche, ich besuche Molly Ende der Woche. Was unsere Diskussion angeht, ich muss gleich mit Valencia Rad fahren, also lass uns das später weiter diskutieren. Klingt das gut?«

»Nein. Das klingt beschissen«, sagte ich.*

* Und sie sah mich an wie einen Haushund, der nach Jahren sanftmütigen Gehorsams auf sie losgegangen war.

Von	scheißdrauf@hotmail.com
An	franklynmeinlieber@hotmail.com
Betreff	Der Osten schlägt den Westen

Frank – hi!

War im Wat Pho, um mir den liegenden Buddha anzusehen – ein umwerfendes Teil goldener Entspanntheit.

Bei uns im Westen hängen die religiösen Ikonen an Kreuzen, ausgemergelt, blutend und in ewigem Schmerz.

Im Osten haben sie einen goldenen Gott, der daliegt wie der scheißglücklichste Typ im ganzen Universum.

Liebe Grüße und Freude

Malc

PS: Reinkarnation ist in Thailand real. Alte Suzukis werden als Bootsmotoren wiedergeboren.

ALLGEMEINE GESCHÄFTSBEDINGUNGEN VON GOTT

Er hatte zehn von ihnen.

Als ich nach meiner kleinen Auszeit zurück ins Büro kam, betrauten sie mich mit richtiger Arbeit – mit Allgemeinen Geschäftsbedingungen, sprich mit Kleingedrucktem. Oscar witzelte, das würde sowieso keiner lesen, also sollte ich mir keine allzu große Mühe machen. Ich vermutete, dass die Verträge, die man mir vorlegte, keine aktuellen waren, bloß alte, damit ich mich nützlich fühlte.

Zunächst schwammen die winzigen Wörter wie Kaulquappen herum, und der Schlaf zog mich nach unten. Aber trotzdem wies mich keiner zurecht. Im Gegenteil, Oscar behandelte mich so gut, dass ich das unbestimmte Gefühl hatte, er mochte den Neuen Franklyn lieber als den Alten Frank.

Als ich mit einem pharmazeutischen Vertrag ankam, lächelte er und sagte, während er ihn durchsah: »Tolle Arbeit, Kumpel. Dann hast du also kein Problem hiermit?«

»Überhaupt keins«, sagte ich, obwohl ich die Frage eigentlich nicht verstand.

»Ich liebe das«, sagte Oscar. »Du bist so was wie der neue und verbesserte Franklyn, Version 2.0.«

Diese Verträge waren in einem gewissen Sinne ein großer Trost. Mein Leben nach dem Unfall war ein Emotionschaos, aber Kleingedrucktes ermöglichte es mir, Dinge mit ordentlichen Regeln festzuzurren. Kleingedrucktes lieferte mir auch erste Anhaltspunkte zu meinem alten Selbst.

Beim Lesen seiner Verträge sah ich, dass der Alte Frank ein neurotisches Nervenbündel gewesen war. Ich witterte das in der Art, wie er Geschäftsbedingungen formulierte. Ich empfand es als Privileg, er gewesen zu sein. Er war ein Mann, der die Neurose zur Kunstform erhob. Ein Vertragsanwalt schützt seine Mandanten, indem er das Risiko mindert und Verantwortung umschifft, damit kein Hintertürchen offen und keine Regelung uneingeschränkt bleibt.

Und der Alte Frank war ein Meister darin.

Ein wirklich guter Anwalt akzeptiert nicht, dass es vielleicht irgendwelche Umstände gibt, die er nicht berücksichtigen kann. Er sichert seine Mandanten gegen *alle* unbekannten Umstände ab. So ist zum Beispiel die wunderbar klingende *Force majeure* – umgangssprachlich *höhere Gewalt* genannt – die ultimative Rücktrittsklausel, die dafür sorgt, dass egal was, ob Wetter oder unvorhergesehene Ereignisse, dazu genutzt werden kann, einem Mandanten aus der Patsche zu helfen.*

Ich ging davon aus, dass ebendiese *höhere Gewalt* in meinem Leben die Menschen waren – vielleicht auch das höhere Wesen –, die zu meiner kleinen Episode und meinem Unfall geführt hatten. Ich fragte mich, ob der Alte Frank an Gott glaubte. (Ich glaubte kaum an mich selbst, daher war es zu weit hergeholt, an eine allmächtige Kraft zu glauben.) Ich konnte mir nicht vorstellen, dass der Alte Frank gläubig gewesen war, aber ich war überzeugt, dass er für seine Mandanten eine fast göttliche Macht ausgeübt hatte.

* Vorsicht bei romantisch klingendem Juristenlatein.

Seine so wunderbar verfassten Verträge funktionierten wie katholische Priester – sie erteilten Mandanten die Absolution, vergaben ihnen, belohnten sie mitunter sogar, in welcher Situation auch immer. Der Alte Frank war wahrhaftig ein neurotischer Meister. Und wenn Lyrik ein Vorstoß in das Sprachlose war, dann stießen Franks Klauseln in das Unvorhersehbare vor.* Seine Klauseln bändigten den Tumult des Lebens, und er war ein wahrhaftiger Meister dessen, was ich am meisten fürchtete – des Worst-Case-Szenarios.**

Daher wusste ich, dass ich meine Sache besonders gut machte, als ich noch etwas entdeckte, das der Alte Frank übersehen hatte.

Nämlich eine Schriftunregelmäßigkeit.***

* Hier ist ein Beispiel dafür, wie der Alte Frank seine Macht in einer Klausel demonstrierte, die er in einen Autorenvertrag fürs Fernsehen schrieb: »Der Autor verzichtet auf jedwedes Recht, Unterlassungsansprüche für die ungehinderte Verwertung und Nutzung seiner Arbeit einzuklagen.«

Die dreiste Verwendung des Wörtchens »ungehindert« ist wie ein Nadelstich. Einfacher formuliert: *Du wirst total verarscht (und übrigens: Obwohl du verarscht wirst, kannst du absolut nichts dagegen machen. Also verkauf uns deine Seele und unterschreibe bitte hier, hier und hier).*

** Die Allgemeinen Geschäftsbedingungen eines bekannten Computerunternehmens sind ein Paradebeispiel dafür, wie ein Worst-Case-Szenario ad absurdum geführt wird: Sie willigen ein, diesen MP3-Player nicht für irgendwelche Zwecke zu nutzen, die in den USA gesetzlich verboten sind. Dies gilt insbesondere und ohne Einschränkung für die Entwicklung, Konstruktion und Herstellung von Atomraketen. Atomraketen! Äußerst surreal. Ein Unternehmen, das großartige Produkte und groteskes Kleingedrucktes produziert.

*** Shaw&Söhne hat wie alle Anwaltskanzleien strenge Regeln für die Schriftgröße:

Je bösartiger die Klausel, desto kleiner die Schrift.

Je wichtiger die Einschränkung, desto unsichtbarer muss sie sein.

Ich nahm sie kaum wahr, doch kurz bevor ich den Blick von der Seite nahm, blieb ich daran hängen:

Das Recht zur Vervielfältigung und Verbreitung des Werkes (ganz oder teilweise,* bearbeitet oder gekürzt, für sich allein oder in Verbindung mit Ton und Bildern) unter Verwendung elektronischer und digitaler Speicher- und Wiedergabemedien (z.B. E-Books, CD, DVD, CD-ROM) sowie das Recht, das Werk (ganz oder teilweise) in elektronische Datenbanken, Datennetze, Telefondienste etc. einzuspeisen und zu speichern und mittels digitaler oder anderweitiger Speicher- und Übertragungstechnik Nutzern zugänglich zu machen (z.B. zum Empfang mittels eines Fernseh-, Computer-, Handy- und/oder sonstigen, auch mobilen Gerätes). Eingeschlossen ist auch das Recht, das Werk (ganz oder teilweise) mit Hilfe von Ton- und/oder Fernsehrundfunk einschließlich Drahtfunk, Kabel- und Satellitenfunk und ähnlichen Übertragungstechniken zu senden.

MEA CULPA

* Mea culpa: Meine Schuld

ALLGEMEINE GESCHÄFTSBEDINGUNGEN VON DOUG

Wir sind durch zarte Fäden gebunden.

»Schön, dass du wieder auf den Beinen bist«, sagte Doug.

Wir standen auf dem Flur, und obwohl es ein verlegener Moment hätte sein müssen – zwei Männer auf dem Weg von einem Ort zum anderen, nichts, wo man die Hände hintun konnte, nichts, wo man sich anlehnen konnte –, war ich nicht verlegen, ich war entspannt. Ich hatte kaum Erinnerungen an Doug, aber genug, um zu wissen, dass ich ihm vertraute, mich mit ihm wohl fühlte. Entschwundene Erinnerungen hinterlassen emotionale Überbleibsel, und deshalb spürte ich tief in mir, dass ich ihn mochte, obwohl ich mich an keinerlei Fakten in Bezug auf Doug erinnern konnte.

»Mir geht's schon deutlich besser, danke.«

»Ich weiß ja nicht, woran du dich erinnerst, aber ich habe bei deinem Vater gearbeitet. Ich bin im Versicherungswesen, aktuell Aktuar, um genau zu sein«, und er lächelte über diesen kleinen Spruch.

Ich lächelte zurück, doch dann blickte Doug mich sehr ernst an und sagte: »Also, Frank, mal ehrlich, geht's dir wirklich besser?«

Ich reagierte reflexartig: »Ja, natürlich. Ganz prima.«

»Wirklich?«, sagte Doug.

Ich überlegte einen Moment und sagte: »Na ja, eigentlich nicht, nicht wirklich, nicht ganz.«

»Das macht nichts«, sagte Doug kein bisschen enttäuscht. »Es wird noch eine Weile schwer sein. So eine Hirnverletzung. Das ist ein harter Schlag. Ein schwerer Schlag.«

»Ja, das ist wahr«, sagte ich. »Ich fühl mich irgendwie … ach, egal … es ist albern.«

»Nein, Frank, sprich weiter, bitte«, sagte er und hielt meinen Blick mit seinen warmen braunen Augen fest.

»Ich hab das Gefühl, alle Leute behandeln mich lieb und nett, also, ich meine, irgendwie oberflächlich, als würden sie glauben, ich könnte zusammenbrechen oder so, und ich kann einfach mit niemandem über irgendwas sprechen, das, na ja, wichtig ist«, sagte ich und merkte, während ich sprach, dass genau das das Problem war.

Doug nickte, und ich spürte, dass er mit einer Entscheidung rang, überlegte, ob er mir etwas Wichtiges erzählen sollte.

Er sagte: »Weißt du was, Frank? Ähm, ich denke, wir sollten uns mal ein bisschen unterhalten. Komm doch auf einen Sprung mit in mein Büro. Es ist gleich da hinten. Was meinst du? Ich mache einen spitzenmäßigen grünen Tee.«

Ich hätte fast zugestimmt. Aber sein Lächeln wirkte unnatürlich angespannt – ein zu straff gezogenes Seil –, und einen Moment lang war ich nicht sicher, ob mein anfänglicher Eindruck von Doug richtig war. Wir waren so hoch im Gebäude, dass man das Gefühl hatte, die Wolken würden die Fenster streifen. Mir war schwindelig vor Unentschiedenheit: Doug wollte mir helfen, ich wusste, er wollte mir irgendetwas Wichtiges anvertrauen, dennoch zauderte ich und sagte: »Danke für den Plausch, Doug. Es war schön, mit dir zu reden, aber ich muss wirklich zurück an meinen Schreibtisch und ein paar Sachen … checken.«

Dougs Kopf senkte sich, und ich spürte, dass er mich innerlich abschrieb. Dieses Gefühl, dass Leute mich abschreiben, das ist inzwischen eine körperliche Empfindung. Als wären wir mit einer Million weicher Fäden aneinandergebunden, und wenn ich jemanden enttäusche, spannen sich ein paar Tausend davon und reißen, so dass meine Verbindung zu dieser Person von immer neuen dünnen Scheiben Enttäuschung durchtrennt wird.*

* Und als ich benommen wegging, spürte ich, wie die tausend winzigen Fäden zwischen Doug und mir zerrissen.

ALLGEMEINE GESCHÄFTSBEDINGUNGEN VON CODES

Sie machen nur Sinn,
wenn du den Schlüssel hast.

Ein paar Tage nach meiner Begegnung mit Doug saß ich im Café vor einem ungetrunkenen Kaffee. Irgendjemand hatte Zucker auf dem Tisch verschüttet, und der fing das Sonnenlicht auf und leuchtete wunderschön – ein Zuckersternbild. Ich war dabei, mir einen der Verträge vom Alten Frank noch einmal durchzulesen, und plötzlich wurde mir seltsam und schummrig zumute, begleitet von einem beunruhigenden Schwappen im Bauch. Ich wusste bloß, dass mir irgendwas komisch vorkam. Irgendwas fühlte sich falsch an. Ich dachte, ich müsste mich übergeben, daher schob ich die Police weg und konzentrierte mich, so gut ich konnte, darauf, nicht zu kotzen. Dann nahm ich sie wieder zur Hand und versuchte, mich am Riemen zu reißen, doch beim Weiterlesen meldete sich wieder diese innere Unruhe, und die Welt geriet ins Schwanken.

In dem Vertrag waren Wörter, die ein Anwalt nie verwenden würde. Und diesmal waren es nicht bloß Tippfehler oder Schriftunregelmäßigkeiten. Wenn ich ohne klaren Fokus auf das Blatt starrte, drängten sich seltsame Wörter in den Vordergrund. Das erste Wort, das ich entdeckte, war das sonderbarste. Es baumelte in der Mitte eines Satzes – *möglicherweise*.

Kein juristisches Wort; viel zu uneindeutig. Ich markierte es.

Ich ging die Seite noch einmal durch. Das nächste Wort – *Warnung*. Das ist zwar vielleicht kein ungewöhnliches Wort, gehört aber nicht zu der Sorte Wörter, die in einem Vertrag verwendet werden. Viel zu reißerisch. Der Satz, in dem es lauerte, war Standard: *Warnung: Sämtliche vom Versicherer zugesagten Leistungen werden gemäß den jährlichen Zinserhöhungen angepasst.* Der zweite Teil des Satzes findet sich in jedem Vertrag. Aber ich hatte noch nie gesehen, dass er mit dem Wort *Warnung* eingeleitet wurde.

Dann das: *Die vereinbarte Gesamtsumme wird an den Kunden ausgezahlt, enthält, nachdem die Summe vollständig bewilligt wurde und …* Mich überkam das vage Gefühl, dass die Dinge um mich herum irgendwie zusammenhingen, dass ich auf ein geheimnisvolles Muster gestoßen war, das aus Enthüllungen und Zufällen bestand. So müssen sich Schizophrene in den hellen Momenten überreizter Erkenntnis fühlen, kurz bevor sie den letzten Schritt in den Abgrund tun. Die Erleuchtung vor dem Wahnsinn.

Das letzte Wort sprudelte hoch, und es war das bizarrste. Und als ich die einzelnen Wörter zu einem Satz zusammenfügte, musste ich laut lachen. Der Satz lautete:

Warnung: Dieser Vertrag enthält möglicherweise Nüsse!

Erst nachdem mein Gelächter einen irrwitzigen Klang angenommen hatte, merkte ich, dass ich nicht aufhören konnte. Meine Hysterie hatte keine Bremse. Ich konnte sie nicht anhalten. Andere Leute, darunter meine schöne Barista, starrten mich an, doch das Gelächter bohrte sich tief in einen Ort, wo ich lange nicht mehr gewesen war. Wild kichernd starrte ich auf die Wörter und wusste es. Ich wusste ohne den leisesten Zweifel, dass ich sie geschrieben hatte; ich hatte vor meinem Unfall an diesem Vertrag herumgedoktert. Vielleicht hatte ich an allen Verträgen herumgedoktert. Es war so, als ob mein altes Selbst aus der Tiefe eines Brunnens heraufschrie, mir aus der Vergangenheit zubrüllte: *Wach auf! Wach auf und rieche den grässlichen Kaffee, Frank, dein Leben ist eine einzige Katastrophe!*

Diese Nachricht war wie ein Bumerang zu mir zurückgekommen – oder sogar *vorwärts* zu mir. Sie stammte von dem Alten Frank, der aus der Vergangenheit kommunizierte, über den Abgrund hinwegrief. Während ich lachte, erinnerte ich mich. Ich saß da, hielt mich an diesem manipulierten Vertrag fest, und mein altes Gedächtnis, meine Gefühle, meine Persönlichkeit strömten in die leere Hülle, die ich war.

Ich wünschte wirklich, ich könnte etwas Positives sagen – dass die zurückkehrenden Erinnerungen eine Million Pusteblumenschirmchen waren, die zurückgeflogen kamen und an meinem Gehirn haften blieben. Ich kann es nicht. Kakerlaken haben Hunderte Babys im Leib, und wenn sie zertreten werden, spucken ihre zerplatzenden Körper die Brut so weit und breit aus wie möglich, um die Spezies zu erhalten; während ich lachte, begann ich verzweifelt und hektisch, all die widerlichen herumwuselnden Erinnerungen einzufangen, ehe sie erneut flohen. So fühlte es sich an.

Mein Gehirn legte für die wiederkehrenden Erinnerungen Akten an, einmal Anwalt, immer Anwalt, bestimmte exakt meine Beziehungen zu den Menschen um mich herum und die Liebe und die Verpflichtungen, durch die wir alle aneinander gebunden waren. Die Hysterie schüttelte meinen Körper, Erinnerungen brachen hervor wie der heiße Speichelerguss vor dem Erbrechen, und das Erste, was mir einfiel, war brutal einfach, der geballte Hass brach sich in einem Kreischen Bahn, und an seinem höchsten Punkt stand ein einziges Wort – *Oscar*.

BEDINGUNG 2

HYPERMNESIE*

ALLGEMEINE GESCHÄFTSBEDINGUNGEN VON WISSEN

Erst wenn du höchste Erkenntnis erreicht hast,
gelangst du zur endgültigen Weisheit –
dass Unwissenheit ein Segen war.

* Deutliche Erinnerung an die Vergangenheit.

ALLGEMEINE GESCHÄFTSBEDINGUNGEN VON OSCAR

Halitosis ist ein Zustand stinkender Verdrängung.

Oscars Gesicht ist wie ein Brettspiel, in dem Augen, Ohren, Mund und Nase um den Preis »Das scheußlichste Merkmal« wetteifern. Wenn ich entscheiden könnte, würde ich sagen, seine Augen gewinnen den Preis. Die sind weniger wie Augen, eher wie Höhlen, die eine entweichende Seele hinterlassen hat.

Falls Sie noch immer unsicher sind: Ich hasse ihn.

Ich erinnerte mich jetzt an alles überdeutlich.

Er hat eine widerliche Halitosis und sagte andauernd über andere: »Menschenskind, der Typ stinkt vielleicht aus dem Mund!«

In Wirklichkeit ist es bloß der Mundgeruch-Rückprall. Oscar ist noch nicht dahintergekommen, dass sein eigener schlechter Atem zu ihm zurückweht.

Das einzig Positive an Oscar ist, dass meine Frau und ich uns nur in Bezug auf ihn noch völlig einig sind. (Ja, wie sich herausgestellt hat, bin ich auch kein Riesenfan von meiner Frau, aber dazu später mehr.)

Ich erinnerte mich, dass meine Frau und ich oft das Wer-hasst-Oscar-am-meisten-Spiel spielten.

Ich sagte dann zum Beispiel: »Wenn Oscar ein Tier wäre, wäre er eine Klapperschlange.«

Sie übertrumpfte das mit: »Oscar ist der uneheliche Bastard von Stalin und Hitler.«

Ich wiederum übertrumpfte das noch mal mit: »Die meisten Menschen werden als Tiere wiedergeboren. Oscar wird mal als AIDS wiedergeboren.«

Sie können sich also ein Bild machen. Ich werde nicht schreiben, was Oscar tatsächlich ist. Das ist einfach zu vulgär.*

* (Oscar ist ein Wichser.)

ALLGEMEINE GESCHÄFTSBEDINGUNGEN MEINER FAMILIE

Kein Grund,
persönlich zu werden.

Dann kam ich dahinter, was der Knackpunkt war. Die Quelle meiner Wut – *das Testament.*

Laut Testament meines Dads sollte Oscar die Kanzlei übernehmen, dann sollte ich Partner werden und schließlich auch mein jüngster Bruder Malcolm. Der Vertrag war konkret und fair; wir mussten alle hart arbeiten, um uns die Partnerschaft zu verdienen. Es war legal aufpolierter Nepotismus.

Leider schrieb Dad ein kleines Sätzchen ins Testament, das festlegte, dass meine Wahl zum Partner erfolgen sollte, *»wenn Oscar den Zeitpunkt für angebracht hält«*.

Zehn Jahre nach Dads Tod hält Oscar den Zeitpunkt noch immer nicht für angebracht. Mein Leben durch einen einzigen Satz ruiniert.* Er wird meine Grabinschrift werden: *Hier ruht Frank. Er starb, als Oscar den Zeitpunkt für angebracht hielt.*

Mein Dad lockte mich in eine Rechtsfalle. Ich erinnerte mich glasklar an den Tag, an dem ich den Inhalt von Dads Testament erfuhr: Ein grauer Anwalt verlas in einem beigefarbenen Büro ein gelbliches Testament. Die Fenster hatten Gitterstäbe, die sich nach außen bogen, und die Wände waren regelrecht tapeziert mit roten Büchern. Die

* Ich habe Sie ja schon vor dem Kleingedruckten gewarnt.

Wichtigkeit des Augenblicks durchtränkte alles mit Symbolik, während ich in meinem juristischen Gefängnis saß. Und Oscar, die Ruhe selbst, streckte seine fetten Beine aus, als würde er ein Sonnenbad nehmen.

Mein jüngster Bruder Malcolm reagierte auf seine Weise. Er stand auf und sagte: »Scheiß drauf«, ging raus, stieg in ein Flugzeug und kam nie wieder. Kluge Entscheidung.

Nach der Verlesung des Testaments stand ich an einem Scheideweg in meinem Leben, und da stehe ich bis heute, noch immer unentschlossen, noch immer zu feige, mich zu bewegen. Ich will nicht behaupten, dass ich der Lieblingssohn meines Vaters war oder dass er mich mehr liebte als die anderen. Er verteilte seine Liebe gleich.* Doch sich einfach an die Tradition zu halten und dem ältesten Bruder alles zu geben, das war unerträglich. Selbst durch väterliche, mit Stolz verschleierte Augen muss er doch wohl gesehen haben, dass Oscar ein machtgeiles Arschloch war.

Die restlichen Teile seines Vermögens verteilte Dad mit salomonischer Präzision. Sämtliche Geldmittel, wie beispielsweise der Erlös aus dem Verkauf seines Hauses, flossen zurück in die Kanzlei, so dass logischerweise alle drei Brüder letzten Endes von der Investition profitieren würden.

Sein übriger Wertbesitz wurde gleichmäßig aufgeteilt: Seine teure Aktentasche ging an Malcolm, sein Füllfederhalter an Oscar und seine alte Aufziehuhr an mich.**

* Seine Liebe war gerecht und fair. Seine Liebe hätte vor Gericht standgehalten. Rechtmäßige Liebe.

** Ich hatte sie bewundert, als ich klein war, und er versprach sie mir. Später jedoch wollte ich sie nicht mehr. Als ich ein arroganter Teenager war, verglich ich sie mit meiner *supertollen Digitaluhr*, die man nicht aufziehen musste. Dad gefiel das gar nicht, und ich vermutete, dass er sein Angebot noch einmal überdenken würde, aber damals sagte er zu mir:

Von	scheißdrauf@hotmail.com
An	franklynmeinlieber@hotmail.com
Betreff	Keine Kurzmeldung!

Frank – hi!

Kurzmeldung: Heute ist nichts passiert

Auf einer Insel irgendwo in Thailand ist heute nichts passiert. Kein Politiker hat gelogen, kein Händler hat nichts verkauft, kein Missionar hat kein Wort von keinem Gott gepredigt, kein Polizist hat keinen Kriminellen verhaftet, keiner hat sich zu einer Schönheits-OP entschlossen, um sich die vermeintlich hängenden Brüste straffen zu lassen, keiner hat keinen vermöbelt, weil kein Fußballteam kein Spiel verloren hat, kein Banker hat kein Geld veruntreut, keiner hat sich von keinem anderen scheiden lassen, keine CIA-Verschwörung wurde angezettelt (weder mutmaßlich noch sonst wie), kein Promi wurde dabei fotografiert, wie er keinem nichts tat, keine Starbucks-Filiale hat auf keiner Straße aufgemacht, absolut nichts von keinerlei Bedeutung ist heute passiert. Rein gar nichts.

Liebe Grüße und Frieden,
Malc

»Frank, das Wunderbare an meiner Uhr ist, dass du von ihr genau das zurückbekommst, was du hineinsteckst. Das hat etwas ziemlich Nettes und Faires. Es ist wie ein schöner Vertrag. Jeden Morgen ziehe ich sie ein paar Sekunden lang auf, und jeden Tag revanchiert meine Uhr sich dafür, indem sie mir vierundzwanzig Stunden lang die genaue Zeit anzeigt.«
Ich grinste süffisant.
Ich wünschte, ich hätte das nicht getan, und jeden Morgen, wenn ich die Uhr aufziehe, bedaure ich dieses Grinsen.

ALLGEMEINE GESCHÄFTSBEDINGUNGEN VON PLANUNGSMEETINGS

Sie verlaufen nie nach Plan.

Oscar hatte es nicht nur *für angebracht gehalten*, mich nicht zum Partner zu machen, er hatte es auch für angebracht gehalten, mich in der untersten Riege unserer Kanzlei zu halten. Dad ist schon lange tot, aber ich bin noch immer der Mann fürs Kleingedruckte. Und Oscar ließ nie eine Gelegenheit verstreichen, mich runterzuputzen. Wir hatten überaus peinliche Planungsmeetings, in denen Oscar sich erdreistete, mir zu sagen, dass ich nicht die Ernsthaftigkeit ausstrahlte, die für eine Beförderung erforderlich sei. Er genoss jede Minute, die ich verabscheute.

»Du bist ein Leichtgewicht, Frank«, sagte Oscar. »Du brauchst mehr Durchsetzungskraft. Kauf dir ein paar Anzüge, die zu viel kosten, schaff dein blödes japanisches Auto ab, kauf dir irgendwas Wuchtiges, das Eindruck macht, leg dir einen neuen Haarschnitt zu, fang an, seltsam geformte Brillen zu tragen. Das brauchst du, um ernst genommen zu werden. Irgendwelche Fragen?«

»Bloß eine«, sagte ich. »Wann bist du vom kleinen Arschloch zum Riesenarschloch aufgestiegen?«

»Witzig, Kumpel. Sehr witzig. Das Meeting ist vertagt. Kein Grund, persönlich zu werden.«

Doch zu diesem speziellen Planungsmeeting war ich schwer bewaffnet erschienen. Seit Monaten stritten Oscar und ich uns darüber, ob Shaw&Söhne an die Börse gehen sollte. Oder »IPO gehen«*, wie Oscar es abscheulicherweise immer nannte. Ich machte ihn darauf aufmerksam, dass das gegen alles verstieß, wofür wir als Familienbetrieb standen, und dass unser Dad sich im Grabe umdrehen würde. Wochenlang diskutierten wir darüber. Ich schaute sogar in Dads Testament nach, und tatsächlich, da war eine Klausel wie ein funkelnder Edelstein, die besagte: *Shaw& Söhne ist ein Familienunternehmen, und so lange die Kanzlei meinen Namen trägt, werden die Partner unter keinen Umständen einen Börsengang anstreben.*

Ich lächelte, als ich das las. Ich wusste, ich würde über Oscar triumphieren. Dads Umsicht hatte mir die Waffe geliefert, die ich brauchte, um Oscars kleinen Plan zu vereiteln. *Unter keinen Umständen* – mein Vater hatte alles festgezurrt.

Ich gebe zu, obwohl ich in den Dreißigern bin, gibt es für mich nichts Schöneres, als meinem großen Bruder eins auszuwischen. Daher wartete ich ab, bis er mich damit beleidigt hatte, dass es mir an Ernsthaftigkeit mangele, und dann, als Oscar mal wieder die Idee zur Sprache brachte, »IPO zu gehen«, schlug ich lässig die Kopie des Testaments auf und sagte: »Das kannst du nicht machen, Oscar. Dad hat eine eindeutige Klausel dagegen eingefügt. Vergiss es. Hier steht alles schwarz auf weiß.«

Ich rechnete damit, dass Oscars übelriechender Mund aufklappen würde und er die Niederlage hinnehmen würde. Weit gefehlt: Er lächelte, als wäre ein ebenbürtiger Krieger an die Stelle seines Schwächlings von kleinem Bruder getreten, und sagte: »Sehr gut, Frank. Das ist der

* *Initial Public Offering*: der Moment, wenn die Öffentlichkeit Anteile an einem börsennotierten Unternehmen kauft und Leute wie Oscar (und alle anderen Partner) stinkreich macht.

Grund, warum du immer ein besserer Anwalt sein wirst als ich. Und warum du es vielleicht sogar eines Tages zum Partner bringst. Aber im Moment bist du kein Partner, was bedeutet, dass du bei der IPO-Entscheidung nicht mitreden kannst.«

»Es gibt keine IPO-Entscheidung.«

»Schauen wir mal«, sagte Oscar und verließ lächelnd den Raum.

Ich hätte im Nachglanz meines Sieges strahlen sollen, doch stattdessen war ich nervös und unsicher, was genau da gerade passiert war.

ALLGEMEINE GESCHÄFTSBEDINGUNGEN VON TÜREN

Sie tauchen nicht einfach aus dem Nichts auf.

Nach diesem besonders furchtbaren Meeting mit Oscar stand ich gerade wütend am Fotokopierer, als ich einen Mann bemerkte, der an mir vorbei den Flur hinunterging und in ein Büro verschwand, das vorher nicht da gewesen war. Wir versetzen schon mal Trennwände in unserem Großraumbüro, aber ich hatte noch nie erlebt, dass eine funkelnagelneue Tür einfach so erschien, mit einem neuen Büro dahinter. Die Tür verriet nicht das Geringste über sich. Kein Firmenname, keine Nummer. Auffällig war nur, dass sie ein klein wenig sauberer und weißer war als die anderen Türen. Ich wollte sie öffnen, aber sie war verschlossen. Ich klopfte, aber niemand machte auf, obwohl ich diesen Typen doch eben erst hatte reingehen sehen. Bei der Langeweile des Bürolebens wurde die neue Tür eine Obsession. Nachdem ich die glänzende Tür tagelang beobachtet hatte, ging sie endlich auf, und der neue Mann kam heraus. Ich lief ihm nach, rannte fast den Flur entlang und hatte ihn beinahe eingeholt, als ich wie angewurzelt stehen blieb: Der neue Mann unterhielt sich mit Oscar, als wären sie alte Freunde. Ich begriff, was da los war, was das zu bedeuten hatte: Hinter dieser geheimen Tür hockten wahrscheinlich ein Haufen Anwälte und Buchhalter zusammen und suchten nach irgendeiner Masche, wie sie an Dads Testament vorbei mit Shaw&Söhne an die Börse gehen konnten. Oscar die Schlange.

Sobald der neue Mann weitergegangen war, marschierte ich auf Oscar zu und sagte: »Wer ist der Typ in dem neuen Büro?«

»Welches neue Büro?«, fragte Oscar.

»Das da hinten den Flur runter.«

»Ist mir gar nicht aufgefallen.«

»Es ist genau da, verdammt.« Ich drehte mich um und zeigte es ihm. Stach mit dem Finger in die Richtung der geheimnisvollen Tür.

»Schon gut, beruhige dich, Frank.«

»Geht es wieder um den Börsengang, weil du weißt, dass du nichts gegen Dads Testament machen kannst?«

»Nein, das hat nichts mit dem IPO zu tun.«

»Ist es was Illegales?«

»Natürlich nicht. Ich bin Anwalt, Herrgott noch mal. Menschenskind. Ich bin im Ethikausschuss. Das ist alles hundertprozentig legal.« Oscar lächelte, als wäre das Thema damit vom Tisch, fügte aber noch rasch hinzu: »Es ist einfach besser, wenn du nichts darüber weißt.«

Von	scheißdrauf@hotmail.com
An	franklynmeinlieber@hotmail.com
Betreff	Der König und Oscar

Frank – hi!

Ich weiß eigentlich gar nicht, was ich schreiben soll, aber ich schätze, genau dafür wurde die E-Mail erfunden.
Bin auf einer winzigen Insel in Thailand. Der übereifrige Mann, der die Hütten vermietet, heißt Fon.
Als heute Morgen ein Gewitter losging, kam Fon durch Blitz und Donner und strömenden Regen zu meiner Hütte gelaufen und sagte pitschnass und zutiefst beschämt: »Ähm, dieses Wetter tut mir sehr leid, manchmal es regnet auf Ko Chang.«
Er hörte sich an, als wäre er für das ganze Wettersystem verantwortlich.
Der arme Fon.

Liebe Grüße und Blitze,
Malc

PS: Ein absoluter Bestseller in Thailand ist zurzeit das Buch *Der König und mein Hund*. Geschrieben hat es der König von Thailand. Der Typ ist hier total beliebt.

PPS: Der König von Thailand sieht genauso aus wie Dad.

PPPS: Der Hund des Königs ist eine sabbernde Promenadenmischung aus Bulldogge und Gott weiß was – er sieht genauso aus wie Oscar.

ALLGEMEINE GESCHÄFTSBEDINGUNGEN DES ORGANHANDELS

Oscar hat mal mit
Organen gehandelt.

Womit ich meine, dass ich, als wir Kinder waren, Spielzeugfiguren mit herausnehmbaren Organen – Herz, Lunge, Leber, Gehirn – in leuchtendem Rot und Blau gesammelt habe. Die ursprüngliche Figur hieß »Der Unsichtbare Mann«, weil du glatt durch ihn hindurchgucken konntest. Dieses merkwürdige Spielzeug war der erste Auslöser für meine Obsession mit dem menschlichen Körper, das Saatkorn für meinen Wunsch, Arzt zu werden. Ich liebte die säuberliche Anordnung der Organe, die jeweils eine eigene Aufgabe erfüllten und gemeinsam daran arbeiteten, etwas Ganzes und Bedeutsames zu produzieren.

Die meisten Menschen bemerken ihren Körper erst, wenn irgendwas schiefläuft. Dann entwickeln sie plötzlich ein dramatisches Interesse an ihrer sklerosevernarbten Leber oder rußgeschwärzten Lunge. Mich dagegen hat schon immer der ganze Kram fasziniert, der pumpt und gluckert.

Eines Tages nach der Schule stellte ich fest, dass jemand all die böhnchenförmigen Nieren, wurmigen Gedärme und Walnuss-Gehirne gestohlen hatte. Alles futsch. Die Figuren standen ausgehöhlt da.

Als ich Oscar zur Rede stellte, sagte er: »Wenn du sie wiederhaben willst, musst du dafür bezahlen.«

Obwohl erst zehn Jahre alt, war Oscar bereits auf dem besten Weg zum Wirtschaftsanwalt, ein Juristenarsch im

Embryonalstadium. Er holte ein DIN-A4-Blatt hervor, auf dem die Preise pro Organ aufgelistet waren und ganz unten eine Stelle für meine Unterschrift vorgesehen war, durch die ich mein Einverständnis mit den Preisen erklären sollte.

Er reichte es mir zusammen mit einem knallgelben Buntstift und sagte: »Unterschreib bitte da, da und da.«

Ich schnappte mir das Blatt und zerriss es. Er packte meinen Kopf und schlug mir ins Gesicht.

Ich bettelte: »Bitte, Oscar. Ich will sie einfach bloß wiederhaben.«

Ich sah mich in seinem Zimmer um. Wo konnte er sie versteckt haben? Es war offensichtlich. Wie ein guter präpubertärer Anwalt hatte er sich zum Geburtstag einen Safe gewünscht, und der stand unter seinem Schreibtisch, grau und undurchdringlich.

Er folgte meinem Blick und sagte: »Schön, jetzt weißt du, wo sie sind. Also los, hol dein ganzes Geld, und dann kommen wir vielleicht ins Geschäft.«

Ich weinte.

»Oder läufst du gleich zu Mummy?«, höhnte Oscar.

Ich fand den Vorschlag durchaus vernünftig, und weg war ich. Leider begegnete ich zuerst Dad. Er war nicht der richtige Elternteil für diese spezielle Aufgabe. Mein Vater erkannte zwar auch das Dilemma, hielt es aber für besser, wenn er bei dem Geschäft als Vermittler fungierte, statt Oscar zur Rückgabe der Organe zu zwingen. Ich nahm an, als Vermittler würde Dad Oscar auffordern, mir alles zurückzugeben. Aber nein. Es bedeutete, dass Dad mir mit sanfter Stimme erklärte, dass Besitz neun Zehntel des Gesetzes ausmache. »Mein Sohn, das war ein Grundsatz aus dem alten englischen Common Law und muss respektiert werden.«

Laut meinem Vater war Verhandlungsgeschick eine der wichtigsten Fertigkeiten des Lebens. Also nahm Dad mich an die Hand, und wir setzten uns an Oscars Holzschreibtisch. Da wir alle auf kleinen Stühlen saßen, ragten die Knie meines Vaters hoch vor ihm auf, schwebten in Augenhöhe.

Dad las den Vertrag durch, wirkte beeindruckt und sagte: »Das ist prima Arbeit, Oscar. Klare Klauseln. Also, Frank, was sagst du?«

Ich weinte.

Dad sagte: »Mein Mandant sammelt noch seine Gedanken.«

Ich sagte: »Ich geb dir ein Pfund pro Organ und keinen Penny mehr. Letztes Angebot.«

Dad strahlte vor Stolz und sagte: »Nicht schlecht, Frank. Verhandlung ist alles. Aber hüte dich davor, letzte Angebote zu machen, wenn du vielleicht noch einlenken musst. Das schwächt dich.«

Inzwischen war Malcolm ins Zimmer gekommen und schaute den Geschehnissen schweigend zu.

»Gegenangebot, Oscar?«, sagte Dad.

»Zwei Pfund, keinen Penny weniger«, sagte Oscar.

»Na, du bist ein harter Verhandlungspartner, mein Sohn«, sagte Dad mit einem unüberhörbaren Anflug von Stolz zu Oscar.

»Klingt das annehmbar, Frank?«, fragte Dad.

»Eins fünfzig«, sagte ich.

»Eins fünfundsiebzig«, konterte Oscar.

»Ist das dein bestes und letztes Angebot?«, fragte Dad.

»Allerdings«, sagte Oscar.

»Einverstanden, Frank?«, fragte Dad.

»Von mir aus«, sagte ich.

»Mein Mandant ist zufrieden mit der Einigung«, sagte Dad.

Oscar reichte mir den Vertrag, während Dad sich zu Malcolm beugte und sagte: »Malcolm, du kannst bei der Unterzeichnung unser unabhängiger Zeuge sein.«

Malcolm, die Arme fest vor der Brust verschränkt, starrte meinen Vater zornig an und sagte: »Scheiß drauf«, dann ging er aus dem Zimmer.

Dad lief hinter ihm her, rief: »Malcolm, du kommst sofort zurück! Wer hat dir diesen Ausdruck beigebracht? Malcolm! Malcolm! Woher hast du den?«

Ich unterschrieb. Oscar klebte den gefalteten Vertrag mit Tesafilm zusammen, lachte und legte ihn in seinen Safe. Er sagte: »Du kannst in wöchentlichen Raten bezahlen, wenn dir das passt.«

»Ich hasse dich, Oscar.«

»Kein Grund, persönlich zu werden, Kumpel«, sagte er.

Es dauerte fünf Monate, bis ich die meisten Organe zurückhatte. Jedes Mal, wenn ich Taschengeld bekam, ging gleich alles für die Ratenzahlung drauf. Ich bekam alle Organe wieder bis auf ein Herz und ein Gehirn, die irgendwann verschüttgegangen waren. Das war Dads Art, seinem Sohn zu helfen; er verhielt sich wie vor Gericht. Er war extrem pingelig, mein Vater. Es ging für ihn nichts über einen perfekt formulierten Vertrag. Manche Menschen lieben Shakespeare. Mein Vater liebte rechtsgültige Verträge; er las sie in seiner Freizeit.*

Mein Vater sah nicht nur aus wie ein Anwalt, er sah aus wie der Sohn eines Anwalts und der Vater von Anwälten. Er war Anwalt von Kopf bis Fuß. Hätte man ihn in der

* Ich hatte nie eine Chance.

Mitte durchgeschnitten, wäre zum Vorschein gekommen, dass er durch und durch Anwalt war – eine nadelgestreifte Zwiebel aus mehreren Schichten Anwälte.

Mit achtzehn bekommen die Söhne wohlhabender Männer vielleicht ein Auto oder die Anzahlung für eine Wohnung. Ich nicht. Mein Dad kaufte mir meine erste Versicherungspolice. Als er sie mir überreichte, brachte ich so viel Faszination auf, wie jeder Achtzehnjährige für eine Versicherungspolice aufbringen würde, und sagte: »Danke, Dad, ich fühle mich wirklich, ähm, versichert, schätz ich.«

Dad, dem mein Sarkasmus entgangen war, sagte: »Das ist gut, mein Sohn. Ein Vater kann seinem Sohn gar kein besseres Geschenk machen als eine rechtsverbindliche Versicherung.«

Er liebte Versicherungen, und er liebte die Juristerei. Wie Sie sich vorstellen können, war er kein Draufgänger. Einmal, als Malcolm auf einer Kirmes Bungee-Jumping machen wollte, las er sich den Vertrag, den er vorher unterschreiben sollte, so lange durch, dass Malcolm schließlich sagte: »Ach, vergiss es, Dad!«

Dad, der Malcolms Verärgerung gar nicht mitkriegte,* sagte: »Ja, das ist wohl das Beste in dieser Situation, mein Sohn. Dieses Dokument, diese Verzichtserklärung, fordert dich praktisch auf, dein Leben abzutreten. Ich meine, *juristisch* gesehen ist das blanker Wahnsinn.«

* Wie Menschen nicht so hohe Töne hören können wie Hunde, konnte mein Dad keine Stimmnuancen wie Sarkasmus hören. Alles, was nicht irgendwie mit Jura zu tun hatte, war nicht hörbar.

Von	scheißdrauf@hotmail.com
An	franklynmeinlieber@hotmail.com
Betreff	Stefan der Schwede

Frank – hi!

Neulich war ein Schwede namens Stefan in Fons Restaurant. Stefan war sehr ernst: »Der letzte Krieg wird zwischen Zionisten und Chinesen stattfinden, es wird ein Wirtschaftskrieg sein. Ich laufe vor der Chinisierung davon. Thailand ist *Freiland!* Das letzte unschuldige Fleckchen Erde, doch selbst hier breitet sich das Fernsehen aus. Fernsehen ist böse.«

»Die *Bill Cosby Show* ist mies, klar, aber ich würde nicht so weit gehen, sie böse zu nennen«, sagte ich.

»Es besteht allerdings Hoffnung«, sagte Stefan, ohne zu lächeln. »Wenn die Magnetpole sich umkehren, werden Nord und Süd ausgetauscht, und Computer sind nur noch nutzloser Schrott. Kein Internet, kein Fernsehen, keine Bomben, keine Telefone. Zurück zu den Wurzeln.«

»Aber wie verschick ich dann E-Mails?«, fragte ich.

»Ein totaler Neuanfang«, sagte Stefan, der wie alle Verschwörungstheoretiker das Reden auf Kosten des Zuhörens perfektioniert hatte.

»Hey, Stefan, das ist ja alles total interessant, aber weißt du, ob es hier auf der Insel irgendwo Gras gibt?«

»Rauch das Zeug nicht«, warnte Stefan mich. »Die mischen da Chemikalien rein, die dich seltsam machen.«

»Etwa so seltsam wie dich?«, dachte ich.

Liebe Grüße und Paranoia,
Malc

ALLGEMEINE GESCHÄFTSBEDINGUNGEN VON ETHIK

Ethik ist relativ.

Ich weiß, ich weiß, so was kann auch nur ein Anwalt sagen.

Oscar, mein Bruder und Boss und der korrupteste Anwalt in ganz London – und glauben Sie mir, die Konkurrenz um den Titel ist verdammt hart – leitet den Ethikausschuss der Londoner Rechtsanwaltskammer. Ich weiß nicht mal, wie er es überhaupt in den Ausschuss geschafft hat. Vermutlich hat er jemanden bestochen, ohne das auch nur ansatzweise unanständig zu finden. Mein hirnrissiger Bruder Oscar entscheidet darüber, was die Rechtsanwälte von London tun dürfen und was nicht.*

Oscar versichert mir, ein Sitz im Ausschuss ist super für die Kanzlei und »*super für mein Profil*«.

Mitglied im Ethikausschuss zu sein, ist eine prestigeträchtige Funktion und hat aus Oscar einen kleinen Promi gemacht.

Er ist der Anwalt, den die BBC vor die Kamera holt, wenn es irgendein ethisches Problem gibt. (Neulich war er in einer Talkshow, um zu erläutern, welche Folgen es hätte, wenn Tony Blair wegen seiner Entscheidung, in den Irak einzumarschieren, der Prozess gemacht würde.) Besonders ärgerlich ist, dass Oscar das auch noch hinkriegt. Er gehört ins Fernsehen, er kommt glaubwürdig rüber,

* Die Welt erstickt an ihrer eigenen Satire.

und ich sitze da und gucke ihm zu und koche vor Wut bei dem Gedanken, dass mein Bruder den Experten dafür gibt, was auf dieser lächerlichen Welt richtig und falsch ist.

Oscars Bekanntheit hat sich ausgebreitet wie ein dünner Schleier. Er hat heimlich eine PR-Agentur damit beauftragt, sein Persönlichkeitsprofil zu verbessern.*

Oscars Fähigkeit, mich zu schocken – selbst wenn ich glaube, mittlerweile immun gegen die Schocks zu sein –, schockt mich immer wieder. So auch, als Oscar mich eines Tages in sein Büro rief, nicht lange nach meiner Entdeckung der weißen Tür. Meine Fröhlichkeit trübte sich, als ich sah, dass er strahlte.**

Er sagte: »Okay, jetzt kann ich dir erzählen, was es mit der neuen Bürotür auf sich hat. Die Verträge sind unterschrieben. Wir haben einen neuen Mandanten, von dem du zu niemandem ein Wort sagen darfst.«

»Ich bin verwirrt«, sagte ich.

»Das ist nichts Neues«, scherzte Oscar. »Also, der neue Mandant ist ####.«***

»Das ist ein Hersteller von kreativ-grausamen Waffen, nicht wahr?«, sagte ich.

»Und ob, Frankie, und weißt du, wer letztes Jahr das meiste Geld gemacht hat?«

* Ich weiß das, weil mal ein Anruf von der Agentur aus Versehen zu mir durchgestellt wurde und ich den PR-Menschen mitteilen musste, dass ich der weniger wichtige Bruder Frank war.

** Wir haben eine Nullsummen-Beziehung; wir streiten uns um ein endliches Stück Freude: Je glücklicher er ist, desto trauriger bin ich.

*** Der Grund für die #### anstelle des richtigen Namens der Firma ist der, dass ich ihn von Rechts wegen nicht nennen darf. Ich kann nur so viel sagen: Es handelt sich um einen Hersteller von kreativ-grausamen Waffen.

»Hersteller von kreativ-grausamen Waffen«, sagte ich. »Und nenn mich nicht Frankie.«

»Du bist doch nicht so dumm, wie du aussiehst, Frankie«, sagte Oscar. »Egal, was alle anderen sagen.«

»Findest du es nicht *falsch*, für so ein Unternehmen zu arbeiten?«

»Typisch Frank, du bist kein Visionär«, sagte er.

»Ich glaube kaum, dass Dad das gutheißen würde.«

»Komm mir jetzt nicht mit der Toter-Dad-Nummer«, warnte Oscar.

»Glaube kaum, dass die Partner dazu ihr Einverständnis geben werden«, sagte ich.

»Haben sie bereits. Ich habe ihnen erklärt, wie viel Geld sie machen würden, und sie haben auf der gepunkteten Linie unterschrieben, unter einer Bedingung – niemand darf erfahren, dass wir für das Unternehmen arbeiten«, sagte Oscar.

»Was ist mit dem Börsengang – der Börse wird das nicht gefallen«, sagte ich.

»Die ist begeistert; der Wert unserer Firma ist in die Höhe geschossen, ein riesiger neuer Mandant.«

»Tja«, sagte ich und zog meinen Trumpf aus dem Ärmel, »was wird der Ethikausschuss dazu sagen?«

»Die werden schon keine Einwände haben. Aber nur für den Fall, dass sie doch den moralischen Zeigefinger heben, hab ich eine separate Firma gegründet, sogar mehrere Firmen, eine Scheinfirma in einer Scheinfirma«, sagte Oscar. »Ein Haufen Anzugträger kommen her und erledigen die Arbeit, und wir sahnen ab. Kein Schwein muss wissen, dass wir überhaupt für das Unternehmen arbeiten. Rechtlich sicher und distanziert genug, um weder unsere Mandanten noch den Ethikausschuss zu verstimmen. Und dann habe ich, nur um ganz auf Nummer sicher zu gehen, eine Chinesische Mauer errichtet und sie oben mit Stacheldraht in Form einer Super Injunction gesichert.«*

Nachdem er den Namen des Unternehmens nur ein einziges Mal erwähnt hatte, begann Oscar, ihn einfach wegzulassen, und machte beim Sprechen an dessen Stelle bloß eine kurze Sprechpause: »Wenn wir mit [Pause] anfangen, wird keiner hier daran arbeiten, außer dir vielleicht, wenn du wichtige Verträge, die aus der [Pause]**-Abteilung kommen, wasserdicht machst.«

* Für alle, die der Juristensprache nicht mächtig sind, hier eine Übersetzung. *Chinesische Mauer*: fiktive Mauer, die um einen Mandanten errichtet wird, der einen Konflikt mit bestehenden Mandanten bedeutet. Theoretisch kannst du für Coca Cola und Pepsi Cola gleichzeitig arbeiten, wenn du eine Chinesische Mauer hochgezogen hast, damit ja niemand, der an dem Pepsi-Cola-Account arbeitet, je mit irgendwem an dem Coca-Cola-Account spricht. Natürlich ist das ein Extrembeispiel, und weder Coca Cola noch Pepsi Cola würden sich von ein und derselben Kanzlei vertreten lassen, nicht mal, wenn die echte Chinesische Mauer im wahrsten Sinne des Wortes Stein für Stein mitten im Büro wiederaufgebaut würde.

Injunction: eine Knebelverfügung, die es den Medien untersagt, über ein Unternehmen zu berichten. Wie das Recht auf die Unterlassung der Namensnennung, aber bei einem Unternehmen, im Gegensatz zu einem exhibitionistischen Promi. Aber eine *Super Injunction* ist noch erheblich wirksamer als eine stinknormale einstweilige Verfügung. Eine gewöhnliche Unterlassungsverfügung verbietet es der Presse zwar, über den Vorfall zu reden, erlaubt ihr aber zu schreiben: *BP wird von einem ungenannten Unternehmen aufgrund einer ungenannten Behauptung auf einen ungenannten Betrag verklagt.*

Doch bei einer *Super Injunction* liest sich der Satz so: – *wird – von einem – aufgrund einer – auf einen* –. Es bleibt nicht viel übrig, sobald die *Super Injunction* alles außer den Artikeln und Präpositionen ausgeweidet hat. *Super Injunctions* untersagen sogar die Erwähnung des Firmennamens. Nicht mal eine Andeutung ist zulässig. Dieses Rechtsmittel ist derart wirkungsvoll, dass es an juristischen Voodoo grenzt. Es bewirkt, dass sich Probleme buchstäblich und juristisch in Luft auflösen.[1]

[1] Genauso lebt Oscar mit sich selbst. Er baut ständig interne *Super Injunctions* um all seine schrecklichen Fehler, Affären und den ganzen Mist, den er sich leistet, damit er allem schön aus dem Weg gehen kann.

** Eine einstweilige Verfügung wie die *Super Injunction* ist dermaßen wirkungsvoll, dass unsere Realität praktisch zensiert worden war, als hätte irgendeine Autorität einen Kraftausdruck verboten.

»Großer Gott, und ich dachte schon, hinter der Tür würden bloß zig Anwälte und Wirtschaftsprüfer nach einer Möglichkeit suchen, wie sich Dads Testament aushebeln ließe, damit wir an die Börse gehen können.«

Oscar blickte verschlagen, ehe er schließlich zugab: »Also, ehrlich gesagt, das haben wir auch gemacht. Dieser Deal mit [Pause] hebt uns auf eine ganz neue finanzielle Ebene, und das bedeutet, dass wir alle, einschließlich Nicht-Partner wie du, Kumpel, drauf und dran sind, sehr reich zu werden. Wir haben vor, noch dieses Jahr IPO zu gehen.«

»Aber wie kannst du Dads Testament übergehen? Er wollte, dass die Firma in unseren Händen bleibt und nicht von irgendeinem gesichtslosen Aktionärsvorstand geleitet wird.«

»Tja, Dad war ein cleverer Mann, aber er war nachlässig, und er hat in seinem Testament eine kleine Formulierung benutzt, die uns ein Schlupfloch bietet. Er hat gesagt, und ich zitiere: ›So lange die Kanzlei meinen Namen trägt, werden die Partner unter keinen Umständen einen Börsengang anstreben.‹ Daher habe ich beschlossen, den Namen zu ändern. Wir firmieren um. Das machen alle heutzutage. So einfach ist das. Ich hab gedacht, wir nennen uns ›Die Firma‹ oder ›Oscars Gesetz‹. Keine Ahnung … diese cleveren Marketingfuzzis werden sich schon was einfallen lassen.«

Ich klappte den Mund auf und zu, war aber stumm vor Verblüffung.

»Alles in Ordnung, Kumpel? Ach komm schon, wir werden reich«, sagte Oscar.

Schließlich schossen Worte heraus: »Wie konntest du das Dad und Mum antun und …«

Er fiel mir ins Wort: »Sei nicht so gefühlsduselig. Wir

werden alle davon profitieren. Dad hat das Testament in anderen Zeiten aufgesetzt. Wir müssen nach vorne schauen, Kumpel. Also, noch irgendwelche Fragen?«

Ich sah ein, dass ich ihn in Sachen Börsengang nicht würde umstimmen können, unternahm aber einen letzten verzweifelten Versuch, an seinen moralischen Kern zu appellieren: »Hast du denn überhaupt keine moralischen Bedenken dagegen, für einen widerlichen Waffenproduzenten zu arbeiten?«

Oscar lächelte und ließ erkennen, dass sein moralischer Kern genauso falsch war wie seine Porzellankronen, als er sagte: »Nein, nein. Das Unternehmen baut ja nicht nur Raketen oder Drohnen und so. Die machen auch medizinische Geräte, die machen unglaubliche Metalllegierungen für ...« Oscars oberflächliche Kenntnisse versiegten, und er wedelte mit einer Hand und sagte: »... und noch anderes Zeug. Komm schon, lass den Kopf nicht hängen, verdammt noch mal.« Dann boxte er mich gegen die Schulter und ging pfeifend davon.

ALLGEMEINE GESCHÄFTSBEDINGUNGEN VON ### ###### #####

Einige Stunden später saß ich an meinem Schreibtisch, als irgendein Bursche mich ansprach.

»Frank?«

»Hallo. Wer sind Sie?«

»Ihr Bruder hat mich engagiert. Ich arbeite in der [Pause]-Abteilung.«

Ich lachte und sagte: »Sie sind der unsichtbare Anwalt hinter der Chinesischen Mauer mit dem *Super-Injunction*-Stacheldraht. Ziemlich albern, wenn man drüber nachdenkt, was?«

Er lächelte nicht, als er sagte: »Ich kann weder bestätigen noch abstreiten, dass es albern ist.«

ALLGEMEINE GESCHÄFTSBEDINGUNGEN VON RETTERN

Nicht überrascht sein, wenn sie in Sportschuhen auftauchen.

Meine Vergangenheit noch einmal zu erleben, war eine quälende Erfahrung, und während ich mich an meiner Kaffeetasse festhielt, wurde mir klar, dass alles unverändert schien – mein kalter Kaffee, der *Enthält-möglicherweise-Nüsse*-Vertrag, verschütteter Zucker, der noch immer glitzerte wie ein süßes Sternbild –, aber doch anders geworden war. Ich war anders – *oder derselbe.* Ich war wieder Frank.

Meine schöne Barista kam und erkundigte sich, ob alles in Ordnung sei. Sie erklärte, ich hätte hysterisch gelacht und einigen Gästen Angst eingejagt. Ich bemerkte ihre Hüften, so einladend breit, und ihren kleinen Bauch, der sich mir entgegenwölbte.

Benommen hörte ich mich sagen: »Kennen Sie irgendeinen Ort, wo es keine Anwälte gibt?«

Sie sah mich vielsagend an und fragte: »Wie meinen Sie das?«

»Einen Ort ohne Anwälte, ohne Verträge, einen Ort, wo die Leute sich nicht ständig gegen alles absichern, vielleicht sogar einen Ort, wo nicht mal Englisch gesprochen wird.«

»Ach so«, sagte sie. »Ja, da weiß ich genau das Richtige. Ich war letzten Sommer auf Mallorca, und da spricht die Hälfte der Leute kein einziges Wort Englisch. Es war der totale Alptraum.«

Sie lächelte ihr süßes Lächeln und überließ mich meinen verwirrten Gedanken. Ich blickte nach unten auf den Vertrag, den ich zusammengeknüllt in der Faust hielt. Dann ließ ich den Kopf hängen und starrte mit leerem Blick zu Boden. Ich glaube, ich wäre noch stundenlang so sitzen geblieben, wenn nicht ein Paar seltsame schwarze Sportschuhe in mein peripheres Gesichtsfeld getreten wären. Meine Augen wanderten über eine dunkle Moleskin-Hose und ein blütenweißes Hemd hinauf zu Doug, dessen Gesicht von einem so furchtbar besorgten Ausdruck zerfurcht war, dass ich sagte: »Mein Gott, Doug, was ist passiert?«*

»Komm, Frank«, sagte er. »Wir zwei sollten uns mal ungestört unterhalten.«

Ohne ein Wort zu sagen, folgte ich ihm. In seinem Büro machte Doug Tee, zog seinen Stuhl herüber und setzte sich neben mich. Er sagte nichts, stellte keine Fragen, er schwieg einfach, bis ich sagte: »Ich erinnere mich wieder … an einiges.«

»Das ist ja wunderbar«, sagte Doug, aber nach einem Blick in mein Gesicht schob er nach: »Oder nicht?«

Ich begann: »Ich hasse Oscar, ich arbeite für einen Waffenproduzenten und …« Und dann – ehe ich wusste, wie mir geschah – fing ich an zu weinen. Doug reichte mir Papiertaschentücher, und ich heulte weiter. Er rieb mir die Schulter, und in dem Moment war seine Hand irgendwie das Einzige, was mich in der Realität verankerte.** Er schien das zu verstehen, denn er bewegte sich lange Zeit nicht, ehe er sagte: »Ja, ähm … das hört sich ganz nach dem alten Frank an, den ich mal kannte.«

* Bevor ich begriff, dass seine Sorge mir galt. Ich war passiert.

** Ich hatte Angst, in schwerelosen Wahnsinn abzudriften, sobald er seine Hand wegnähme.

Rotze nahm die Verfolgung der Tränen auf, die mir übers Gesicht rannen, während ich sagte: »Oscar und Alice haben mir nichts davon erzählt, als ich sie nach meinem alten Leben gefragt habe. Sie haben gesagt, alles war prima, ich wäre bloß ein bisschen gestresst gewesen.«

»Frank, ernsthaft. Glaub nicht alles, was du hörst.«

In einem kindischen Weinanfall schluckte ich mehrere kleine Schluchzer herunter und sagte: »Tut mir leid, Doug. Ich bin ein heulendes Elend ...«

Männer sind nicht auf emotionale Begegnungen konditioniert, deshalb machte sich verlegenes Schweigen breit. Ich lächelte, trank einen Schluck Tee und versteckte mein verheultes Gesicht hinter dem Tassenrand. Allmählich bekam ich mich wieder in den Griff, wischte mir übers Gesicht und spürte die peinliche Stille um uns herum.

Plötzlich sprang Doug auf, vermutlich, um die Beklommenheit zwischen uns zu überspielen, und sagte: »Hey, Frank, soll ich dir mal was ganz Erstaunliches zeigen?«

Doch nach meinen überfallartigen Entdeckungen und der anschließenden Schockstarre murmelte ich: »Entschuldige, Doug, aber heute kann mich wirklich nichts mehr erstaunen.«

»Unsinn. Glaub mir, Frank. Du wirst begeistert sein.«

Er ging quer durch sein Büro zu einer Couch, die seinem Stil entsprach: funktional, braun, irgendwie nüchtern und skandinavisch.

»Ich höre alle möglichen dummen Gerüchte, was ich so in meinem Büro treibe, Frank. Dass ich Stunden in tiefer mathematischer Meditation verbringen würde. Aber in Wahrheit mache ich einfach nur gern mal ein Nickerchen.«

Und schon zog Doug an einem Hebel, und die Couch klappte zu einem schmalen Bett auf. Der kleine Überraschungseffekt machte Doug solchen Spaß, dass ich lachen musste (und der unerwartete Klang meines Lachens, das ich so lange nicht gehört hatte, ließ mich noch mehr lachen).

Doug lachte, weil ich lachte, wir entspannten uns ein wenig und blickten dann beide auf das Bett, das in der strengen Büroatmosphäre ziemlich seltsam wirkte. Ich schämte mich nicht mehr, weil ich geweint hatte. Ich putzte mir kräftig die Nase. Hätte der Mann mir ein Bad einlaufen lassen, hätte ich mich prompt ausgezogen und wäre in die Wanne gesprungen – so gut harmonierten meine Verletzlichkeit und Dougs beruhigende Art. Deshalb ging ich, ohne noch ein Wort zu sagen, zu dem Bett und legte mich hin.

Dann – als ich gerade eine Spur verlegen wurde, weil ich da lag – übermannte mich der Schlaf. Als ich aufwachte, war Doug fort, aber er hatte mir einen Zettel hingelegt:

Frank – musste kurz zu einem Meeting, bin aber bald wieder da.
Bleib, wo du bist. Entspann dich. Ich habe Oscar gesagt, du bist bei mir und alles ist bestens. Schlaf dich ordentlich aus.

PS: Mein »Barschrank« steht dir offen – der grüne Tee haut richtig rein!

Ich stand schnell auf, um zu beweisen, dass es mir gut ging. Der Raum drehte sich so heftig, dass ich »Erdbeben!« schrie, ehe ich merkte, dass ich das Drehen selber machte. Die Narbe an meiner Stirn pulsierte wie ein Warnlicht, und ich setzte mich wieder hin. Diesmal stand ich langsam auf. Die Welt war noch immer schwindelerregend schräg geneigt, doch ich fühlte mich ein wenig besser, als ich das Büro durchquerte. Ich schaute aus dem Fenster – ohne auf das gespenstische Spiegelbild zu achten, das mich anstarrte – und sah gegenüber die Büros von Shaw&Söhne. Dabei erinnerte ich mich, wie ich gefühlsmäßig zu dem Ort stand, an dem ich die meiste Zeit meines Lebens verbracht habe.

ALLGEMEINE GESCHÄFTSBEDINGUNGEN MEINES ARBEITSPLATZES

Institutionen, die den größten Schaden anrichten, sind meist besonders stumpfsinnig.

Mein Arbeitsplatz ist zum Sterben stumpfsinnig. Wir können uns alle gegenseitig nicht ausstehen, aber in Anbetracht der Allgemeinen Geschäftsbedingungen des Büroalltags tun wir so, als kämen wir gut miteinander klar. Nach den Enthüllungen über #### fing ich an, mich genauer umzuschauen, die Firma zu bewerten, für die ich arbeitete – diese Kanzlei, die meinen Namen trug –, und sah sie auf einmal so, wie sie war. Ein Ort der stumpfsinnigen bürokratischen Bosheit. Auch wenn man das auf den ersten Blick nicht sieht. Wir tarnen unsere Geschäfte gut. In dem lahmen Versuch, von dem finsteren Treiben abzulenken, sind die Wände in hellen Farben gestrichen. Einige Besprechungsräume haben lila Sofas und überdimensionale Lampenschirme, so dass sie aussehen wie die Kulisse einer Kinderfernsehserie. Wir haben sogar einen grünen Flauschteppich (die Fusseln bleiben an meinen Schuhsohlen kleben, und abends könnte man meinen, ich hätte einen von den Muppets totgetreten). Die Sofas, Teppiche und hellen Farben sind anscheinend trendig. Sie sollen der Kanzlei etwas Fröhliches und Unschuldiges verleihen. Es funktioniert nicht.*

* Sie wirkt eher noch deprimierender. Das ist wie mit den aufgemalten bunten Regenbögen und süßen Märchenfeen an den Wänden von Kinderkrankenhäusern. Keiner fällt darauf rein. Vor allem Kinder nicht, die instinktiv die tragischen Allgemeinen Geschäftsbedingungen des Lebens erfassen. Sie wissen, Schmerz und Tod lassen sich nicht mit Märchenfeen

Früher habe ich meine Arbeit geliebt, als diese streng geregelte Welt von Verträgen für mich noch einen Sinn ergab. Ich war ganz vernarrt in Allgemeine Geschäftsbedingungen; sie waren die exakt formulierten Regeln, nach denen ich mein absolut kontrolliertes Berufsleben führte. Aber ich erinnerte mich, dass die Arbeit mich schon lange vor meiner *kleinen Episode* zunehmend abgestoßen hatte. Die Art, wie wir mit Mandanten sprachen, als wären sie Götter, die kurz mal vom Himmel herabgestiegen waren, um uns mit ihrem spöttischen Grinsen zu beehren. Die Art, wie wir im Gleichschritt geheuchelter Verehrung marschierten. Wenn Sie zufällig in unsere Kanzlei kämen und keine Ahnung hätten, was wir machen, könnte unsere ernste, gewichtige Art zu reden Sie glatt auf die Idee bringen, wir wären kurz davor, ein Heilmittel gegen Krebs zu entwickeln. Sind wir aber nicht. Wir tun niemandem irgendwas Gutes.*

Keiner in der Kanzlei tut das. Und das wissen wir alle. Keiner spricht es aus. Das könnte den Bann brechen. Das Seil durchschneiden, an dem unser Glaube an die Illusion hängt. Als würde ein Schauspieler ins Publikum rufen: »Wisst ihr was? Das hier ist alles bloß erfundener Dünnschiss. Ich sterbe gar nicht, und ich bin nicht mal Handlungsreisender.«

Meine Mandanten sind einander so ähnlich, dass ich einfach bloß die letzten Verträge kopiere und den Firmennamen ändere und dann alles einfüge und an meinen neuen Mandanten schicke. Ich brauche nicht mal zwanzig Minu-

---

übermalen. Genauso wenig kann ein knalliges Apricot nicht die unausrottbare Bosheit meines Arbeitsplatzes verbergen.

* Im Gegenteil. Das große Geheimnis lautet: Ich verdiene meine Brötchen mit nichts als heißer Luft.

ten, um zehn Dokumente zu kopieren und einzufügen und die Firmennamen zu ändern. Damit ist die Arbeit eines ganzen Tages erledigt. Und was mache ich dann? Ich starre in den Abgrund der endlosen Stunden, die noch vor mir liegen. So sieht's aus. Das ist die nackte Wahrheit. Ich verdiene meine Brötchen mit Kopieren und Einfügen. Affen würden sich in meinem Job langweilen. Ich bin ein Juristenschimpanse. Aber auch wenn wir Affen sind, möchte ich nicht den Eindruck vermitteln, dass unser Tun keine Wirkung hat. Wir sind Affen, die in die Atomraketenabschussbasis eingebrochen sind. Eines Tages tippen wir aus purem Zufall den entsprechenden Code ein, und alles ist vorbei. Vielleicht ist es schon zu spät. (Oder vielleicht bin ich mal wieder melodramatisch.) Wir leben in unternehmerfreundlichen Zeiten, und die Allgemeinen Geschäftsbedingungen sind das, was Dad stolz die *DNA des Lebens* genannt hat. Du kannst sie nicht immer sehen, aber sie bestimmen dennoch alles, was du tust. Das läuft folgendermaßen: Unternehmen sind faul, deshalb kopieren wir alle die Arbeit von anderen und fügen sie ein. Die Allgemeinen Geschäftsbedingungen für eine Firma werden kopiert und in viele andere Dokumente eingefügt. Je häufiger das geschieht, desto größer ist die Wahrscheinlichkeit, dass sich Unregelmäßigkeiten und Fehler einschleichen (Inzucht ist nie eine gute Idee). Es passiert. Es ist mir passiert.* Und der kleinste Fehler, die winzigste Ungenauigkeit kommt

* Ich sehe ganze Sätze von mir, die ich vor zehn Jahren geschrieben habe, in einem anderen Dokument von einer anderen Kanzlei wieder auftauchen. Ich staune, dass ein Satz überlebt, es durch das Kopieren und Einfügen durch Hunderte von Dokumenten geschafft hat, von meiner Kanzlei zu vielen weiteren Kanzleien gereist ist, und irgendwie ist er auf einmal wieder hier, vollständig, nicht ein Komma verändert, und blickt mich an, mein Satz, mein Baby. Das erfüllt mich mit verschämtem Stolz, denn Plagiate sind im Grunde die aufrichtigste Form von Schmeichelei.

bei Shaw&Söhne einem Verbrechen gleich. Dad führte gern schreckliche Fehler ins Feld, um seinen Söhnen einzutrichtern, wie wichtig absolute Genauigkeit ist.*

Als Jugendlicher jobbte ich während der Sommerferien in der Kanzlei, und Dad wies mich an, einen Vertrag durchzusehen und die Namen auszutauschen. Ich ersetzte überall den alten Firmennamen. Es war einfach.

Ein Kinderspiel.

Aber ich machte einen Fehler.

Ich übersah einen. In dem *neuen* Vertrag stand an einer Stelle noch der *alte* Firmenname. Dad flippte aus. Er sagte, wenn der Mandant diesen Vertrag unterschreiben würde, wäre der null und nichtig; dieser eine Fehler, dieses eine Wort machte das ganze Dokument ungültig. Wäre es dazu gekommen, hätte er den Auftrag und den Mandanten verloren, und der Ruf der Kanzlei wäre gefährdet gewesen.

All das wegen eines einzigen kleinen Wortes.

Deshalb waren die Büros von Shaw&Söhne alles andere als mein liebster Ort auf der Welt. Ich erinnerte mich, dass ich einmal scharenweise tote Fliegen auf dem Boden neben meinem Schreibtisch gesehen hatte. Nicht plattgeschlagen, sondern einfach nur tot in Kreisen auf dem Teppich. Es war gruselig. Ich fragte mich, wie sie alle so gleichzeitig gestorben waren. Meine Erklärung war, dass sie sich umgebracht hatten. Sobald sie sich in die Kanzlei verirrt hatten, war ihnen schlicht der Lebenswille verlorengegangen. Sie waren so hoch geflogen, wie es ging, hatten die Flügel

* Das Lieblingsbeispiel meines Dads war das »Greene-Komma«: Auf seinem Sterbebett fügte Graham Greene einer Klausel ein Komma hinzu, was einen jahrzehntelangen Rechtsstreit zwischen seinen Nachlassverwaltern und seinem Biografen um die Nutzung von Greenes Archiv auslöste.

angelegt und waren im Sturzflug Richtung Boden geschossen, getrieben von Todessehnsucht.

Allgemeine Geschäftsbedingungen sind der Fluch unserer Zeit.

Heutzutage wird gern alles grob vereinfacht, und Anwälte – wie ich – nutzen das aus, um zahllose gravierende Allgemeine Geschäftsbedingungen hinter zwei simplen Angaben zu verbergen: zustimmen *oder* ablehnen.

Ich weiß längst nicht alles, aber eines weiß ich – nur sehr wenige Dinge im Leben, über die es sich wirklich nachzudenken lohnt, lassen sich wirklich auf diese zwei Wörter reduzieren.

Anscheinend habe ich mein Leben damit verbracht, die Welt mit Kleingedrucktem vollzustopfen. Was werde ich hinterlassen, was ist mein Vermächtnis an diese Welt? Bin ich bloß der Mann, der dafür sorgt, dass fiese, reiche Männer nichts zu befürchten haben? Bleibt das unterm Strich bei mir übrig?

Ich stellte mir ein Weltuntergangsszenario vor, in dem Aliens landeten, um die Trümmer unserer Erde zu durchwühlen, aber alles und alle sind tot, und es ist nichts mehr da außer stapelweise Gesellschaftsverträgen, der ganze Mist, den ich schreibe. Meine Verträge sind das Einzige, was von der Menschheit übrig bleibt. Die ganzen belanglosen Streitigkeiten zwischen Geschäftspartnern, perfide Eheverträge, Unternehmensübernahmen, die vielen erbärmlichen Schlupflöcher für böse Männer, Kurzgeschichten über Tod und Streit. Ich denke, die Aliens würden bloß ein paar Ordner durchblättern, ihre edlen grünen Köpfe schütteln und sagen: *Na ja, kein großer Verlust.*

Ich will nicht die Gesellschaft verändern – so ambitioniert bin ich nicht –, aber ich würde es vorziehen, wenn ich nicht jede Arbeitsstunde damit zubringen müsste, diese Welt ein bisschen weniger lebenswert zu machen.

Auf unsere monatliche Gehaltsabrechnung gehört eigentlich eine Gesundheitswarnung.

Genau wie die auf Zigarettenpackungen.

Die Warnung sollte lauten – *Diese Arbeit schadet Ihrer Gesundheit. Zu viel davon kann Seelenkrebs verursachen.**

* *Oder einfacher formuliert: Arbeit tötet.*

ALLGEMEINE GESCHÄFTSBEDINGUNGEN VON MEETINGS

Es geht dabei nie um Arbeit.

Das Gedächtnis ist nicht wählerisch. Wenn das Gedächtnis sich zurückmeldet, spuckt es seinen ganzen Inhalt auf einmal aus, von traurigen Erinnerungen, bei denen du dich am liebsten ganz klein zusammenrollen und sterben möchtest, bis zu dem richtig langweiligen Mist, aus dem die meisten, *die meisten* unserer Tage gewöhnlich bestehen. Ohne einen wählerischen Lektor ist dein Gedächtnis bloß ein riesiges Brachland aus alltäglichem Abfall mit ein paar Edelsteinen irgendwo dazwischen. Während ich aus Dougs Fenster schaute, erinnerte ich mich an Langeweile, Nutzlosigkeit und Idiotie ebenso wie an Erstaunliches, Wichtiges und Unglaubliches.

Ich erinnerte mich vor allem daran, viele unergiebige Stunden in Meetings verbracht zu haben, auf denen Oscar meist herumstolzierte wie ein Vollidiot und wir Übrigen in trostloser Verzweiflung zuschauten. Woran ich mich ganz besonders erinnerte, war, dass es in Meetings nie um aktuelle Sachfragen ging. In Meetings geht es im Grunde immer nur darum, wie sich ihre Teilnehmer gerade fühlen.

Zwei Menschen in der Kanzlei sind erwähnenswert. George ist eine Frau. (Gerade noch. Nur in gynäkologischer Hinsicht.) In jeder anderen Hinsicht ist sie ein Mann. Sie hat keine Brüste, sie kleidet sich wie ein Mann. Sie lacht nie. Das ist ihr Markenzeichen. Sie lächelt manchmal, aber wenn sie das tut, wünscht man, sie hätte es gelassen.

Und Gary ist unser Büroclown. Sein Markenzeichen ist, dass er Seiten zählen kann, indem er sie einfach in der Hand hält. Gibt man ihm einen Stapel Papier, hält er ihn in der Hand, schließt die Augen und sagt: »Einundzwanzig Seiten!« Der langweiligste Trick der Welt.*

Jedenfalls hatten wir diese monatlichen Meetings, in denen Oscar Witze riss und den größten Boss auf Erden markierte.

Unweigerlich fing das monatliche Meeting immer gleich an.

Ich nehme Platz, und mein Freund, der Büroclown Gary, der auf einer anderen Etage arbeitet und den ich immer nur bei dem monatlichen Meeting sah, kommt herein und ruft mit der Stimme von dem alten Superman-Sprecher: »Ist es ein Vogel? Ist es ein Flugzeug? Nein! Es ist Frank, unser Mann fürs Kleingedruckte!«

Alle lachen jeden Monat über Garys Spruch.

Nicht weil er witzig ist, sondern weil er ihn ruft, damit alle gezwungen sind zu lachen.

Er muss das schon tausendmal gesagt haben, aber noch immer lachen alle jedes Mal, wenn er es sagt.

Das Schlimmste ist, dass ich auch lache. Ich bin ein sozialer Feigling; zu ängstlich, um nicht zu lachen.

»Der Mann fürs Kleingedruckte rettet die Welt!«, ruft Gary**, und das Meeting beginnt.

* Während ich das schrieb, wurde mir klar, dass Gary doch nicht erwähnenswert war (und George auch nicht).

** Ehrlich gesagt, ist Gary eigentlich kein Freund.[1]

[1] Eher ein Kollege. *[1]

*[1] Na ja, eigentlich nicht mal ein Kollege; wie gesagt, er arbeitet gar nicht in meiner Abteilung. *[2]

In dem monatlichen Meeting sollen wir wichtige Mandantenfragen erörtern, doch wir nutzen diese Fragen nur, um unsere eigenen Probleme auf andere Kollegen abzuwälzen. »Mandantenfragen« sind bloß trojanische Pferde, in denen sich unsere jeweils eigene Agenda versteckt. Ich erinnere mich, dass ich Monat für Monat in diesen Meetings saß und nicht darauf achtete, was jemand sagte, sondern darauf, was er sagen wollte oder eben gerade nicht sagen wollte. In Meetings zählt immer nur der Subtext.

Oscar sagt zum Beispiel: »Wir müssen uns in unserer Vertragsabteilung beim Talentmanagement mehr ins Zeug legen. Die Umsätze dort sinken.«*

Roger merkt auf und sagt: »Nun ja, es sind harte Zeiten für uns. Dass wir den EMI-Deal verloren haben, war ein echter Tiefschlag, aber das macht uns nur stärker. Ich will damit sagen, dass wir die alte EMI nicht brauchen, wir brauchen neue Medien.«**

Worauf Oscar erwidert: »Mag ja sein, aber ich weiß, viele von deinen Talenten heutzutage sind Popstars, und die sind unsichere Vertreter, ständig zugedröhnt und müssen dann auf Entzug. Aber wir müssen das Geschäft wieder

*2 Er ist also eher ein Bekannter. *3

*3 Selbst das klingt noch übertrieben. *4

*4 Im Grunde genommen, ist er wohl bloß der Typ, der ein und denselben Witz wieder und wieder reißt. *5

*5 Daher ist er eher ein monotoner Gag-Lieferant. *6

*6 Was mich wohl zu seiner Pointe macht. *7

*7 Jedenfalls, der Typ ist ein Arschloch, und ich bin zu allem Unglück die Pointe eines Arschlochs.

* Was sich wie eine ganz normale Aussage anhört. Aber alle im Raum wissen, dass Oscar eigentlich nur mit einer einzigen Person spricht, nämlich mit Roger Parks, der den Talentbereich leitet und der angefangen hat, mit all seinen Mandanten Drogen zu nehmen, und die Abteilung langsam in den Bankrott reitet.

** Ich will damit sagen, dass ich nicht betrunken oder bekifft bin, und ich bin nicht am Ende!

hochbringen, hab ich recht, Roger?«* Obwohl sein verkaterter Kopf noch völlig benebelt ist, bekommt Roger klar und deutlich mit, was Oscar ihm sagen will, und er sinkt auf seinem Stuhl nach hinten, während Oscar seine nächste Salve abfeuert. Und in diesem Stil geht das Meeting weiter. Oscar putzt Leute runter oder baut diejenigen auf, die ihm gefallen haben. Aber niemals auf eine offene Art – er redet immer nur zwischen den Zeilen. So vermeidet er Konflikte, und so hält er seinen wahnhaften Status als der Gute aufrecht, *der Boss, den wir alle furchtbar gern haben.*

Meetings erinnern mich immer an die Unterrichtsstunden in der Schule, in denen du deine ganze Energie darauf verwendest, über alles Mögliche zu sprechen außer über das Unterrichtsthema. In Meetings reden wir unglaublich lange über alles außer die Mandanten. Wir reden über das letzte Wochenende, darüber, was wir im Fernsehen geguckt haben, was für Bücher wir gelesen haben, übers Wetter, über praktisch alles, um die lange Liste ernster Mandantenprobleme zu ignorieren.

In einem Meeting sagte Gary mal zu uns allen: »Ich hab gelesen, dass ein Mann in seinem Büro gestorben ist, irgendwo in Kalifornien, glaub ich, und, haltet euch fest, das hat zwei Tage lang keiner gemerkt. Zwei Tage lang ist er da vor sich hin gefault, während alle um ihn herum munter weitergearbeitet haben. Erst als er anfing zu müffeln, haben sie gemerkt, dass das arme Schwein tot war.«

Alle guckten betroffen oder gaben fassungslose Laute von sich, und irgendwer sagte in den Raum: »Das ist ja

* Was sich schlicht übersetzen lässt mit: Hör auf, dich dauernd zuzudröhnen, oder du wirst gefeuert, Roger!

wohl die tragischste Geschichte, die ich je gehört habe. Unglaublich, dass so was passieren kann.«*

Alle sagten: »Das gibt's doch gar nicht«, und irgendwer sagte, als wollte er uns vor der schrecklichen Geschichte schützen: »So ein Mist würde hier aber nicht passieren.«

Ich höre zu, klinke mich aus den gesprochenen Worten aus und hinein in die Lücken dazwischen, wo ein Krieg tobt. Wut füllt die Zwischenräume, Enttäuschung brodelt zwischen den Worten, so viele banale Bürounsicherheiten, gelangweilte Leute, ehrgeizige Leute, Leute, die meinen, dass sie längst eine Gehaltserhöhung oder Beförderung verdient hätten, ein einziges Meeting birgt so viele lautlose Siege und Niederlagen. Wer mit einem misslungenen Witz aufläuft, ist als Loser gebrandmarkt, während Lachen die Trophäe ist, um die die Gewinner sich streiten. Ich erinnerte mich, dass Oscar, ein paar Tage nachdem mir das Geheimnis der weißen Tür offenbart worden war, kein Wort über unseren üblen Waffenmandanten verlor. Selbst er hatte erkannt, dass es besser war, wenn nicht zu viele Leute wussten, dass wir für dieses Unternehmen arbeiteten. Allerdings sagte er am Schluss des Meetings: »Und, Leute, am Ende des Flurs hat ein neues Unternehmen aufgemacht, wirklich eine nette Truppe, also sorgt dafür, dass sie sich bei uns wohl fühlen.«

Das kam mir viel zu lässig vor. An Oscars Stelle hätte ich kein Wort darüber verloren, weil ich mir sicher war, dass eine Reihe meiner Kollegen ähnliche Skrupel wegen des Mandanten hätten wie ich. Aber so war Oscar. Er hatte kein Problem damit, er glaubte nicht, dass irgendwer fra-

* Ich finde das gar nicht so unglaublich. Mich hat es kein bisschen überrascht. Es könnte genauso gut hier passieren, ja, es könnte mir passieren. Wenn ich nicht rasch was unternehme, *wird* es mir irgendwann passieren.

gen würde oder interessiert wäre, er glaubte nicht, dass seine Handlungen jemals irgendwelche Konsequenzen haben würden. Er gehörte zu den Typen – und ich gab nur äußerst ungern zu, dass er wahrscheinlich recht damit hatte –, die glaubten, immer mit allem ungeschoren davonzukommen.*

Unsere Meetings sind wie ein Ritual. Wir fangen mit einem Witz an und hören mit einem Witz auf. Wir fangen immer mit dem Witz an, dass ich der Mann fürs Kleingedruckte bin. Und hören immer mit einem Witz auf, den Oscar macht: »Das wär's für diesen Monat, Leute. Meine Tür ist immer offen, also kommt herein, wann immer ihr wollt – obwohl ich fast nie da bin, also verzieht euch lieber, wenn ihr denkt, ich hätte nichts Besseres zu tun, als mir euer Gemecker und Gejammer anzuhören. So, jetzt aber wieder an die Arbeit!«

Wir lachen uns jedes Mal schlapp.

* Es gibt zwei Sorten von Menschen. Die Oscars dieser Welt, die einfach voraussetzen, dass sie von Natur aus mehr wissen als alle anderen und deshalb mit Mord davonkommen. Zu der anderen Sorte gehöre ich, der ich davon ausgehe, dass alle anderen mehr wissen als ich und ich immer geschnappt werde.

ALLGEMEINE GESCHÄFTSBEDINGUNGEN DES ERINNERNS UND BEDAUERNS

Bedauern ist das Saatkorn,
aus dem Verbitterung erblüht.

Ich wandte mich vom Fenster ab, weg von meinem bleichen Spiegelbild, weg von Shaw&Söhne, und sah mir Dougs Bücherregal an, in dem Bücher standen, deren Titel allein Schlaflosigkeit heilen konnten: *Praxis der Versicherungsmathematik, Risiko ist Chance und umgekehrt, Manager X, Mathematik für Fortgeschrittene und Angewandte Mathematik leicht gemacht …*

Manager X.

Da war es wieder. Ich nahm das Buch vom Regal und betrachtete das Autorenfoto von Alice.

Da die Erinnerungen des Alten Frank bisher gespickt waren mit Hass, Verwirrung und Wut, brauchte ich etwas Fröhliches, woran ich mich festhalten konnte. Ich konzentrierte meine Energie darauf, an meine Frau zu denken, und hoffte, auf einen Erinnerungsquell der Liebe und Freude zu stoßen.*

* Wie sich herausstellte, war der Quell versiegt.

PARAGRAF 2.1

ALICE

ALLGEMEINE GESCHÄFTSBEDINGUNGEN DER LIEBE

Sich verlieben ist leicht.
Verliebt bleiben schon schwieriger.

ALLGEMEINE GESCHÄFTSBEDINGUNGEN DER LIEBE

Wahre Liebe ist relativ.

Kein besonders romantischer Gedanke, aber ich bitte um Nachsicht, ich bin Anwalt, kein Dichter.

AGBs der Ehe
*Meine Frau hat mich geheiratet, weil ich brillant war.** *
*Ich habe meine Frau geheiratet, weil sie nett war.***

Ich weiß nicht recht, wer bei dem Deal schlechter wegkam. Wir unterschrieben einen Ehevertrag. (Worauf Dad, gegen meinen Willen, unbedingt bestand.) Doch unabhängig von unserem Ehevertrag und zwischen den Zeilen unseres Eheversprechens hatte unsere Ehe – wie alle Ehen – ungeschriebene, unausgesprochene Allgemeine Geschäftsbedingungen.

Und die waren: Ich bleibe brillant; du bleibst nett: Beide sind glücklich.

Es haute nicht hin. Beide sind unglücklich.

Alice war einfach entzückend, als wir uns kennenlernten. Ich hatte gerade in der Kanzlei meines Vaters angefangen, sie arbeitete in einem Musikladen und überlegte noch, was sie mit ihrem Leben anfangen wollte.

* Das bin ich jetzt nicht mehr.

** Das ist sie jetzt nicht mehr.

Wir sprachen gern über Bücher, Musik und all unsere Freunde.

Wir waren jung.

Wir gingen kaum aus.

Wir waren einander genug.*

* Was viel heißt, wenn man mal drüber nachdenkt.

Von	scheißdrauf@hotmail.com
An	franklynmeinlieber@hotmail.com
Betreff	Reines Miau

Frank – hi!

Hab einen langsam sprechenden Amerikaner namens Joe kennengelernt, einen Anthropologen, der über einen demnächst ausgestorbenen Stamm in Burma forscht. Als ich ihn fragte, was er denn so herausgefunden hat, sagte Joe: »Na ja, ähm, wir haben bei dem Stamm einfach ein Weilchen herumgehangen.«
Nach so einer erschöpfenden Antwort fand ich es unhöflich, weiter nachzubohren.

Joe saß den ganzen Abend da und blickte seiner neuen Thai-Frau Miau (kein Witz) liebevoll in die Augen.
»Wir«, sagte Joe und zeigte zur Betonung erst auf seine neue Frau und dann auf sich, »bevor wir geheiratet haben, haben wir uns richtig gut kennengelernt, wir haben viel per E-Mail kommuniziert, nicht wahr, Schatz?«

»Wa?«, sagte Miau.
»Wir«, wiederholte Joe diesmal lauter, zeigte erneut mit den Fingern auf Miau, dann auf sich, tippte dann auf einer imaginären Tastatur, »haben uns viele E-Mails geschrieben, bevor wir uns das erste Mal getroffen haben. Ja?«

»Wa?«, sagte Miau.
»Kommuniziert«, sagte Joe nun beschwörend, weil die Show nicht gut lief. »Wir haben kommuniziert.«

»Wa?«, sagte Miau.
»Ach verdammt, vergiss es«, fauchte Joe.
Selten habe ich eine so reine Liebe gesehen.

Liebe Grüße und Miau,
Malc

ALLGEMEINE GESCHÄFTSBEDINGUNGEN VON VERÄNDERUNG

Angeblich ist Veränderung so gut wie eine Auszeit. Das stimmt nicht!

Ich war mal völlig vernarrt in meine Frau. Es war, als hätte ich mit einem Bleistift in der Hand neben Alice' Schöpfer gesessen und bis ins kleinste liebevolle Detail all die Dinge notiert, die sie sein würde.

Doch dann bekam Alice einen Job in der Personalabteilung einer Firma, und alles veränderte sich. Es fing mit ihrem Haar an. Ihre einstigen herbstlich verschwommenen Goldbrauntöne wurden, kurz nachdem sie den Job bekommen hatte, in ein tiefes winterliches Schwarz gefärbt.* In der Firma hatten sie ihr gesagt, ihr Haar wäre nicht seriös genug, und wenn sie ernst genommen werden wolle, müsse sie Seriosität nach außen zeigen. Also färbte sie sich die Haare und trägt nun den glattesten, schwärzesten Bubikopf, den die Welt je gesehen hat. Es funktionierte. Ich fing an, sie sehr ernst zu nehmen. Eine ernste Ehe ist kein Spaß. Obwohl das Kleingedruckte dicht unter der Oberfläche durchaus amüsant sein kann. Zum Beispiel:

Meine Frau sagt: »Wir müssen heute Abend zu den Smiths.«

Ich sage dann: »Oh Gott. *Müssen* wir wirklich da hin?«

»Ja«, erwidert sie. »Wir *müssen* da hin. Er ist ein Partner.«

* Noch Tage nach dem Färben hatte sie graue Flecken an den Fingern, wie belastende Beweise für ein zweifelhaftes Verbrechen.

»Ist das wie ein Tennisturnier, wo man in der Rangliste abrutscht, wenn man zu viele Matches versäumt?«, frage ich.

Meine Frau sieht mich an, als wäre ich ein Volltrottel, und sagt: »Wovon redest du?«

Ich sage: »Ich glaube, ich rede vom Tennis, aber vielleicht liege ich da ja falsch.«

»Das Einzige, womit du richtigliegst, ist, dass du falschliegst«, sagt meine Frau.*

Der Job meiner Frau hat sie verändert. Sie arbeitet in der Personalabteilung einer Unternehmensberatung. Manche Jobs sind einfach Jobs. Manche Jobs sind wie Religionen. Du musst daran glauben. Ihr Job war so einer. In der Regel verlangen Jobs, in denen am wenigsten reale Arbeit anfällt, den meisten Glauben. Nach den Haaren kamen weitere Veränderungen. Sie ließ sich die Zähne richten. Diese winzige Lücke zwischen den Schneidezähnen, so minimal, dass sie nur Leuten auffiel, die meine Frau gut kannten. Ich liebte die Lücke, doch meine Frau ließ sie einfach *richten*, ließ sie füllen. Die Lücke fehlt mir; sie war der Spalt, der mich hineinließ, wenn sie lächelte. Wenn sie jetzt lächelt, kommt es mir vor, als würde ich gegen eine Wand rennen.

Dann kamen die Hobbys. Als Erstes fing sie an mit Radfahren, weil ihre Chefin Valencia mit Radfahren angefangen hatte. Meine Frau verschwand dann für Stunden, und wenn sie mit hochrotem Kopf zurückkam, schälte sie sich aus ihrem durchgeschwitzten Outfit und ließ es auf dem Badezimmerboden liegen wie eine zweite Haut.

* *Meine Frau.* Wieso nenne ich sie dauernd meine Frau? Sie heißt Alice. Ich glaube, ich nenne sie *meine Frau*, weil es zu dieser seltsamen Förmlichkeit passt, die sich über unsere Ehe gelegt hat. Ich will versuchen, es nicht mehr zu tun.

Dann kamen die grässlichen Abendessen mit ihren Kollegen. Junge Männer, deren magere Hälse linkisch viel Raum zwischen Hals und Kragen ließen – eine Ahnung des Schuljungen, der noch in ihnen steckte –, weil sie sich noch nicht zu den dicken Geschäftsleuten aufgebläht hatten, die sie mal werden wollten. Sie begrüßten mich mit eisernem Handschlag und blickten mir entschlossen in die Augen. Der eiserne Handschlag und der Starrblick waren Managertricks. So was bringen sie einem in der Firma meiner Frau bei. Ich weiß das, weil sie sie meiner Frau beigebracht haben. Sie wurde darauf gedrillt, Leuten tief in die Augen zu sehen, Hände mit einer Festigkeit zu schütteln, die suggerierte, dass es kein Problem auf der Welt gab, das sie nicht lösen konnte. Manchmal schaute ich beim Frühstück von meinen Cornflakes auf und ertappte meine Frau dabei, wie sie mich anstarrte. Ich sagte dann: »Würdest du wohl mit der Starrerei aufhören, das macht mich nervös.«

»Entschuldige«, sagte sie dann: »Ich hab bloß geübt.«

Meine Frau war entzückend, als wir uns kennenlernten. Locker, schlagfertig. Aber nicht nur das. Vor allen Dingen war sie wunderbar chaotisch. An dem Tag, als ich Alice kennenlernte, saß sie in einem Pub an der South Bank und schluchzte in ihr Bier. Ich hatte sie unter den Zuschauern im Kino entdeckt, wo *2001* von Kubrick lief. Danach war ich ihr in den Pub gefolgt. Sie sah genauso einsam aus, wie ich mich fühlte, deshalb ging ich ihr nach. Im Pub begann sie zu weinen. Ich beugte mich zu ihr und sagte: »So schlimm war der Film nun auch wieder nicht, oder?«

Sie schien verwirrt, und ich sagte zur Erklärung: »Ähm … *2001*, ich war in derselben Vorstellung.«

Sie wischte sich die Tränen ab und lächelte. »Der Film war großartig, mein Leben ist das Problem.«

Nachdem ich ihr ein zweites Bier spendiert hatte, rückte sie mit ihrer Geschichte heraus. Sie war zu Hause rausgeflogen. Die Überzeugte-Christen-Phase ihrer Eltern kollidierte mit Alice' Überzeugte-Rebellin-Phase. Sie hatte einen guten Uniabschluss, aber keine Aussicht auf einen Job. Sie erzählte mir, sie wolle etwas Nützliches mit ihrem Leben anfangen, etwas bewirken. Sie ist der einzige Mensch, der das zu mir gesagt hat, ohne zutiefst unaufrichtig zu klingen. Als der Pub zumachte, fragte ich sie, ob sie denn irgendwo hinkönne.

Sie sagte: »Na ja, Sandra und ihre Mum Molly lassen mich immer bei ihnen schlafen, aber ich komm mir vor wie die letzte Versagerin, wenn ich schon wieder zu ihnen laufe.«

Von dem Moment an öffnete sich mein Herz und nahm Alice auf, und dort blieb sie. Sie war so ehrlich; sie saß da, in Strickjacke und Sportschuhen, und sagte einem Fremden die Wahrheit.

Als wir an der Wohnung ankamen, ging die Tür auf, und Molly stand vor uns mit ihrer gewaltigen weißen Haarpracht, die über ihrem Kopf schwebte wie ein Lampion.

Molly nahm Alice in die Arme und sagte: »Schätzchen?«

»Mum und ich hatten schon wieder Krach.«

Molly sagte: »Ach, das ist schade. Komm rein, dein Bett ist noch vom letzten Mal bezogen. Und wer ist das?«

»Das ist Frank«, sagte Alice. »Ein Freund von mir.«

»Na denn«, sagte Molly. »Mögen Sie Pilzsuppe, Frank?«*

Deshalb sagte ich: »Ich liebe Pilzsuppe.«**

Die Folge war, dass Molly jedes Mal, wenn ich zu Besuch kam, extra für mich Pilzsuppe kochte.

* Da ich das erste Mal etwas zu Molly sagte, sollte es nichts Negatives sein.

** Dabei mag ich sie überhaupt nicht.

Alice' Freundin Sandra kam zu uns in die Küche, gab Alice einen Kuss und begrüßte mich. Sandra hatte ein interessantes Gesicht, nicht schön, aber edel. Ihre Nase war unglaublich. Groß, aber zugleich zierlich, und die Spitze bestand aus so vielen wundervollen Ecken und Kanten, dass sie fast aussah wie aus Glas und nicht aus Fleisch und Blut. Alice sprach zunächst nicht über ihre Eltern; stattdessen saßen wir da und redeten über *2001*, und Molly gab zu, dass sie rein gar nichts kapierte.

Ich erklärte: »Es geht um die Menschheit, um Gott, Technologie ... den Kampf des Menschen, die Zeit zu überwinden und ...« Ich stockte. Alle drei Frauen blickten mich ernst an, erwartungsvoll, und ich sagte: »Ehrlich gesagt, Molly, ich hab auch keine Ahnung, es ist einfach ein hübscher Film.« Sie lachten über mich.

Die Küchenwände waren mit Mosaiksteinchen bedeckt, und als Molly sah, wie ich mich umschaute, sagte sie: »Ich mag zerbrochenes Geschirr, mache gern aus zerbrochenen Sachen schöne Sachen.« Das Scherbenmosaik bildete kindliche blaue und silberne Wolken, die über die Wände wirbelten.

Nach ein bisschen mehr Wein kitzelte Molly aus Alice heraus, worum es bei dem Streit mit ihren Eltern ging. Dabei sagte sie ständig so Sachen wie: »Du musst es nicht erzählen, Kindchen, aber manchmal hilft es, sich so was von der Seele zu reden.«

Seltsam war, dass Alice sich zunächst sträubte, und als sie sich schließlich doch öffnete, klang ihre Geschichte leicht abgewandelt. Aber sie war deshalb so verlegen, dass wir alle lachten, als Alice schließlich sagte: »Also, na ja, sie haben mich eigentlich nicht rausgeschmissen, Molly. Ich ... Also, ich glaube, ich hab sie auf die Palme gebracht, und wenn ich ehrlich bin, also, wenn ich *ganz* ehrlich bin, kann es rein theoretisch sein, dass ich vor Wut aus dem Haus gestürmt bin.«

Alice seufzte, als würde der leichte Druck, der sich um die Notlüge herum aufgebaut hatte, entweichen, und Molly strich ihr über die Schulter und sagte: »Na bitte, das ist gut, Alice. Das ist prima. Wir stürmen alle schon mal vor Wut aus dem Haus.«

»Arme Mum und armer Dad«, sagte Alice. »Ich mach ihnen wirklich manchmal das Leben zur Hölle.«

»Ja, mit Eltern muss man behutsam umgehen«, sagte ich. »Man hat nur ein Paar, und das sollte man möglichst nicht zu schnell verschleißen.«

Alle drei Frauen lachten, und durch ihr Lachen fühlte ich mich wunderbar. Ich erinnerte mich, dass Sandra mir in dem Moment zuzwinkerte; das werde ich nie vergessen.*

Als ich ging, gab Alice mir einen Kuss auf die Wange und sagte: »Entschuldige, wie ich mich aufgeführt habe, normalerweise bin ich nicht so«, und ehe ich irgendwas sagen konnte, schob sie nach: »Das heißt, doch, eigentlich bin ich immer so.«

Ich wollte sagen: »*Ich liebe dich, Alice.*«

Stattdessen sagte ich etwas weitaus weniger Denkwürdiges, dachte aber: *Wie bring ich sie dazu, sich in mich zu verlieben?* Das Sich-Verlieben fand größtenteils schon genau da in Mollys Scherbenküche statt.

* Es war kein kokettes Zwinkern; es war bloß ein Zwinkern, das sagte: *Nicht schlecht, Frank.* Mehr war es nicht, freundlich, eine Aufmunterung. Es war Sandras Art, mir zu sagen: *Du machst das prima, wie du meine Freundin aufheiterst.* Ich fand, es war richtig großzügig von ihr, mir dieses Geschenk zu machen, einem Fremden, der da neben ihrer besten Freundin saß. Wie lahm sind doch Worte im Vergleich zu so einer sekundenschnellen Geste.

ALLGEMEINE GESCHÄFTSBEDINGUNGEN VON PILZSUPPE

Pilzsuppe bringt mich zum Lügen.

Als ich eines Tages auf Alice wartete, fragte Molly mich: »Wann kommst du endlich in die Gänge, Frank?«

»Wohin soll ich denn?«, fragte ich.

»In die Gänge mit Alice, du Dummerchen. Woche für Woche kommst du her, trinkst Tee mit uns, gehst mit Alice aus, bringst sie zurück, und nichts passiert. Ich meine, ich hab dich gern hier, aber glaub mir, eine Blume wie Alice wird sicher bald gepflückt. Möchtest du einen Teller Pilzsuppe?«

Sandra sagte: »Setz Frank doch nicht so unter Druck, Mum.«

»Ich frage doch bloß, wann er endlich in die Gänge kommt«, sagte Molly. »*In die Gänge kommen*, so nennt ihr das doch heutzutage, oder?«

»Ich jedenfalls nicht, Mum«, sagte Sandra sichtlich gereizt.

»Na, nenn es, wie du willst. Ich wollte Frank bloß auf die Sprünge helfen.« Molly servierte die Suppe und sagte: »Du bist das mittlere Kind, nicht wahr, Frank? Irgendwie untergegangen, weder die erste freudige Überraschung noch das letzte niedliche Baby. Immer bemüht, alles richtig zu machen. Einer, der sein Leben von Höflichkeit bestimmen lässt. Wenn du Leuten nicht irgendwann mal sagst, was du wirklich denkst, wird dein Leben eine Qual.«

Sie sah mich in Erwartung einer Reaktion an. Ich spähte tief in meine Pilzsuppe auf der Suche nach einem Ausweg.*

Sie seufzte und sagte: »Wie schmeckt die Suppe?«

»Großartig«, log ich.

»Menschenskind, Frank«, sagte Sandra. »Sag Mum, dass du keine Pilzsuppe magst. Alice hat mir erzählt, dass du ihr erzählt hast, dass du Pilze nicht magst! Nun sag Mum endlich, dass du die Suppe nicht magst.«

Molly blickte unangenehm überrascht und sagte: »Stimmt das, Frank?«

»Ehrlich gesagt ... Molly, tut mir leid, ich mag sie wirklich nicht, aber wenn es hilft, so allmählich gewöhn ich mich dran ...«

»Hör auf zu essen, Frank!«, sagte Sandra lachend. »Du isst immer noch weiter, während du Mum sagst, dass dir die Suppe nicht schmeckt. Du bist ein hoffnungsloser Fall.«

Molly schüttelte den Kopf. »Du bist wirklich ein hoffnungsloser Fall, Frank. Du würdest dich glatt bei deinem Folterer entschuldigen, weil du sein Hemd mit Blut vollgespritzt hast.«**

Noch am selben Tag tat Alice genau das, wozu mir der Mut gefehlt hatte: Sie stellte sich vor mich, küsste mich, und das war's. Wir waren zusammen.

Ich liebte Alice' chaotische Art. Empfand es als Privileg, sie zu kennen. Damals war sie alles, was ich mich nicht

* Ihre Küchenpsychologie war nicht bloß peinlich, sie traf den Nagel auch auf den Kopf.

** Übrigens, ich hoffe, Molly kommt hier nicht zu sehr als weise alte Frau rüber. Sie konnte auch richtig aggressiv werden, wenn sie zu viel getrunken hatte, und sie hatte die unangenehme Angewohnheit, zu pupsen und dann zu behaupten, ich wär's gewesen. Aber ich will nicht gemein sein; sie war auch eine nette Frau (das heißt, wenn sie nicht gerade trank oder pupste).

traute zu sein. Sie schlug sich irgendwie durch, nahm Teilzeitjobs an, erlebte sehr viel höhere Hochs und tiefere Tiefs als ich in meinem gemächlich mäandernden Leben. Diese Alice, die verwirrende, aufregende Alice, das ist die Alice, in die ich mich verliebt hatte, das ist die Alice, die ich vermisse, das ist die Alice, nach der ich mich sehne, wenn ich über den Tisch schaue und meine Frau sehe.

ALLGEMEINE GESCHÄFTSBEDINGUNGEN VON ZEICHENSPRACHE

In den richtigen Händen kann sie ein Kampfsport sein.
Und Alice hatte den schwarzen Gürtel.

Zu Anfang verstanden Alice und ich uns blind. Wir kommunizierten über Codes, Telepathie, Empathie und Verständnis. Unsere Verbindung war so eng, dass Sandra uns *die Zwillinge* nannte.

Zu Beginn unserer Beziehung war ich so brillant wie noch nie. Ich hatte für Shaw&Söhne eine Menge neue Aufträge an Land gezogen und zudem Verträge aufgesetzt, die so viel Anerkennung ernteten, dass sie zum Branchenstandard wurden. Zu der Zeit behauptete Oscar ständig: »Du schaffst es im Nu zum Partner, Kumpel.« (Schon komisch, dass aus *im Nu* niemals etwas werden sollte.)

Ich war also im Berufsleben brillant, Alice dagegen war im wirklichen Leben brillant. Ihr Verstand war wild und unbezähmbar, und sie verband ihn mit einer sozialen Unerschrockenheit, die mir mitunter den Atem raubte.

Einmal, als wir zusammen ausgingen, drängelte sich ein Mann in der Warteschlange am Eingang eines Klubs vor.

Natürlich tat ich, was ich immer tat, nämlich empört – *aber unhörbar* – murmeln: »Mein Gott, was für eine Unverschämtheit.«

In dem Glauben, damit wäre die Sache erledigt. Doch plötzlich klopfte Alice dem Mann auf den Rücken.

Er wirbelte herum und rief: »Was soll der Scheiß? Habt ihr was zu meckern?«

Ich hatte natürlich nichts zu meckern und ging davon aus, dass Alice genauso viel Angst hatte wie ich.

Der Mann rief: »Na?«

Alice hielt den Mund, ließ aber ihre Füße sprechen – sie trat ihm fest gegen das Schienbein.*

Folglich packte ich Alice, um mit ihr das Weite zu suchen, doch der Mann hob beide Hände, um uns aufzuhalten, und rief: »Du dämliche Schlampe!«

Die anderen Wartenden verfolgten jetzt interessiert das Geschehen, und ein paar Meter vor uns am Eingang zum Klub witterten die Türsteher Gewalt. Die Schlange zuckte und wand sich, alarmierte die beiden, schnell einzuschreiten. Doch ich wusste, ein Faustschlag in mein Gesicht würde schneller ankommen als zwei langsame Türsteher. Und während ich die Situation den Bach runtergehen sah – mir vorstellte, wie ich meine Zähne ausspuckte –, da tat Alice etwas derart Absurdes, dass der Mann tatsächlich seine Faust mitten im Schlag stoppte.

Alice machte ein gurgelndes Geräusch in der Kehle und deutete in Zeichensprache erst auf ihre Ohren, dann auf ihren Mund, machte hektische Kreisbewegungen mit den Händen, um zu signalisieren, dass sie taub war, und malte immer wieder Friedenszeichen in die Luft, um den Mann davon abzuhalten, mich zu schlagen.

Es war so abgedreht, dass der Mann – nur ganz kurz – die Faust senkte und »Hä?« sagte, was uns genug Zeit für meine Rettung verschaffte.

Alice gab noch eine weitere Kostprobe ihrer frei erfun-

* Natürlich weiß jeder Mann, dass die Allgemeinen Geschäftsbedingungen dieser Situation klar auf der Hand liegen. Wenn deine Freundin Streit mit einem Mann anfängt, wirst du – der unschuldige Freund – den Streit beenden. Meistens sieht dein Gesicht danach ziemlich platt aus.

denen Zeichensprache zum Besten.* Jedenfalls – auch wenn ihre Vorstellung hochnotpeinlich war – rettete sie mir das Leben (oder ersparte mir zumindest eine horrende Zahnarztrechnung).

Zum Glück waren schließlich die Türsteher zur Stelle, packten den verdatterten Mann an den Armen und zerrten ihn weg. Er versuchte, sich zu wehren, und rief: »Moment! Stopp! Die hat *mich* angegriffen! Hat sie wirklich! Dieses blöde Miststück!«

Woraufhin Alice laut und deutlich rief: »Ich bin taub, nicht blöd, du Arschloch! Jetzt verpiss dich und lern erst mal ein bisschen Anstand.«

Als er Alice plötzlich reden hörte, verstummte der Mann. Unser kleines Publikum gab ein verblüfftes Kichern von sich, und einige in der Schlange klatschten Beifall für Alice, die sich prompt verbeugte und sagte: »Danke, danke. Ich hoffe, die Show hat euch gefallen. Ich bin noch die ganze Woche hier, bitte empfehlt mich euren Freunden.«

Ich bin taub, nicht blöd, du Arschloch! Jetzt verpiss dich und lern erst mal ein bisschen Anstand.

Das war meine Alice – gefährlich, schlagfertig und mit einem kleinen Schuss Gemeinheit in ihrem wunderbaren Cocktail.

* Wäre politische Unkorrektheit illegal, wäre Alice garantiert verhaftet worden.

ALLGEMEINE GESCHÄFTSBEDINGUNGEN VON TRENNUNGEN

Aller anekdotischen und statistischen Evidenz zum Trotz bleibt die Ehe überraschend beliebt.

Wann hat meine Frau gegen die Geschäftsbedingungen unserer Ehe verstoßen?

Ich erinnere mich an einen Abend im Auto, nach einem erneuten langweiligen Dinner. Mir brannten die Augen vom vielen Starren und meine Hand war leicht gequetscht, und ich sagte zu meiner Frau: »Mannomann, dieser Phil ist ein echtes Arschloch. Was sind das bloß für Typen, mit denen du arbeitest? Die quatschen immer nur über Fusionen und Übernahmen, als wären sie kleine Wirtschaftsgötter, dabei sind sie doch bloß Buchhalter und Erbsenzähler.«

Ich lachte. Wie man das halt so macht, wenn man einen kleinen Witz gerissen hat.*

Sie lachte nicht.

Stattdessen schwieg sie eine ganze Weile und sagte dann langsam, als würde sie mit einem Kind reden: »Das sind meine Kollegen, brillante Männer und Frauen. Also respektier sie bitte, Frank.«

Da wusste ich es.

Ich wusste, dass sich alles verändert hatte.

Innerlich und äußerlich, von ihrem Haar bis zur Seele, alles geschnitten, geglättet und schwarz gefärbt. Von da an waren unsere Geschäftsbedingungen null und nichtig.

* Und die Geschäftsbedingungen verlangen, dass deine Frau mit dir lacht und so was sagt wie: »Stimmt – was für ein Blödmann.«

Meine Frau wurde zur entschlossenen Kletterin auf der Karriereleiter. Sie kletterte so hoch und so energisch, dass sogar ihre Wadenmuskeln kräftiger wurden (obwohl das vielleicht auch vom Radfahren kam).

Und so stand ich weiterhin auf langweiligen Firmendinnerpartys herum und versuchte, interessiert zu gucken und zu klingen. Dabei hätte ich mich am liebsten umgebracht.*

* Das kannst du den Leuten aber nicht sagen.[1]

[1] Die denken sonst noch, du würdest dich am liebsten umbringen.

Von	scheißdrauf@hotmail.com
An	franklynmeinlieber@hotmail.com
Betreff	Amsterdamer Pizza

Frank – hi!

Weißt du noch, damals in Amsterdam?

Wir waren bekifft und hungrig und beschlossen, beim Pizzaservice anzurufen, aber als ich zum Hörer griff, sagtest du plötzlich: »Nein, warte, das ist viel zu einfach. Wir werden nicht beim Pizzaservice anrufen. Wir warten, bis die vom Pizzaservice uns anrufen.«
Es bleibt festzuhalten, dass das völlige Fehlen von Engagement seitens der Leute vom Pizzaservice eine tiefe Enttäuschung bei uns hinterließ.

Liebe Grüße und Kohldampf,
Malc

PS: Kleiner Hinweis, nur für den Fall, dass du das nicht weißt: E-Mails funktionieren in beide Richtungen. Wie soll ich das erklären? Ich denke, du stellst dir das am besten vor wie eine Straße, bei der der Verkehr in beide Richtungen läuft: Ich schicke dir Mails, aber du kannst mir auch zurückmailen. Das ist eine brillante neue Technologie, solltest du mal ausprobieren.

PPS: Sorry, das ist bloß meine alberne Art, dir zu sagen – *Schreib mir, Frank! Was geht in deinem Leben so vor, verdammt?*

ALLGEMEINE GESCHÄFTSBEDINGUNGEN VON WEISS

Es ist keine Farbe –
es ist eine Schattierung.

Als es besonders schlecht zwischen uns lief, beschloss meine Frau, wir bräuchten einen Neuanfang. Für sie hieß das, dass wir gemeinsam die Wohnung streichen sollten: ein »Bonding-Projekt« nannte sie das. Was bedeutete, Weiß durch einen anderen Weißton zu ersetzen. (Es frischte die Wohnung nicht auf, und es kam garantiert nicht unserer Beziehung zugute.) Statt die Risse zu überstreichen, hob es sie nur noch mehr hervor. So absurd das auch klingt, aber wir verbrachten – vergeudeten! – sage und schreibe zwei volle Wochen damit, darüber zu reden – zu streiten! –, mit welcher Sorte Weiß wir die ohnehin schon weiße Wohnung streichen sollten.

Für meine Frau war das eine große Sache.

Irgendwann wurde unser Streit so heftig, geriet so außer Kontrolle, dass ich rief: »Liebst du diese Wohnung mehr als mich?«*

»Ach, sei nicht so dramatisch«, sagte sie (aber das war keine Antwort auf meine Frage).

Wir sahen uns zig Muster an und analysierten all die verschiedenen Weißschattierungen mit ihren wunderbaren Namen. Renaissanceweiß, Aquaweiß, Ecru, Supernova.**

* Sie zögerte einen winzigen Tick zu lange.

** Wie phantastisch klingende Designerdrogen: »Kann ich bitte eine Kapsel Supernova und ein Gramm Ecru haben?«

Ich kaufte Probedöschen und strich kleine Flächen an verschiedenen Wänden, und dann saß ich da und starrte auf drei identische Weißtöne und sagte: »Ich kann da wirklich keinen Unterschied erkennen«, worauf meine Frau rief: »Du bist einfach farbenblind, das ist das Problem!«

»Ich glaube, Weiß ist eigentlich gar keine Farbe«, sagte ich. »Es ist eine Schattierung.«

»Farbe, Schattierung. Mein Gott, was bist du für ein Korinthenkacker!«, blaffte sie.

Ja, wir stritten uns tatsächlich darüber, welches Weiß das richtige Weiß war.

Dann, nach Wochen reiflicher Überlegung, entschieden wir uns schließlich für ein Weiß; wir kauften die Farbeimer, und auf einem Etikett auf der Unterseite stand: *Eine Farbabweichung zum Inhalt der Probedose ist nicht auszuschließen.**

Als ich meine Frau mit fassungsloser Stimme darauf hinwies, warf sie mir vor, den *Prozess* nicht ernst genug zu nehmen.**

* *Was denn? Wie konnte das sein? Wie konnten wir zwei Wochen lang über einen winzigen Unterschied im Farbenspektrum nachdenken, nur um am Ende zu erfahren, dass die endgültige Farbe möglicherweise abweicht?*

**Manchmal bekam sie mehr mit, als ich dachte.

ALLGEMEINE GESCHÄFTSBEDINGUNGEN DER ARBEIT MEINER FRAU

Kuriere verlieren ständig Herzen.

Meine Frau verdient ihr Geld damit, Profile von Menschen zu erstellen.

Sie entwickelt psychometrische Tests, die Unternehmen verraten, wie Menschen sind. Anscheinend können wir das anders nicht mehr feststellen. Es gab mal eine Zeit, als wir unseren Instinkten noch trauten. Jetzt bezahlen wir Leute wie meine Frau dafür, dass sie den Instinkt aus der ganzen schwammigen menschlichen Gleichung eliminieren.*

Dieser Prozess, das Evaluieren von Menschen, hat etwas so Trauriges an sich, dass ich mich häufig zwingen muss, nicht darüber nachzudenken, weil ich sonst losheulen könnte.

Meine Frau bringt mich dazu, die Tests zu machen. Ich bin ihr Versuchskaninchen. Ich habe keine Ahnung, wie ich abschneide, und es ist mir auch egal. Aber ihr nicht. Bestimmt hat sie irgendwo eine Tabelle – sie liebt Tabellen – oder irgendein Diagramm mit einer steil nach unten fallenden Kurve, die meinen Niedergang anzeigt. Ich frage mich, wann mein Absturz begonnen hat. Ich kann nicht sagen, in welchem Moment ich von brillant über durchschnittlich zu nicht einstufbar abrutschte, ob-

* Wir haben aus allem, was wir uns selbst nicht mehr trauen, eine Wissenschaft gemacht.

wohl meine Frau mir garantiert den genauen Tag nennen könnte.

An der Uni war ich ein Überflieger, extrem, aber unangestrengt ehrgeizig, unbelehrbar intelligent. Ich liebte Tests. Sie gaben mir das Gefühl, dass ich etwas leistete. Meine Frau lernte mich kennen, als ich wahrlich brillant war, zu Höherem berufen. Sie sah eine Schönheit in mir, wirklich. Ich konnte das natürlich nicht aufrechterhalten. Brillanz ist brüchig. Sie ist etwas so Reines und Hartes, dass ich zerbrach, als ich meiner Brillanz nicht mehr gerecht werden konnte. Meine Brillanz war eher von der fragilen akademischen Sorte, sie war weltfremd. Ich war ein reiner Akademiker, der bald feststellte, dass seine reinweißen Examensunterlagen durch reale Menschen und schwierige ethische Fragen verschmutzt wurden.

Also mache ich die Tests meiner Frau, und sie verrät mir nie, wie ich abschneide, und ich tue so, als wäre es mir egal. Sie sagt, es ist nicht wie bei einer Prüfung, wo du eine hohe Punktzahl erreichen musst. Es geht um etwas anderes.*

Sie hat sich so verändert. Ich kenne sie kaum noch. Sie war mal wie alle anderen. Wenn sie jemanden kennenlernte, den sie nicht leiden konnte, sagte sie: »Mensch, der Typ ist ein Arschloch.«

Ich verstand das. *Arschloch*. Das versteht jeder. Aber jetzt verlässt sie eine Party und sagt zum Beispiel: »Der Typ ist ein starker EFTJ, mit echt beunruhigenden F-Tendenzen.«

Eigentlich will ich damit sagen: Ich verstehe meine Frau nicht mehr. Und ich meine das nicht in emotionaler Hin-

* Um was?

sicht. Ich sage nicht, dass ich meine Frau deshalb nicht verstehe, weil Männer vom Mars und Frauen von der Venus sind. Ich meine: *Ich verstehe wirklich nicht, was sie sagt.* Und je mehr sie in diesem Unternehmenskauderwelsch redet, desto weniger ist sie imstande, meine eigene klare Sprache zu verstehen. Es kommt vor, dass ich etwas völlig Normales sage, und sie starrt mich fragend an, als würde ich Jiddisch reden. Manchmal verstehe ich so wenig von dem, was sie sagt, dass ich das Gefühl habe, mit einer makellos gekleideten ausländischen Austauschstudentin zusammenzuwohnen. Und wenn wir tatsächlich mal eine Form von Minimalverständnis erreichen, reagiere ich übertrieben begeistert.

»Reich mir mal die Milch rüber«, sagt sie beispielsweise.

Nach deprimierenden Stunden des Nichtverstehens werde ich ganz euphorisch, weil ich sie plötzlich verstanden habe, und dann reiche ich ihr die Milch mit einem Lächeln und sage: »Bitte sehr, Schatz, die *Milch!*«

Sie nimmt sie und sagt, ohne von ihrem Handy aufzuschauen: »Hör auf, mich *Schatz* zu nennen. Wann hast du damit angefangen? Das ist so P-mäßig.«

Hier nun ein Beispiel für die Testfragen meiner Frau:

Wenn ich ein Garten wäre, hätte ich am meisten Ähnlichkeit mit einem:

a. Wildblumengarten: unbekümmert und lebensfroh.
b. Japanischen Garten: akkurat und detailorientiert.

Als sie mir die Testfrage gab, stockte ich und sagte: »Ich fühl mich wie keiner von beiden.«

»Es ist eine einfache Frage, wieso kannst du dich nicht entscheiden?«

»Weil ich kein Garten bin, ich bin ein Mensch, und ich bin mir ziemlich sicher, dass ein Garten nicht lebensfroh sein kann«, sagte ich.

»Kein Grund, mich so anzuschreien. Das ist symbolisch gemeint«, sagte sie.

»Ich fühl mich aber nun mal nicht wie ein Scheißgarten, ob symbolisch oder sonst wie.«

Ich ging weg und tat so, als würde ich mich mit irgendwas anderem beschäftigen. Ich merkte, dass meine Frau auf den Test schaute und langsam den Kopf schüttelte. Ich machte eine Tasse Tee und betrachtete durch das Küchenfenster einen Renault mit der Aufschrift *Medizinischer Kurier* auf der Seite. Ich stellte mir vor, wie der Wagen durch die Stadt raste, mit einer Styroporbox voller Eis und mittendrin ein regungsloses Herz, ein plumper faustgroßer Klumpen Fleisch, der darauf wartete, wieder angeschlossen zu werden. Dass dieses Organ ohne uns überleben kann, ist irgendwie unglaublich. Ich stand lange da und starrte zum Fenster hinaus, auf der Suche nach dem regungslosen Teil meiner selbst, den ich verloren hatte.

> Womit hast du am meisten Ähnlichkeit?
> a. Mit einem japanischen Garten.
> b. Mit einem Wildblumengarten.
> c. Mit einem vereisten Herzen in einem Renault Clio auf der A4.

Die Chefin meiner Frau heißt Valencia. Ich kenne sie nicht persönlich, aber ich weiß genau, was für aktuelle Interessen und Hobbys Valencia hat, weil es auch die meiner Frau geworden sind. Chefs sind heutzutage so was wie der Messias. Es fing an mit Radfahren, dann kam Thaiboxen dazu. Meine

Frau kam eines Abends von der Arbeit und sagte: »Wir sollten wirklich mit Thaiboxen anfangen, das ist das neue Yoga.«

Ich stimmte zu, weil ich hoffte, dass es Alice und mich einander wieder näherbringen würde. Wenn du in einer Beziehung bist, aber keinen Sex mehr hast, fängst du so seltsame und schmerzhafte Hobbys wie Thaiboxen an, in der Hoffnung, damit einige Frustrationen abbauen zu können. Doch nachdem ich mir einen Monat lang das Gesicht von einem kleinen Mann namens Chang hatte verdreschen lassen, hörte ich auf.

Als ich meiner Frau erzählte, dass ich aufhören würde, sagte sie: »Aber Valencia meint, das ist gut für deinen Kern.«

Manchmal ruft Valencia an einem Samstag an und bittet meine Frau, ins Büro zu kommen, und meine Frau lehnt nie ab. »Das ist ein Notfall. Ich muss mich darum kümmern, Frank.«*

Meine Frau glaubt, ich habe eine Affäre.

Sie liest alle meine SMS und durchsucht meine Brieftasche. Ich habe keine Affäre.**

Zugegeben, ich betrauere tatsächlich den Tod der Person, die meine Frau einmal war, aber ich würde diese Trauer niemals als Rechtfertigung dafür benutzen, der Person untreu zu sein, die meine Frau geworden ist.

* Was für ein Notfall soll das sein? Bei einem Arzt verstehe ich das. *Jemand ist todkrank. Ich muss dahin.* Aber meine Frau ist in der Personalabteilung. Sie schreibt Psychotests. Was kann da so dringend sein? *Du musst sofort kommen, dieser Typ, den du als friedlichen Charakter bewertet hast, hat gerade was Gemeines über meine neuen Schuhe gesagt, du musst ihn auf der Stelle noch einmal testen!*

** Ja, ich weiß, ich bin verknallt in die schöne Barista, aber nur aus reiner Verzweiflung. Das ist Phantasie. Ich hätte nie den Mut dazu. Ich bin kein unzuverlässiger Erzähler. Aus der Bahn geworfen, ja; unzuverlässig, nein.

Der Job meiner Frau erfordert jede Menge Rollenspiele. Als meine Frau das erste Mal vorschlug, wir sollten zusammen ein Rollenspiel machen, wurde ich sehr aufgeregt und malte mir wie ein unanständiger Teenager irgendwelche schlüpfrigen Szenarien aus.

Ich sollte enttäuscht werden.

Sie meinte mit Rollenspiel so langweilige und offensichtliche Szenen wie, einem Mitarbeiter zu sagen, dass er nicht gut arbeitet. Meine Frau und ich leben jetzt ein ununterbrochenes Rollenspiel. Meine Frau und ich haben uns in die Erwachsenen hineingespielt, die wir heute sind. Wir spielen, wie es wäre, wenn zwei Menschen, die jung geheiratet haben und sich fremd geworden sind, noch zusammenleben und so tun würden, als ob ihre Ehe real wäre.*

* Tut mir leid, es ist eigentlich schrecklich, so etwas über meine Ehe zu sagen.[1]

[1] Aber jedes Wort davon stimmt.

Von	scheißdrauf@hotmail.com
An	franklynmeinlieber@hotmail.com
Betreff	Cop oder Krimineller

Frank – hi!

Hab gestern einen Aufkleber bei einem Backpacker auf dem Rucksack gesehen:
Leben ist Randale, Kumpel! Also überleg dir, ob du Rebell oder Bulle sein willst!
Ha!

Liebe Grüße und Revolution,
Malc

PS: Ich habe nicht den leisesten Schimmer, was das bedeuten soll.

ALLGEMEINE GESCHÄFTSBEDINGUNGEN VON MANAGER X

X steht für Trottel!

Okay, wo ich gerade in Beichtlaune bin, sollte ich gestehen, dass ich doch weiß, wie ich in den Tests meiner Frau abschneide. Ich weiß genau, wie ich abschneide. Ich weiß es deshalb, weil meine Frau meine Ergebnisse veröffentlicht hat, damit alle Welt sie lesen kann. Meine Frau hat ein Buch mit dem Titel *Manager X* geschrieben. Der Umschlag war schwarz und vorne drauf prangte in der Mitte ein riesiges weißes X, das Kragen und Krawatte trug. Das war Ende der Neunziger, vor dem Crash, als alles funktionierte, als es überall Geld gab. Eine Zeit, in der niemand sagen konnte, warum es funktionierte und wer dafür verantwortlich war – das heißt, bis Unternehmensberatern der Wahnsinnserfolg der Welt zugeschrieben wurde.*

Das Selbsthilferegal bog sich unter dem Gewicht von Wirtschaftsbüchern wie *Die sieben Gewohnheiten höchst erfolgreicher Menschen*. Meine Frau, zu der Zeit eine junge Führungskraft, schaffte es, auf den fahrenden Zug aufzuspringen. Sie veröffentlichte das maßgebliche psychometrische Buch darüber, wie man die richtige – oder falsche –

* Vorbehalt: Unternehmensberater haben die Lorbeeren nicht verdient – sie haben sie eingesackt. Und zwar, indem sie Bücher schrieben, in denen sie der Welt erklärten, Unternehmensberater hätten dafür gesorgt, dass die Welt kerngesund war, sie hätten den Wirtschaftscode geknackt und seien deshalb fraglos der alleinige Grund für den uneingeschränkten Erfolg des Universums.

Person für den Job einstellt. Und es machte sie bekannt; na ja, jedenfalls branchenbekannt.

Eigentlich veröffentlicht wurde es von ihrer Freundin Sandra, die Lektorin geworden war. Was alles gut und schön war.

Bis ich das Buch tatsächlich las.

Meine Frau gab mir erst ein Exemplar, als das Buch herauskam, und als ich es las, wusste ich auch, warum. *Manager X*, das Thema des Buches, der Mann, der all die Tests machte und wie eine Laborratte analysiert wurde, war – ja, Sie haben es erraten – ich. Der Volltrottel.

Ich weiß noch, dass Sandra mich kurz vor der Veröffentlichung anrief und sich die Unterhaltung äußerst kryptisch gestaltete. Unsere Gespräche verliefen sonst immer flüssig, wir verstanden uns gut und lachten, aber diesmal fehlte eine entscheidende Zutat, die alles miteinander verknüpft hätte: Sandra ging nämlich davon aus, dass ich das Buch schon gelesen hatte.

Das Telefonat lief ungefähr so ab:

»Also, ich hab ja schon immer gewusst, dass du ein guter Typ bist, Frank. Aber erst nachdem ich das Buch gelesen hab, weiß ich wirklich, wie gut. Du bist was ganz Besonderes.«

»Vielen Dank«, erwiderte ich und dachte, sie fände es toll von mir, dass ich Alice oft Tee gekocht hatte, wenn sie bis spät nachts arbeitete. »Ich hab sie einfach bloß unterstützt, so gut ich konnte.«

»Das hast du wirklich«, sagte Sandra. »Ich meine, ähm, dass du ihr so viel von dir gegeben hast, das ist echt toll, Frank, du bist einmalig.«

Genau da lag das Problem. Ich bin wie ein Kind. Wenn jemand mir Komplimente macht, werde ich rot und sauge alles gierig auf und werde dadurch vom eigentlichen Sinn der Worte abgelenkt.*

»Na ja, ich liebe Alice und würde ihr alles geben, was sie braucht.«

»Du kannst ihr nicht viel mehr geben, als du ihr für dieses Buch gegeben hast. Du bist ein tapferer Mann, Frank.«

Wie unter Freunden üblich plauderten wir dann über irgendwelchen Klatsch und Tratsch. Hinterher ging mir dieses Gespräch immer wieder durch den Kopf, aber ich missachtete alle meine Instinkte und widmete mich anderen, weniger dringlichen Dingen.

Erst als ich das Buch las, begriff ich, was Sandra gemeint hatte; da ging mir auf, dass ich ein riesiger Idiot gewesen war. Ich war Manager X. Ich war Alice' Manager-Crash-Test-Dummy.

Alle meine Antworten auf Tests, die sie mir beiläufig am Küchentisch gegeben hatte, waren in dem Buch abgedruckt. Und sie zeichnete kein nettes Bild von mir, sie benutzte mich als grundlegendes Beispiel für jemanden, den man *nicht* einstellen sollte, im Gegensatz zu jemandem, den man einstellen sollte. Die Lektüre war demütigend. Zunächst redete ich mir ein, dass keiner die Verbindung zwischen X und mir herstellen würde.**

Aber als Oscar eines Tages zur Arbeit kam und sagte: »Na, wen haben wir denn da? Manager X persönlich«, da wusste ich, jedem musste klar sein, dass ich es war.

Oscar hat die Beobachtungsgabe einer Fledermaus. Stockblind für alles, was nicht holzschnittartig klar ist, doch selbst er konnte sehen, dass ich in dem Buch gemeint

* Ich überlese das Kleingedruckte.

** Gott, wie naiv.

war. Da wusste ich, ich war geliefert. Alle im Büro nannten mich Manager X oder bloß X. Sie fingen sogar an, mir Streiche zu spielen, nur um zu sehen, wie ich in bestimmten Situationen reagieren würde. In dem Buch hatte Alice Manager X als die Sorte Mann beschrieben, die gewaltige Mengen Energie dafür aufwendet, eine gelassene und sympathische Fassade aufrechtzuerhalten. Gleichgültig, welches Problem anstand, Manager X war das klassische anpassungsfähige Kind, das sich ein Bein ausriss, um immerzu alle glücklich zu machen. Die Kanzlei machte daher Stresstests mit mir; meistens – nein, immer – auf Anregung von Oscar. Als ich einmal morgens zur Arbeit kam, hatten sie einen vollen Kaffeebecher umgedreht auf meinen Schreibtisch gestellt. Ich nahm den Becher, und Kaffee schwappte über Tastatur, Unterlagen, Handy, und alle, vor allem Oscar, der sich in der Nähe herumgedrückt und auf den Knalleffekt gewartet hatte, lachten. Sie lachten, sie zeigten auf mich, sie kriegten sich nicht mehr ein, und was machte ich?

Sie haben es erraten – ich machte genau das, was Manager X macht.

Ich drängte meinen Zorn ganz tief in meinen Körper, ich steckte den Scherz weg und lachte herzhaft mit, und Oscar, der vor lauter Wonne rot angelaufen war, schlug mir klatschend auf den Rücken und rief: »X lässt grüßen. Nichts kann ihn erschüttern!«

Alice war Gast in einer Reihe Fernsehsendungen, und je mehr Bücher sie verkaufte, desto bekannter wurde sie. Ein Reporter vom *Guardian* wollte von ihr wissen, ob Manager X auf einer realen Person basiere, was sie verneinte. Es war eine schreckliche Zeit. Ich war beschämt, weil sie mich benutzt hatte, weil sie meine Persönlichkeit mit diesen grotesken Tests so genau auf den Punkt gebracht hatte. Das Buch ließ mich wie einen wehleidigen Trottel aussehen und – und das tat richtig weh – wie einen modernen Unternehmenslakaien. Es war beleidigend, aber wie ein guter Manager X steckte ich es weg, unterstützte sie, sagte: *Gut gemacht, Schatz, ich bin so stolz auf dich.*

Sie liebte den Ruhm; sie sagte immer wieder: »Das ist so gut für mein Profiling, für meine Karriere, als erfolgreiche Autorin in der Unternehmensberatung, das ist wirklich toll für alle.«*

Sie wurde oft in Presseartikeln zitiert, sogar einen Monat im *Economist*, als es um den Boom von Internetfirmen und die Talentsuche nach mehr und mehr kreativen Köpfen ging; es war eine Zeit, in der Ausdrücke wie *Innovative Lösungen entwickeln* und *das Rad nicht neu erfinden* sich in die Alltagssprache drängten.**

Als ich versuchte, meine Frau zur Rede zu stellen, ihr erklärte, dass ich mich von ihr benutzt und gedemütigt fühlte – stritt sie alles ab. Sie sagte mit einem Achselzucken: »Frank, du bist nicht X, das sind Spinnereien, komm, wir wollen uns doch nicht gegenseitig über unsere individuellen persönlichen Erfolge ärgern, so was machen gute Paare doch nicht, oder?«***

* Tja, nicht für mich, Lady, nicht für mich.

** Und es war eine Zeit, in der ich komplett den Glauben an meine Frau, an das Leben und, was am schlimmsten war, an mich selbst verlor.

*** Viele Arbeitsverträge haben Liebesklauseln, die es Mitarbeitern untersagen, sich am Arbeitsplatz zu verlieben – ich finde es abscheulich, Liebe vertraglich verhindern zu wollen. Anscheinend hatten meine Frau und ich eine ganze Reihe eigener Liebesklauseln entwickelt. Wenn du feststellst, dass deine Liebesklauseln mehr Raum einnehmen als deine Liebe, wird es höchste Zeit, dir mal sehr genau anzuschauen, was du da eigentlich machst.

ALLGEMEINE GESCHÄFTSBEDINGUNGEN VON MANAGER X

Unerlaubter Abdruck –
na los, verklag mich doch!

Manager X ist emotional intuitiv. Er kann sich in hohem Maße in andere einfühlen und hat feste moralische Werte. Im Kontext der modernen Unternehmenswelt kann sich das für eine Firma, die einen X beschäftigt, sowohl positiv als auch negativ auswirken. So kann dessen hohe Empathiefähigkeit, wenn sie nicht eingedämmt wird, Phasen hemmungslosen emotionalen Überschwangs zur Folge haben. X läuft Gefahr, seinen Fokus zu verlieren oder sich sogar dadurch ablenken zu lassen, wie andere seine Arbeitsleistung »empfinden«.*

* Immerhin empfinde ich was, du hartherziges Miststück.

Von	scheißdrauf@hotmail.com
An	franklynmeinlieber@hotmail.com
Betreff	Blinkzeichen ignorieren

Frank – hi!

Vietnam ist mit Motorrollern überschwemmt. Keiner achtet auf irgendwelche Ampeln. Die Leute hupen einfach, um andere zu warnen, dass sie hinter ihnen angerollt kommen.
Fahren per Echolot!
Mein vietnamesischer Fahrer meinte: »Niemals in Saigon blinken – das verwirrt die Leute bloß.«

Liebe Grüße und Lichter,
Malc

PS: In Vietnam gibt es wahnsinnig viele Verkehrstote.

ALLGEMEINE GESCHÄFTSBEDINGUNGEN VON TESTS

Philosophische Debatten (»Was ist der Sinn des Lebens?«) interessieren mich:

a. Sehr.

b. Wenig.

c. Keins von beidem.

Ich hatte fast den Verstand verloren, als sie mich fragte, was für eine Art Garten ich sei, daher können Sie sich vorstellen, wie schwer diese Frage für mich war. Ich saß bloß da am Tisch und starrte die Frage an, als wäre sie die beängstigendste, die mir je gestellt worden war.

Die Worte in Klammern (»Was ist der Sinn des Lebens?«) sprangen mir in grellem Neon entgegen, und als sie vor meinen Augen verschwammen, merkte ich, dass ich lange nicht geatmet hatte; ich hatte einfach dagesessen, gefangen in meiner eigenen Panik.

Ich schob das Blatt Papier weg und sagte zu meiner Frau, die mit ihrer Stoppuhr auf der anderen Seite des Tisches saß: »Ich will diese Tests nicht mehr machen, Schatz.«

ALLGEMEINE GESCHÄFTSBEDINGUNGEN VON KINDERN

Meine Frau hasst sie.

Ich liebe sie. Ich möchte eins oder zwei oder drei oder vier. Aber meine Frau eher nicht. Sie ist Einzelkind und leidet unter vielen Problemen, die Einzelkinder nun mal mit sich rumschleppen.*

Selbst als Erwachsene sieht sie andere Kinder noch als Bedrohung für sie selbst, für ihre Zeit, für ihre Karriere, für die Aufmerksamkeit ihrer Eltern (für ihre Spielsachen!). Als wir heirateten, versprach sie mir, dass wir die *Möglichkeit*, Kinder zu haben, in Erwägung ziehen würden, sobald wir beruflich Fuß gefasst hätten. Und sie hat ihr Versprechen gehalten, ich dagegen habe mich vorschnell damit abgefunden, dass wir über »die Erwägung der Möglichkeit, Kinder zu haben« wohl nie hinauskommen werden.

Mein Kinderwunsch ist so dringend, wie ihrer es nicht ist. Ich verhandele stundenlang mit ihr, sage, ich wäre mit Freuden Hausmann, sie kann wieder arbeiten, sobald das Kind auf der Welt ist, und ich werde mich allein um das Kind (oder die Kinder) kümmern, die Windeln wechseln, mit Sebastian/Polly/Tom/Julie/Amy (ja, ich habe mir schon Namen ausgedacht) zum Arzt gehen, mit ihnen spielen, sie lieben, mit ihnen kuscheln; ich werde dafür

* Anders ausgedrückt: Sie ist eine selbstsüchtige, kleine Zicke.

sorgen, dass ihre Sachen gebügelt sind und immer eine warme Mahlzeit auf sie wartet, wenn sie von der Arbeit zurück in ihr tadellos sauberes Haus kommt.

Wenn ich ihr das vorgetragen habe, blickt sie mich an und sagt: »Falls du das Baby auch zur Welt bringen kannst, dann sind wir im Geschäft. Ich habe meinen Körper nicht mühsam zur Perfektion gebracht, um mich von einem Kind in eine aus der Form geratene, Milch gebende Mum verwandeln zu lassen. Igitt. Und ich bin nicht die Karriereleiter hochgeklettert, um mich durch ein vergessliches Schwangerschaftshirn selbst zu sabotieren. Ohne mich. Ich will keine rotzige Göre, und ich will keinen Schwächling von Hausmann, der mir meinen Erfolg nicht gönnt.«

»Wow«, sagte ich. »Du musst mir irgendwann mal erzählen, was du wirklich empfindest.«

»Sarkasmus steht dir nicht, Frank«, sagte sie. »Du solltest aufhören, so EFTP zu sein.«

»Du solltest versuchen, dich verständlich auszudrücken.«

Um sie für Kinder zu erwärmen, habe ich einmal versucht, meiner Frau ein braves, hübsches Kind zu präsentieren, um zu sehen, ob es ihr hartes Herz erweichen würde. Aus Verzweiflung erklärte ich mich bereit, einen Nachmittag lang auf Oscars Sohn Lucas aufzupassen. Ich sagte vor allem deshalb Ja, weil Oscars charmante französische Frau Nina mit ihrer Weisheit am Ende war und um Hilfe bat und weil ich dachte, Lucas wäre das perfekte Kind, um es meiner Frau vorzustellen. Niedlich, gut erzogen, still.

Meine Frau lächelte, als Lucas hereinkam, sie äußerte sich lobend zu seinem T-Shirt, auf dem irgendwas Französisches geschrieben stand, und Lucas, wohlerzogen, wie er war, erwiderte das Kompliment, indem er sagte, dass meine Frau hübsche Schuhe anhabe.*

Dann legte Lucas seine Schultasche auf den Tisch und kippte dabei das Rotweinglas meiner Frau über den Bericht, den sie gerade schrieb.

Sie raffte das durchnässte Papier zusammen und schrie: »Du Trampel, jetzt sieh dir das an!«

Lucas brach prompt in Tränen aus und verlangte, nach Hause gebracht zu werden, und ich machte die Schweinerei sauber und nahm ihn in die Arme, wobei ich meine Frau wütend anstarrte, bis sie versuchte, sich zu entschuldigen – vergeblich. »Entschuldige, Lucas, aber ich schreibe gerade einen sehr wichtigen Bericht, und du hast sehr teuren Wein darüber geschüttet … und na ja, ich hätte nicht so laut werden dürfen, ich hätte dich nicht Trampel nennen dürfen, aber ich war wütend.«

Lucas wischte sich die Augen und sah meine Frau an und sagte: »Du bist gemein.«

»So gemein bin ich eigentlich gar nicht«, sagte meine Frau und ging zu ihm und strich ihm unbeholfen über die Schulter.

Lucas und ich konnten sehen, dass sie die Mutterinstinkte eines Skorpions hatte, aber Lucas lächelte mich an und sagte zu meiner Frau: »Entschuldige, dass ich dein Glas umgekippt hab.«

Sie lächelte, und sie vertrugen sich halbwegs wieder, aber ich konnte meiner Frau ansehen, wie genervt sie von

* Ich gab mich einer imaginären Zukunft mit einem Haus voller Kinder hin: Polly spielte in ihrem Zimmer Geige, füllte die Luft mit fröhlicher Musik, mein Sohn Tom lag auf dem Sofa und las hoch konzentriert ein Buch, unsere Kleinsten, Amy, Sebastian und Julie, planschten in der Badewanne, und ich lächelte inmitten dieser puren Lebensfreude.

der Anstrengung war, und die Stimmung zwischen den beiden blieb angespannt.

Meine Frau ignorierte Lucas, während er und ich anfingen, ein bisschen zu malen. Die genervten Geräusche, die meine Frau von sich gab, verrieten mir, dass es sie störte, wie viel Platz er mit Buntstiften und Papier auf ihrem Esstisch in Beschlag nahm, und nach einer Weile konnte sie einfach nicht anders, als Lucas zu provozieren. Sie rollte Buntstifte, die in ihre Nähe geraten waren, demonstrativ über den Tisch zu ihm zurück. Sie schnippte sie mit den Fingern, zuerst spielerisch, doch dann immer aggressiver. Zusammen ignorierten wir die sich verschlechternde Stimmung meiner Frau und bastelten weiter an einer Papierkette von Menschen, die sich an den Händen hielten. Meine Frau warf einen Blick darauf, verzog das Gesicht und sagte: »Hmm, ganz okay, aber nicht toll, die sehen nicht aus wie richtige Menschen.« Wer sagt so was zu einem Kind?

Ohne vom Papier aufzublicken, sagte Lucas. »Du bist nicht toll.«

Meine Frau schmunzelte; sie hatte in Lucas einen Gegner gefunden, und das gefiel ihr.

Sie sagte: »Du bist ein interessanter kleiner Junge, nicht wahr, Luke?«

Lucas erwiderte: »Ich heiße Lucas! Und du kannst nicht gut mit Kindern reden.«

Sie grinste spöttisch. »Tja, dafür bist du nicht besonders gut mit Erwachsenen«, und streckte ihm die Zunge raus. Ich vermute, sie meinte das scherzhaft, doch in Wahrheit wirkte es abscheulich und gemein.

Ich war schon drauf und dran, das Ganze als Fehlschlag hinzunehmen und mich mit Lucas ins Wohnzimmer zu verziehen, um einen Zeichentrickfilm zu gucken, doch er schüttelte meine Hand von seiner Schulter, als wollte er sagen, dass er seine Kämpfe selbst ausfechten könne, zeigte mit einem kleinen dicken Finger auf sie, blinzelte ernst und konzentriert, was ihn ein bisschen wie Oscar aussehen ließ, und flüsterte leise, aber leidenschaftlich: »Du lässt mein Herz klein werden.«*

Meine Frau zuckte regelrecht zusammen. Irgendwas an dieser sonderbaren Äußerung traf ins Mark, und obwohl sie so kindlich war (vielleicht *weil* sie so brutal kindlich war), konnte meine Frau nichts anderes tun als schnauben, aufstehen und sagen: »Also, ich hab die Nase voll von diesem kleinen Experiment, vielen herzlichen Dank.«

Ich sagte: »Das ist kein Experiment, das ist ein Kind, das ist Lucas, und du solltest solche Dinge nicht zu einem Kind sagen, Alice, das weißt du.«

»Nun ja, wissenschaftliche Studien belegen, dass kritikloses Lob in der Kindererziehung genauso schädlich ist wie totale Vernachlässigung«, sagte sie scharf.

»Nun ja, wissenschaftliche Studien belegen, dass mit Leuten, die nur auf wissenschaftliche Studien vertrauen und niemals auf ihre Instinkte, im Allgemeinen schwer auszukommen ist«, sagte ich mit zusammengebissenen Zähnen, um möglichst nichts allzu offenkundig Unfeines im Beisein von Lucas zu sagen.

Sie winkte ab, als wäre sie von mir gelangweilt, und verzog sich, um eine neue Flasche Wein zu öffnen und mit Valencia am Telefon zu plaudern.

Da begriff ich, dass meine Frau und ich niemals zusam-

*Jahrelang habe ich versucht, die auszehrende Wirkung zu beschreiben, die meine Frau auf mich hat, und da kommt dieser Junge und trifft den Nagel auf den Kopf – *Du lässt mein Herz klein werden.*

men Kinder haben würden. Ich sah durch Lucas' klare blaue Augen, wie hässlich und gestört meine Frau und ich geworden waren. Ich hatte diesen kleinen Kerl ins Haus geholt, um meine Frau zu bezaubern und um Wärme und Licht in unser Leben zu bringen, um meine Frau davon zu überzeugen, dass Kinder die Antwort auf unsere Probleme waren, und Lucas hatte, ohne es zu wollen, wie ein durchdringender Röntgenstrahl fungiert und die zahllosen gebrochenen Knochen unserer morschen Beziehung sichtbar gemacht.

Meine Frau war außer Hörweite, und Lucas malte weiter mit seinen Buntstiften, und er blickte nur kurz zu mir auf, als er sagte: »Wieso ist sie deine Frau?«*

* Kinder stellen immer die schwierigsten Fragen.

ALLGEMEINE GESCHÄFTSBEDINGUNGEN DER ELTERN MEINER FRAU

Sie liebten Alice bedingungslos.

Als meine Frau und ich uns kennenlernten, haute sie ständig von zu Hause ab und verkroch sich bei Molly. Sie schilderte ihre Eltern als schwierige Leute, die von einer Tochter Perfektion verlangten, die sie aber immer nur enttäuschte.

Die natürliche Folge war, dass ich einen Hass auf ihre Eltern hatte, ehe ich ihnen begegnete. In meinen Augen machten sie ihre Tochter nur unglücklich. Insofern war es für mich ein mittlerer Schock, als ich die Eltern kennenlernte und feststellte, dass ich sie tatsächlich sehr sympathisch fand. Sie waren nett, sie waren großzügig, und das war nicht gespielt. Sie liebten ihre Tochter so bedingungslos und zärtlich, dass ihre Zuneigung förmlich greifbar war, wenn sie mit ihr zusammen waren. Meine Frau hatte mir keine leicht verzerrte Version geliefert; sie hatte mich schlicht angelogen, hatte ihre Eltern unverfroren und böswillig falsch dargestellt. Sie hatte sie als böse Schurken beschrieben, um ihr eigenes zunehmend idiotisches, selbstsüchtiges und herzloses Verhalten zu erklären und manchmal zu verharmlosen. Wir alle stellen andere schon mal als die Bösen dar, um im Vergleich zu ihnen als die Guten dazustehen, und genau diese Rolle hatte meine Frau für ihre Eltern auserkoren. Es war jedoch eine Rolle, die sie nie überzeugend spielen konnten. Dafür waren sie einfach von Natur aus zu gut; sie waren gute Menschen.

Als ich ihnen das erste Mal begegnete, erwartete ich zwei Ungeheuer, verklemmte, frömmelnde Fieslinge, die ständig herumnörgelten. Doch stattdessen lernte ich einen charmanten, besonnenen Mann namens Fred kennen, der eine Haartolle so dick und weiß wie Sahne hatte und immer weiche Holzfällerhemden trug, und eine reizende Frau namens Joy – die als Modell für eine von diesen kitschigen Mum-Bildern in Frage kam, mit denen Werbeleute Keksdosen verzieren, um ihnen ein heimeliges Flair zu verpassen. Sie lächelten andauernd und berührten ihre Tochter, wie Gläubige ihre Ikonen berühren. Ihre Tochter war ihr Leben, und irgendwie hatte meine Frau all diese Liebe genommen und sie zu Hass auf ihre Eltern verbogen.

Wir luden sie nur selten zu uns zum Essen ein, vor allem weil meine Frau nicht wollte, dass sie kamen; sie schämte sich für sie; sie hatte sich derart weit von ihren Eltern entfernt, dass sie sie inzwischen als eine Art überflüssigen und peinlichen Teil ihres alten Lebens betrachtete. Meine Frau war der schicke Ferrari, der mit der Schmach lebte, ursprünglich in einer dreckigen Fabrik hergestellt worden zu sein. Doch ihre Eltern bemühten sich unablässig darum, zum Abendessen eingeladen zu werden. Nach einer Weile fing Joy an, mich auf meinem Handy anzurufen statt meine Frau auf ihrem, um einen Besuch zu vereinbaren. Joy wusste, dass ich das schwache Glied war.

»Ich weiß ja, dass Alice viel um die Ohren hat mit ihrem Buch und ihrer Arbeit, und du auch, mein Lieber, ich weiß, ihr habt beide viel um die Ohren, und wir sind bloß ein seniles Rentnerpärchen, aber wir würden euch zwei furchtbar gern sehen, und wir kommen auch gern zu euch, bringen eine Kleinigkeit zu essen mit, einen Eintopf, dann braucht ihr euch keine Umstände zu machen.«

Ich sagte jedes Mal: »Ja, natürlich«, woraufhin Joy kreischte: »Hach, das freut mich. Fred! Fred! Frank hat ja gesagt, er hat ja gesagt, wir dürfen sie besuchen.«

Dann konnte ich hören, wie Fred im Hintergrund rief: »Sag Frankie, ich hab eine neue Muddy Waters, die er sich anhören muss. Eins-a-Zustand.«

Fred war der Einzige, der mich Frankie nannte, und bei jedem anderen hätte es mich geärgert, aber bei ihm gefiel es mir. Was Fred und mich verband, war unsere Liebe zum Blues; zwei dünne weiße Männer, die von der Musik rustikaler schwarzer Männer nicht genug kriegen konnten.*

Aber wieder und wieder versuchte meine Frau, sich vor diesen Abendessen zu drücken. Wenn ihr im Voraus keine gute Ausrede einfiel, dann sprang sie manchmal in der letzten Minute ab und sagte, Valencia würde sie brauchen, dann aß ich mit ihren Eltern zu Abend, aber ohne sie. Ich genoss diese Abendessen mit ihnen. Das soll nicht heißen, dass sie ein Ersatz für meine eigenen Eltern waren, die

* Ein Anwalt, der Blues hört? Na ja, ich habe irgendwas gesucht, irgendwas, das von den Tests meiner Frau nicht abgedeckt wurde, irgendwas, das sich nicht von meinem Anzug oder meiner Frisur ableiten ließ, und Musik erinnerte mich daran, dass ich in meiner Jugend tatsächlich etwas hatte, etwas Verborgenes, irgendwo tief in den dunklen Räumen zwischen meiner Haut und meinen Knochen. Etwa um diese Zeit erkannte ich, dass meine Persönlichkeit ein Konflikt zwischen meiner inneren und meiner äußeren Stimme war. Ich war mal der brillante Typ, den man auf einer Party kennenlernt und der einem das Gefühl gibt, witzig und locker zu sein. Dann wurde ich der Typ, den man versteckt hinter einer Topfpflanze erblickt, wo er so tut, als würde er Texte lesen, die gar nicht da sind. Jedes Mal, wenn ich etwas laut sagte, widersprach meine innere Stimme leise. »Ich glaube, es war richtig von uns, gegen den Irak Krieg zu führen«, sagte ich zum Beispiel, während meine innere Stimme flüsterte: »Nein, glaubst du nicht.« Meine innere und meine äußere Stimme, die mal so harmonisch waren, sind jetzt streitsüchtige Betrunkene an einem Karaoke-Abend. Einfach ausgedrückt, ich glaubte mir selbst kein Wort mehr.

ich von ganzem Herzen liebte und respektierte, aber die Eltern meiner Frau hatten etwas, das keiner in meiner Familie jemals vortäuschen könnte – nämlich eine unbändige Lebensfreude. (Vielleicht besaß Malcolm sie, aber wir anderen nicht.) Natürlich hatte auch das seine zwei Seiten. Mitunter konnte Fred endlos lange darüber reden, wie eine bestimmte Gitarre klang oder wie ein einzelner Ton auf einem Album nachhallte, und Joy musste sich bremsen, wenn sie ihre Tochter mal wieder über den grünen Klee lobte, ob die nun bei dem Abendessen dabei war oder nicht. Aber im Großen und Ganzen waren Fred und Joy einfach zwei unglaublich lebensfrohe Menschen.

Wenn meine Frau tatsächlich mal an einem dieser Abendessen teilnahm, verlief das nie ganz so gut – leider.

Joy versuchte dann ständig, meine Frau zu berühren – eine zu lange Umarmung, ein Tätscheln der Hand –, und meine Frau zuckte zusammen und entwand sich ihr. Dann sagte Joy: »Weißt du, Allie, ich habe den Browns versprochen, dass du bei ihnen vorbeischaust, wenn du uns das nächste Mal besuchen kommst. Mrs. Brown ist ja so stolz auf dich, Schätzchen; sie hat dein Buch als Hardcover und als Taschenbuch, und niemand darf es sich ausleihen, aber sie zeigt jedem, wo du es für sie signiert hast.«

Mit der Zeit hatte Joy gemerkt, dass die ständigen Lobhudeleien ihrer Tochter peinlich waren, und sie war auf diese clevere Methode verfallen, sich der Unterstützung Dritter zu bedienen, indem sie zum Beispiel über Mrs. Brown oder andere Freundinnen sprach und erzählte, wie stolz die auf Alice waren. So konnte sie weiterhin das tun, was sie am liebsten tat – nämlich ihr einziges Kind lieben und vergöttern und unterstützen.

Meine Frau lächelte dann gequält und sagte: »Das ist lieb, Mum ... oh, ich muss mal kurz meine E-Mails checken«, und stand vom Tisch auf.

Meistens wechselten Fred und Joy daraufhin einen leicht gekränkten Blick, doch dann hellte sich Joys Miene auch schon wieder auf, und sie sagte: »Du meine Güte, was ist sie doch für ein fleißiges Mädchen. Woher hat sie bloß diese Arbeitsmoral, Fred?«

»Von mir nicht, Liebes«, sagte Fred dann. »Weiß Gott nicht. Sag mal, Frankie, wie findest du eigentlich die frisch abgemischten Versionen vom Son-House-Album? Was soll dieses Herumpfuschen an etwas, das perfekt ist? Ich hab die Originalplatte mitgebracht. Wir sollten sie mal auflegen, was meinst du?«

»Ich meine, unbedingt, Fred.«

Und Joy lächelte, hielt kurz meine Hand fest, als ich aufstehen wollte, und ich wusste genau, was als Nächstes kommen würde, nämlich die Frage, die schon den ganzen Abend darauf wartete, aus Joys nimmermüden Gedanken befreit zu werden – »Und? Hat Allie schon mal wieder über Babys gesprochen, Frank? Ich weiß, sie ist eine Karrierefrau, aber sie wird auch nicht jünger.«

Das war immer der schwierigste Teil des Abends, und irgendwie sprach Joy immer nur mich auf das Thema an, als wüsste sie, dass es sinnlos war, ihre Tochter zu mehr Engagement zu drängen.

»Ich kann's kaum erwarten«, sagte ich. »Aber Alice ist wirklich an einem entscheidenden Punkt in ihrer Karriere ...«

Joy sagte: »Schon gut, Frank, wir wissen, wir können uns da ganz auf dich verlassen. Du wirst schon dafür sorgen, dass es passiert.«

Und das war's, wir drei waren ein Team gegen meine Frau, und Fred sagte manchmal: »Klau ihr doch einfach die Antibabypillen oder stich ein Loch ins Kondom, Frankie, das merkt sie nie!«

Worauf Joy kreischte: »Fred!«, um dann zu lächeln und mit einem Augenzwinkern zu sagen: »Aber du tust, was du tun musst, Frank, wir unterstützen dich. Dein Geheimnis ist bei uns sicher, mein Sohn.«*

Wenn meine Frau zurück an den Tisch kam, verfielen wir in verlegenes Schweigen, wir drei Verschwörer, und weil sie irgendwie ahnte, worüber wir gesprochen hatten, sagte sie: »Lasst uns heute Abend nicht wieder mit dem blöden Enkelkinderthema anfangen, okay? Irgendwann muss mal gut sein.«

»Wie du meinst, Schatz«, sagte Joy dann und fing an, den Tisch abzuräumen, aber auf dem Weg in die Küche fing sie meinen Blick auf und zwinkerte mir zu.

Bei diesen Abendessen kam immer irgendwann der Moment, in dem die Energie versiegte, die meine Frau aufbot, um nett zu ihren Eltern zu sein, und sie irgendwas Gehässiges sagte.

Einmal schaute ich von meinem Teller auf und zuckte zusammen, weil die Stimme meiner Frau so schrill klang. Ihr dritter Wodka mit Cola trug einiges dazu bei. Sie betrank sich oft im Beisein ihrer Eltern, sorgte für einen schläfrigen Alkoholfluss zwischen sich und ihnen, um das für sie so unangenehme Erlebnis erträglicher zu machen, und als ich fragte, ob sie noch ein Glas wolle, sagte meine Frau laut: »Und ob ich noch einen Drink will, Schätzchen.«

* Meine Mum und mein Dad haben nie »mein Sohn« zu mir gesagt, deshalb ging es mir unter die Haut, wenn Joy oder Fred diese liebevolle Anrede an einen Satz anhängten – *mein Sohn.*

Der Tonfall, mit dem sie das sagte, war eine bissige Parodie auf den Akzent des Londoner East End. Wir wussten alle, was sie damit beabsichtigte.

Sie machte sich über ihren Vater lustig.

Fred sah unglaublich verletzt aus, und selbst in ihrem betrunkenen Zustand merkte meine Frau, dass sie einen Fehler gemacht hatte. Sie sagte: »War doch nur Spaß, Dad, komm, sei nicht so empfindlich. Nimm's nicht so ernst.«

Er blickte wütend und beschämt zugleich und sagte: »Du hast auch mal so gesprochen. Weißt du noch? Bevor du so stinkvornehm geworden bist.«

Das wiederum kränkte meine Frau, die bloß eine Fratze zog, und ihre Mutter überspielte den heiklen Moment, indem sie sagte: »Ich räum den Tisch ab.«

Dann folgte immer das Gleiche: Kaum waren ihre Eltern gegangen, verdrehte meine Frau die Augen und murmelte: »Gott sei Dank, das haben wir hinter uns, die sind so peinlich. Wieso muss Dad dauernd diese Holzfällerhemden tragen? Er sieht aus wie ein Scheißbauarbeiter.«

»Er *ist* ein Bauarbeiter«, sagte ich.

»Erst recht ein Grund, nicht wie einer auszusehen.«

»Mein Gott, was bist du für ein Snob«, sagte ich.

»Lieber ein Snob als ein Proll«, konterte sie. Es sollte ein Scherz sein.

Ich lachte nicht.*

* Stattdessen tat ich das Schrecklichste, was Krieg führende Paare tun können: Ich prägte mir diesen Moment ein und nahm ihn zu den Akten. Ich packte ihn zu einer Liste ihrer anderen Fehler, stockte mein Arsenal auf, um es irgendwann auf sie abzufeuern – wenn sie mich mit einem ähnlichen Vorrat meiner Kränkungen und Fehltritte unter Beschuss nimmt. Es ist mir peinlich, dass ich ihre Fehler sammele, aber ich tu's; das ist alles, was mir bleibt, um sie zu bekämpfen.

	Von	scheißdrauf@hotmail.com
	An	franklynmeinlieber@hotmail.com
	Betreff	Evolutionäre Langeweile

Frank – hi!

Ich liege schon die ganze Woche faul in einer Hängematte, und dabei ist mir etwas Fundamentales klar geworden. Langeweile scheint auf den ersten Blick keinen besonderen Motivationsschub zu liefern, aber glaub mir, Langeweile ist eine starke Lebenskraft, Langeweile macht Menschen zu Mördern, Vergewaltigern, Schlägern, sie verursacht Irrsinn, sie schürt Revolutionen, sie beflügelt Menschen, alles Mögliche zu erfinden, zu schaffen und zu entdecken, wie zum Beispiel Kunst, Tierkämpfe, Brettspiele, plastische Chirurgie, das Internet, Mobiltelefone, Geld, essbare Schlüpfer, die Börse, Gott, Pasta, Drogen, Seifenopern, Opern, vibrierende Kondome, Bücher, doppelte Buchführung, Kleidung für kleine Hunde, kleine Hunde ohne Fell, die beißen, Kinder, Ehe, Streit, Sex, Blowjobs, Homosexualität, Priester, Prostituierte und diese kleinen Schirmchen für Cocktails, Perverse, Frauen, die Männer hassen, Männer, die Frauen hassen, Löwen, Giraffen, Bob Geldof, Nanotechnologie, Politiker, die Gottesteilchen, Lügen, Geheimnisse, und sie sorgt dafür, dass die Welt sich dreht und dreht, während wir alle verzweifelt nach irgendeiner Möglichkeit suchen, sie zu vermeiden, die grässliche tödliche Langeweile zu vermeiden, das schwarze Loch der Langweile, nach Orten suchen, wo wir uns vor ihrem gewaltigen Nichts verstecken können, vor ihren ewigen und peinlich unbeantwortbaren Fragen. Langeweile ist der Funke der Evolution und ihr Treibstoff, und wir alle verbringen unser Leben mit dem panischen Versuch, nicht langsamer zu werden und uns der Angst zu stellen, in deren Kern ein dumpfer Gedanke pocht – *dass alles völlig sinnlos ist.*

Liebe Grüße und Langeweile,
Malc

PS: Gleichwohl hat die Langeweile mich bislang eigentlich nicht dazu motiviert, irgendetwas zu erfinden oder zu entdecken, das für irgendwen von irgendeinem Nutzen wäre. Was nicht heißen soll, dass ich untätig gewesen bin. So habe ich beispielsweise kürzlich eine Methode perfektioniert, wie ich meine Hängematte mit möglichst geringem Energieaufwand ins Schwingen bringen kann. Ohne allzu sehr ins Detail zu gehen, nur so viel: Ich lasse dazu den rechten Fuß aus der Hängematte baumeln, schwinge ihn leicht auf und ab und … Den Rest der Erklärung spare ich mir für die nächste E-Mail auf, da das ein Weilchen dauern könnte. Womöglich brauche ich sogar Diagramme, um alles exakt rüberzubringen. Ich nehme an, du wartest gespannt auf die Fortsetzung meiner Erklärung. Bis dann.

PARAGRAF 2.2

DOUG

ALLGEMEINE GESCHÄFTSBEDINGUNGEN VON DOUG

Wahrheit, Lügen
und blöde Statistiken.

ALLGEMEINE GESCHÄFTSBEDINGUNGEN VON CHANCEN

*Du kriegst nur
eine halbe Million davon.*

Als Doug zurück in sein Büro kam, sah er, dass ich *Manager X* umklammert hielt.

»Deine reizende Frau hat mir ein signiertes Exemplar geschenkt«, erklärte Doug.

»Sie ist aber nicht reizend, oder?«

»Da magst du recht haben. Es sind dir also wieder ein paar Erinnerungen gekommen.«

»Erzählst du mir bitte, wie ich vor dem Unfall war?«

»Tja«, sagte Doug. »Ich weiß eigentlich gar nicht, was ich da sagen soll.«

»Erzähl's mir einfach rundheraus«, bat ich ihn.

»Hör mal«, sagte Doug. »Ich hatte mit dir privat nicht so viel zu tun, wie ich gern gehabt hätte, ich weiß nicht alles, was in deinem Leben so passiert ist, aber ich sag dir etwas, was ich genau weiß. Ich habe dich einmal angelogen, als du jung warst. Es war eine Kleinigkeit, aber ich glaube, sie könnte sich nachteilig auf dein Leben ausgewirkt haben. Und das tut mir leid. Deshalb werde ich dir jetzt etwas ganz unverblümt sagen. Als Wiedergutmachung sozusagen. Wenn du erlaubst. Also Folgendes: Hör nicht auf das, was andere dir versprechen, Frank. Hör nicht auf Oscar, nicht auf Alice, auf keinen. Dieser ganze Quatsch von wegen, du wärst ein bisschen gestresst gewesen vor deiner kleinen Episode. Das stimmt nicht. Die ändern deine Geschichte ab. Weißt du, vor deinem Unfall und vor deinem Nervenzusammenbruch haben wir uns unterhalten, du und ich, nur kurz, im Fahrstuhl, und ich sag dir jetzt, ganz ehrlich, es ging dir hundeelend. Dein Leben war voller Probleme, und ich will die Sache nicht schwärzer malen, als sie war, aber damals warst du sehr unglücklich. Du würdest nicht wollen, dass alles wieder normal wird, dass du wieder so wirst, wie du warst. Aber immerhin sagt man ja, dass man nach einem Unfall eine zweite Chance bekommt.«

»Du glaubst, mein Unfall ist eine zweite Chance für mich?«, fragte ich hoffnungsvoll.

»Mach dir nichts vor, Frank«, sagte Doug scharf. »Das sind bloß Kino-Klischees. Aber für mich ist es eine zweite Chance, dir etwas zu sagen. Ich bin Statistiker, und eines kann ich dir sagen: Wir haben im Leben eine halbe Million Chancen. Jeden Tag, an dem wir aufstehen, könnten wir die Welt verändern, aber wir tun's nicht, weil es zu viel Aufwand ist oder weil unsere Mum zum Tee kommt. Wir leben, bis wir um die achtzig sind. Das sind etwa 30000 Tage – das sind 30000 Chancen. Aber in Wahrheit kannst du dein Leben in jeder Stunde ändern, vierundzwanzig Stunden am Tag, sieben Tage die Woche, achtzig Jahre lang – grob überschlagen macht das eine halbe Million Chancen. Und was fangen wir mit den Chancen an – nichts. Sie rinnen uns durch die Finger wie Sand. Wir nutzen nicht eine einzige dieser Chancen, um unsere Tochter anzurufen, mit der wir uns auseinandergelebt haben, um dem Bettler zu helfen, den wir auf dem Weg zur Arbeit ignorieren, um unsere Frau anzuschauen und zu sagen: *Schatz, ich liebe dich*. Also vergiss deinen Unfall, vergiss das Klischee über zweite Chancen und glaub mir, wenn ich sage, dass du todunglücklich warst. Ich erlebe dich seit dem Unfall so, dass du versuchst, es allen recht zu machen, dich wieder einzufügen, liege ich damit richtig? Ja, tu ich. Du musst was anderes mit dem Rest deines Lebens anfangen, Frank. Lass dir das von einem Mann gesagt sein, der mit seinem Leben nichts anderes angefangen hat, als den Tod zu berechnen. Das Leben ist ein Geschenk, also greif zu. Meine Güte, du bist ja ganz blass geworden. Ist alles in Ordnung?«

Kein richtiges Wort, sondern ein Fiepen entwich meinem Mund, als ich mich an den Tag erinnerte, an dem Doug mit all seiner Scharfsinnigkeit und Klugheit versucht hatte, mir zu helfen.*

»Ich erinnere mich wieder, wer du bist«, sagte ich langsam.

Doug lächelte. »Na, das hört man doch gern.«

* Und ich im Gegenzug unter Einsatz meiner hochgradigen Idiotie Dougs Bemühungen abgeschmettert hatte.

ALLGEMEINE GESCHÄFTSBEDINGUNGEN DES MEISTERS DER VERSICHERUNGSMATHEMATIK

Versicherungsmathematik ist eine Wissenschaft,
aber manche halten sie für eine Kunst.

Doug ist Aktuar – also Versicherungsmathematiker. Ein erfahrener Statistiker, ein Job, der nach außen hin der langweiligste der Welt zu sein scheint, doch wer das denkt, der irrt. Doug ist ein Meister seines Fachs, ein Mann, der Mathematik, Statistik, das Wetter, Finanzwesen, Ökonomie und soziopolitische Algorithmen miteinander verbindet, um zu ermitteln, wie Versicherungsunternehmen ihren Profit maximieren können.

Die Prüfungen, Tests und die Erfahrung, die erforderlich sind, um ein guter Aktuar zu werden, sind derart langwierig, mühevoll und kompliziert, dass manche es als spirituelle Suche betrachten. Viele gehen bei einem Meister in die Lehre, ehe sie sich Jahre später selbst als Meister etablieren. Sitar-Spieler dürfen erst nach einer zehnjährigen Ausbildung das erste Mal öffentlich auftreten, so kompliziert und präzise ist das Instrument. Aktuare müssen mindestens zweimal so lange lernen, bevor sie Meister werden, und hervorragende Aktuare sitzen ganz oben in den Büros der Hochhäuser dieser Welt, wo sie in den Wolken schwebend die entscheidende Frage erkunden – *Wann wirst du sterben?*

Wie lange wirst du leben? Und wie viel wird das kosten? Wie viel ist dein Leben *wert?* Manche sagen, für das Leben lässt sich kein Preis veranschlagen. Doug sieht das anders.

Doug verdient damit seine Brötchen. Doug ist derjenige, der entscheidet, wie viel du für eine Lebensversicherung bezahlen solltest. Wenn du ein dreißig Jahre alter Ex-Raucher mit zwei Kindern bist, kann Doug bis auf zwei, drei Jahre genau sagen, wann du sterben wirst. Er kann dir auch drei oder vier Krankheiten nennen, von denen dich eine umbringen wird.

Doug hat eine einzige Aufgabe: Er sorgt dafür, dass Leute mehr Geld an Versicherungsunternehmen zahlen, als die Unternehmen auszahlen. Die Spanne zwischen dem, was Versicherungsunternehmen auszahlen, und dem, was sie einnehmen, ist astronomisch. Ein Blick auf die großen Städte der Welt macht deutlich, dass sich diese Gewinnspanne in glitzernden Wolkenkratzern manifestiert, die Versicherungsunternehmen und Banken gehören. Und die Banken sind nur deshalb so groß, weil die Versicherungsunternehmen ihre Profite bei ihnen anlegen.

Wenn es je ein echtes Medium gab, einen modernen Wahrsager, dann ist das Doug. Und er passt zu der Rolle. Doug ist Ende fünfzig, sieht aber jünger aus als ich. Nach dem, was man sich im Büro erzählt, hat er seit dreißig Jahren kein Körnchen Zucker zu sich genommen und isst nur Hähnchen ohne Haut und Knochen. Er schließt häufig seine Bürotür und die Jalousien und verbringt angeblich Stunden in tiefer Meditation, um die kompliziertesten Probleme Höherer Mathematik zu lösen, die es überhaupt gibt. Ich fragte mich, ob Doug sein eigenes Todesdatum errechnet hat und es so weit entfernt ist, dass das Leben ihm noch immer süß erscheint. Ist er deshalb so gelassen? Oder verdankt er dieses rechtschaffene Leuchten einer gewissen Frömmigkeit, die er aus seiner Fähigkeit zieht, in die Zukunft zu schauen?

Doug trägt blütenweiße Hemden, keine Krawatte, Moleskin-Hosen und seltsame Schuhe, die schwarz sind und von weitem aussehen wie Business-Schuhe, sich aber aus der Nähe als Sportschuhe entpuppen. Niemand hat solche Business-Sportschuhe je irgendwo in einem Laden gesehen, und sie sorgten für die Entstehung eines ganz neuen Mythos, dem zufolge sie speziell von Männern in Indien gefertigt und mit perfekten Sohlen ausgestattet wurden, die bei jedem Schritt wichtige lebensspendende, lebensverlängernde Reflexzonen massieren. Gerüchte wachsen in den Petrischalen der Bürolangeweile wie Schimmel. Sie sind wahrscheinlich alle Blödsinn, aber Doug hat etwas an sich, das alles, was einem so über ihn zu Ohren kommt, in den Bereich des Möglichen rückt. Das dich denken lässt: Vielleicht ist ja doch was dran. Er strahlt nicht die diffuse Unruhe der meisten Geschäftsleute aus. Er schwebt in seinen federnden Sportschuhen durchs Büro, ein paar Gummizentimeter über der stressigen Oberfläche des Ganzen.

Sein Büro ist spartanisch, nicht spartanisch à la Philippe Starck, nicht designermäßig spartanisch, sondern irgendwie ausgefallen. Weiße Wände, kein Teppichboden; Doug hat den Holzboden seines Büros wieder freilegen lassen. Auch darüber sind Theorien im Umlauf: der Wunsch, mikroskopische Sporen zu vertreiben, die im Teppichboden lauern. Noch seltsamer, seltsamer als die spartanische Einrichtung, ist die Tatsache, dass er keinen Computer hat. Das wirkt, als wäre das Büro nicht nur verlassen, sondern als hätte die Person, die es verlassen hat, beim Rausgehen alles mitgehen lassen.

Doug und mein Dad waren Geschäftspartner, und dank ihrer Beziehung hatte mein Vater viele Jahre gut zu tun. Doug war deutlich jünger als mein Vater, aber offenbar bewunderten sie sich gegenseitig, und Doug sorgte stets dafür, dass sämtliche Rechtsverträge für sein Versicherungsunternehmen von der Kanzlei meines Vaters abgewickelt wurden.

Als mein Vater die Kanzlei leitete, war sie eine ziemlich durchschnittliche, mittelgroße Firma. Sie erstellte die Allgemeinen Geschäftsbedingungen und Gesellschaftsverträge für zahlreiche Versicherungsunternehmen, und ja, ein paar von ihnen waren ein wenig fragwürdig, aber im Großen und Ganzen waren es anständige Mandanten. Ich weiß nicht, ob das mit einer persönlichen Entscheidung meines Vaters zusammenhing oder ob die Zeiten damals einfach noch gesitteter waren. Ich weiß nur, dass Oscar der Kanzlei schon nach kurzer Zeit den Stempel seines ausgesprochen schäbigen Charakters aufgedrückt hatte. Auf einmal arbeiteten wir mit üblen Versicherungsmaklern, Glücksspielanbietern und Waffenproduzenten zusammen.

Und ich erinnerte mich, dass Oscar und ich uns, nachdem der Deal ans Licht gekommen war, tagtäglich über den Waffenproduzenten stritten.

Ich sagte ihm, dass ich entsetzt war, und er sagte bloß: »Die brauchen Rechtsberater, Kumpel; es geht bloß um die langweiligen Verträge, wir verkaufen doch keine Raketen. Wieso regst du dich so auf?«

»Weil das Todesfabriken sind«, sagte ich.

»Nimm's leicht«, sagte er.

Das war sein Rat – *Nimm's leicht.**

* *Entgegen seinem Rat nahm ich alles von Tag zu Tag immer schwerer.*

ALLGEMEINE GESCHÄFTSBEDINGUNGEN VON DOUG

Anstrengung tötet.

Ich sah Doug selten.

Nur wenige bekamen ihn zu Gesicht. Er war vor allen anderen im Büro und ging als Letzter. Doch eines Abends betrat ich den Fahrstuhl und wartete, dass die Türen sich schlossen – damit ich mich ungestört im Spiegel begutachten könnte –, doch ehe die Türen ganz zu waren, zwängte sich eine Hand dazwischen, die Türen glitten seufzend wieder auf, und herein kam Doug.

Er fragte, wie es mir ginge. Ich sagte, gut, und wollte mich schon nach seinem Befinden erkundigen, aber er sah so strahlend aus, dass mir die Frage überflüssig vorkam, und Doug gehörte zu den Männern, die man nicht mit offensichtlichen Dingen verärgern wollte. Er war ein Mann von Format – vielleicht war es bloß sein Ruf, der Mythos –, aber das hielt dich davon ab, unbefangen mit ihm zu reden. Zu Doug wolltest du nur tiefsinnige und bedeutungsvolle Dinge sagen.

Weshalb es umso komischer war, als Doug sagte: »Ich wette, du warst sauer, dass ich mich noch reingezwängt habe, Frank. Ich wette, du wolltest dir gerade einen eitlen Blick in den Spiegel gönnen. Im Fahrstuhl, ganz allein, da kann kein Mann und keine Frau widerstehen. Hab ich recht?«

»Erwischt«, lachte ich.

»Na los – schau hin. Wir alle tun unser Leben lang so, als würden wir nichts und niemanden anschauen. Uns selbst nicht anschauen, schöne Frauen nicht anschauen. Das ist anstrengend. Und Anstrengung tötet.«

Wie immer im Umgang mit Doug fragte ich mich, ob diese Erklärung ein verschlüsselter Ratschlag war. Ein Wink von einem Mann, der den ganzen Tag lang den Tod in Zahlen fasste und deshalb ein bisschen mehr vom Leben verstand. Ein Mann, der fundamentale Dinge in den Griff bekommen hatte, die ich erst noch begreifen musste.

*Anstrengung tötet.**

Doug sagte: »Als die ersten Fahrstühle gebaut wurden, ist den Leuten oft darin schlecht geworden, weißt du.«

Doug hatte den Knopf noch nicht gedrückt. Der Fahrstuhl bewegte sich nicht. Doug sagte: »Der Fahrstuhlhersteller Otis hat deshalb Ingenieure beauftragt, die Fahrstuhlfahrt sanfter zu machen. Es nützte nichts. Den Leuten wurde immer noch schlecht. Schließlich bat Otis einen Philosophen, das Problem zu lösen. Irgendeinen Franzosen, ein Querdenker. Und der sagte: Wir lieben uns selbst. Bringt Spiegel in den Fahrstühlen an, das lenkt uns ab, und keinem wird mehr schlecht.«

»Ist das wahr?«

»Klingt jedenfalls wahr«, sagte Doug. »Also los, schau dich an.«

»Schon gut. Ich guck mich später im Auto im Rückspiegel an.«

»Aber nicht während der Fahrt«, mahnte Doug. »Drei Prozent aller von Männern verursachten Autounfälle sind darauf zurückzuführen, dass sie sich während der Fahrt im

* *Lebe unangestrengt, und du lebst ewig.*

Spiegel angeguckt haben. Ich schätze, bei Frauen sind es um die zehn Prozent. Das wird jedoch dadurch aufgewogen, dass dreißig Prozent der Männer einen Unfall bauen, weil sie Frauen auf der Straße anglotzen. Ich habe in den sechziger Jahren extra eine mathematische Formel für Miniröcke erstellt. Die Minitod-Formel. Die haben eine ganze Menge Männer umgebracht, Miniröcke. Schon ein einziger Blick kann töten. Was will man machen? Wir bringen uns um, während wir uns gegenseitig begaffen.«

»Wir sind ein Haufen eitler Perverser.«

Doug lachte, und ich nahm mir vor, mehr zu lachen. Vielleicht auch ein Geheimrezept für ein langes Leben.*

Als Doug merkte, dass wir nicht fuhren, drückte er den Knopf fürs Untergeschoss.

»Untergeschoss, richtig?«, sagte Doug, und ich nickte.

Dann standen wir da, verloren in dieser seltsamen Ruhe, die Fahrstühle erzeugen – eine schwebende Stille –, als ob die Zeit nicht reicht, um ein lohnenswertes Gespräch zu ermöglichen, und deshalb harren wir aus, verschwenden den Moment, erdulden im gegenseitigen Einvernehmen lieber angespanntes Schweigen, als geistlosen Small Talk zu riskieren. Doch in dem Fall bin ich froh, dass wir die Stille nicht unerträglich die ganze Fahrt bis ins Untergeschoss beibehielten.

»Wie läuft's denn so in der Juristenwelt, Frank?«, riss Doug mich aus meiner Trance.

»Nicht schlecht«, sagte ich, während ich zusah, wie die Geschosse heruntergezählt wurden – 31, 30, 29 …

»Sitzt Oscar immer noch am Ruder?«

»Ja. Er steuert uns in eine interessante Richtung.«

* Lache über das Leben, und du lebst ewig.

»Das klingt nicht begeistert.«

»Es ist eine Richtung, mit der Dad nie einverstanden gewesen wäre.«

28, 27, 26 …

Ich hatte plötzlich den Wunsch, Doug alle meine Sorgen zu gestehen.

Ich wollte ihm alles erzählen, mich an seiner Schulter ausweinen; er war ein Kanal, eine Art Verbindung zu glücklicheren Zeiten, als mein Dad noch lebte und ich mit in die Kanzlei kam und dort spielte und Doug mir lächelnd die Haare zerzauste. Doug war so was wie der engste Freund, den mein Vater je hatte.*

»Du meinst den Waffenvertrag«, sagte Doug.

»Du weißt Bescheid?«

25, 24, 23 …

»Eine dunkle Entscheidung«, sagte Doug. »Ich habe Oscar davon abgeraten, aber dein Bruder lässt sich ja nichts sagen. Es gibt ein statistisches Karma, und was dein Bruder da vorhat, ist statistisch unkalkulierbar. Ich mag keine unkalkulierbaren Sachen. Oscar ist drauf und dran, ein großes Minuszeichen neben seine Seele zu setzen, und er wird dafür bezahlen, irgendwie, irgendwann in der Zukunft, das ist unvermeidbar. Man kann nicht mit negativen Statistiken spielen und unversehrt davonkommen. Mathematisch unmöglich.«

Das war das Sinnvollste, das ich je gehört hatte. Ich wünschte, der Fahrstuhl würde niemals anhalten, immer weiter nach unten fahren, damit wir bis tief in die Nacht reden könnten, während wir durch die Erde fielen.

11, 10, 9 …

* Vielleicht so was wie der engste Freund, den ich je hatte.

»Ich bin ganz deiner Meinung, Doug. Ich meine, ich finde allein schon den Gedanken furchtbar, aber anscheinend hält das niemand außer mir für ein Problem. Als würde es niemanden interessieren.« Ich verstummte, weil ich hören konnte, dass ich den Tränen nahe war.

Doug sagte nichts. Er drehte sich langsam um und sah mich an. Ich bemerkte die Fahrstuhlmusik, eine Panflötenversion von »The Girl from Ipanema«.

»Du musst eine Entscheidung treffen, Frank. Du bist ein netter Kerl, aber du musst dich entscheiden. Das kann dir keiner abnehmen.«

Das Summen des Fahrstuhls, die Panflöte, das eintönige Piepen vorbeiziehender Etagen, das alles hatte eine hypnotische Wirkung: 8, 7, 6 …

»Es tut so gut, mit dir zu reden, Doug.«

Er sah mich wieder an, kein freundlicher Blick, sondern hart, als würde er irgendetwas kalkulieren.

5, 4, 3 …

Er sagte: »Weißt du noch, wie du zu mir gekommen bist, als du gerade sechzehn warst?«

Die Erinnerung ließ mich erröten. Ich hatte mich mit Dad gestritten. Unser erster und einziger richtiger Streit.

Beim Abendessen mit Oscar, Malcolm, Mum und Dad hatte ich verkündet, dass ich als Hauptfächer Biologie, Chemie und Mathematik nehmen würde. Ich wollte meinem Vater dadurch klarmachen, dass ich nicht vorhatte, Jura zu studieren, sondern stattdessen Medizin. Es wurde still am Tisch. Oscar, der bereits Jura studierte, stieß ein abfälliges Schnauben aus.

Wir warteten alle, während Dad die Neuigkeit verarbeitete und dann sagte: »Frank, du wirst das nicht machen. Medizin ist ein Mythos, der von der Mittelschicht gepflegt wird. Es ist ein Beruf mit furchtbaren Arbeitszeiten, widerlich kranken Menschen und einer unendlich langen Ausbildung. Und er bewirkt nicht mal was. Als die Allgemeinmediziner gestreikt haben, ging die Todesrate zurück. Du solltest die Finger davon lassen. Medizin ist eine chaotische Angelegenheit.«

Dad konnte chaotische Dinge nicht ausstehen, wie Organe oder Emotionen oder hysterische halbwüchsige Söhne. Meine Mutter, Gott segne sie, machte sich für mich stark. »Vielleicht solltest du dir anhören, was Frank zu sagen hat, Schatz, vielleicht würde ihm Medizin mehr liegen.«

Dad tätschelte Mum die Hand, und zwar so, dass ich Lust bekam, ihn mit dem Tranchiermesser zu durchbohren. Dann sagte er: »Du wirst dich auf der juristischen Seite des Lebens wohler fühlen, Frank, glaub mir. Dein Leben beginnt mit einer Geburtsurkunde und endet mit einer Sterbeurkunde, und dazwischen liegen zig Dokumente, Versicherungspolicen, Arbeitsverträge, Hypothekenverträge, Eheverträge. Die Medizin versucht, das Chaos des Lebens in den Griff zu bekommen, nachdem etwas passiert ist, und sie scheitert daran; die Juristerei regelt alles schön ordentlich, *bevor* etwas passiert. Und diejenigen, die diese Dokumente aufsetzen, regieren die Welt.«

Die Ansprache war alt. Ich tat so, als würde ich zuhören, sagte dann: »Ich bin anderer Meinung, Dad.«

Alle am Tisch hielten den Atem an. Das war bei uns unerhört; niemand, nicht mal Mum, durfte »Ich bin anderer Meinung« zu meinem Dad sagen.

»Jetzt pass mal auf, junger Mann«, sagte Dad, aber ich knallte meine Gabel auf den Teller und rief: »Nenn mich nicht junger Mann, und hör auf, mir zu sagen, was ich tun soll!«

»Ich will mich nicht mit dir streiten«, sagte Dad.

»Aber ich will mich verdammt noch mal mit dir streiten!«, erwiderte ich lautstark.

Alle erstarrten, und einen Moment lang wusste keiner, wie das Gespräch weitergehen sollte.

Dann hörte ich Mum sagen: »Komm schon, Frank, reg dich bitte nicht so auf, wir können darüber diskutieren, dein Vater ist bloß …« Als ich aufstand, hörte ich Oscar »Arschgeige« knurren und Malcolm »Scheiße, ja, Frank!« murmeln.

Ich stürmte nach draußen. Dann stand ich auf der Straße und wusste nicht, wohin. Aus Gründen, die ich bis heute nicht richtig verstehe, ging ich zu Doug. Vielleicht, weil er in der Nähe wohnte, vielleicht, weil Doug immer ehrlich zu mir war. Als ich vor seiner Tür stand, weinte ich.

Er goss mir einen Whisky ein, wodurch ich mich wie ein Mann fühlte, ein Mensch, der ernst genommen wurde, und wir redeten. Ich ging davon aus, dass Doug auf meiner Seite wäre, doch im Laufe des Gesprächs merkte ich, dass auch er Jura für meine beste Option hielt.

Doug sagte: »Dein Vater ist ein hochangesehener Mann. Du bist ein unglaublich intelligenter Junge. Du bist brillant. Und Jura wird deine Intelligenz sowohl auf die Probe stellen als auch brillieren lassen.«

Das war das erste Mal, dass jemand mir sagte, ich wäre brillant. Zu meiner Ehrenrettung muss ich sagen, dass es schwer ist, Leuten zu widersprechen, die unglaublich schmeichelhafte Dinge zu dir sagen. Ich gab klein bei, Doug fuhr mich nach Hause, und letztlich wählte ich Wirtschaftslehre, Geschichte und Englisch als Hauptfächer und studierte natürlich Jura. Ich schämte mich. Noch eine ganze Weile danach war es mir, wenn ich Doug sah, immer peinlich, dass er mich so aufgewühlt erlebt hatte, heulend wie ein kleines Kind. Im Fahrstuhl auf dem Weg nach unten starrte ich auf den mit Teppich ausgelegten Boden und sagte: »Ich hab mich lächerlich gemacht, tut mir leid, ich war jung und dumm.«

»Überhaupt nicht«, sagte Doug. »Tatsächlich habe ich mich lächerlich gemacht. Du musst wissen, dass dein Vater mich angerufen hat, bevor du bei mir ankamst, und gesagt hat, ich soll ihn unterstützen. Ich habe deswegen immer ein schlechtes Gewissen gehabt. Ich hätte dich mehr unterstützen sollen. Du wolltest doch gar nicht Jura studieren. Du warst sechzehn, ja, aber du wusstest, was du wolltest, und wir alle haben dir deinen Traum ausgeredet. Und einem jungen Mann einen Traum auszureden – das ist unverzeihlich, und es tut mir aufrichtig leid.«

Ich hörte, wie die Zahlen im Fahrstuhl runtertickten, langsamer wurden. Jeden Moment würden wir im Untergeschoss ankommen, und ich war so durcheinander, dass mir keine richtige Antwort einfiel, daher stammelte ich: »Sei nicht albern, Doug. Ich meine, ich war praktisch noch ein Kind, ich brauchte jemanden, der mir eine Richtung vorgab, ich bin sicher, du hast das Richtige getan.«

»Ich hoffe, du hast recht. Ich hoffe, du meinst das ehrlich. Ich hatte ein schlechtes Gewissen. Hab ich immer noch. Deshalb lass mich jetzt ehrlich zu dir sein, Frank. Du wirkst unglücklich.«

»Nein, überhaupt nicht, mir geht's super.« Wieso sagte ich das? Zum ersten Mal war jemandem aufgefallen, wie elend mir zumute war, und ich stritt es ab.

»Tja, dann okay, aber du siehst erschöpft aus. Und Erschöpfung macht dich irgendwann fertig.«*

* Erschöpfung tötet.

2, 1, Untergeschoss!

Bing!

Ich wollte gerade etwas sagen, mein Unglücklichsein zugeben, ihm sagen, wie verloren ich mich fühlte, doch da öffneten sich surrend die Fahrstuhltüren, und der Moment schien nach draußen zu entweichen.

»Also, dann bis bald«, sagte Doug und ging auf seinen federnden Sportschuhen davon.

Ich blieb so lange im Fahrstuhl stehen, dass die Türen wieder zugingen. Während ich dastand, in einem Kasten, der sich nicht bewegte, überlegte ich, warum ich Doug nicht erzählt hatte, wie traurig ich war. Wie sehr mich die ####-Verträge wirklich belasteten. Der Börsengang. Wie verkorkst mein Leben in privater, beruflicher und moralischer Hinsicht war.

Warum hatte ich die Hand nicht ergriffen, die er mir gereicht hatte?

Und dann begriff ich, warum. Der Grund war die Trostlosigkeit: Die öden Tage des Lebens, die sich über mir aufgetürmt hatten, jeder Tag nicht schwerer als Staub, doch übereinandergestapelt war das Gewicht unerträglich schwer geworden, und deshalb konnte ich, wenn jemand sagte: »Hey, geht's dir gut, Frank?«, nur mit reflexartiger Höflichkeit abwinken und sagen: »Oh, ja klar, mir geht's prima.«*

* Um mich dann still und leise wieder unter die kompakte Masse zu legen, die auf mir lastete.

ALLGEMEINE GESCHÄFTSBEDINGUNGEN VON FURCHT

Sie ist erblich bedingt.

Nachdem wir das Bett wieder eingeklappt hatten, saßen wir jetzt beide auf der Couch und tranken Tee, und Doug sagte: »Erinnerst du dich an Malcolm?«

»Ich habe seine E-Mails gelesen. Er kommt mir anders vor als der Rest der Familie, ungebunden.«

»Er ist anders. Er ist nicht mal in England geboren.«

»Im Ernst?«, sagte ich.

Doug zuckte zusammen, sobald er »Weißt du nicht mehr?« gesagt hatte. Dann schob er rasch nach: »Entschuldige. Du bist es bestimmt leid, das dauernd gefragt zu werden. Aber, ja, Malcolm ist in Istanbul geboren. Deine Familie ist in Urlaub gefahren, als deine Mutter schwanger war. Dein Dad hatte Bedenken, aber deine Mum war erst für zwei Monate später ausgezählt, und sie sagte ihm, er solle sich keine Sorgen machen. Dann, so hat deine Mum das erzählt, ist Malcolm nach der Blauen Moschee und einem scharf gewürzten Kebab im Mutterleib unruhig geworden und wollte raus.«

Ich lachte bei der Vorstellung von Malcolm im Uterus: sein zusammengedrücktes Gesicht, mürrisch vor Langeweile, und seine winzigen Lippen, die lautlos sagten *Scheiß drauf, nix wie raus.*

»Es war eine schwierige Geburt, und deine Mum und Malcolm wären beinahe gestorben. Dein Dad hat mir erzählt, dass ihr alle in diesem grässlichen Krankenhaus wart, er war überzeugt, dass Malcolm und deine Mutter sterben würden, Oscar und du, ihr habt euch an seine Beine geklammert und geheult, weil ihr wusstet, dass irgendwas nicht stimmte, und dein Dad musste sich damit abfinden, wie machtlos er war. Dein Dad hat sich geschworen, dass er sich nie wieder in so eine Lage bringen würde. Nie wieder. Danach hat dein Dad wirklich versucht, sich gegen alle Fallstricke des Lebens abzusichern. Was vermutlich der Grund ist, warum deine Familie von da an nie weiter als nach Brighton in Urlaub gefahren ist.«

Ich musste an meine klägliche und unentschlossene Reaktion auf Oscars Nachricht mit dem Waffenproduzenten denken und gestand Doug leise: »Ich glaube, ich bin ganz ähnlich, wie Dad war. Neurosen sind anscheinend wie Krebs und Kahlköpfigkeit – sie sind erblich bedingt.«

»Unsinn«, sagte Doug mit Nachdruck.

ALLGEMEINE GESCHÄFTSBEDINGUNGEN VON TESTS

1. Wenn Ihr Boss sagen würde, Ihr neuer Mandant ist ein Waffenproduzent, würden Sie:

a. Sagen, *Kein Problem.*

b. Sagen, *Kommt für mich aus Gewissensgründen absolut nicht in Frage.*

c. Damit hadern, dass Sie keines von beidem gesagt haben, bis das Problem Sie innerlich auffrisst.

2. Wenn Sie sehen würden, wie ein Mann auf der Straße überfallen wird, würden Sie:

a. Ihr Handy zücken und die Polizei rufen.

b. Helfen, Ihr Leben riskieren und so wenigstens die Chance bewahren, sich halbwegs menschlich zu fühlen.

c. Weglaufen und diese Entscheidung bis ans Ende Ihrer Tage bereuen.

ALLGEMEINE GESCHÄFTSBEDINGUNGEN DES HANDELNS

Man bereut nur Dinge,
die man nicht getan hat.

Ich erinnerte mich, dass der Tag, an dem Oscar mir von dem ####-Mandanten erzählte, so ein Tag war, an dem alles immer nur noch schlimmer wurde. Auf der Fahrt nach Hause gab ich mich trübseligen Gedanken über Oscar und seinen furchtbaren neuen Mandanten hin, bis ich aus den Augenwinkeln etwas bemerkte. Während ich an einer roten Ampel wartete, sah ich, wie ein Mann im mittleren Alter von drei jüngeren Männern umzingelt wurde, die ihn packten und in eine kleine Gasse stießen. Einer der drei zückte ein Messer und zwang den Mann, seine Brieftasche herauszurücken. Es war, als würde ich etwas Schreckliches im Fernsehen gucken und wäre nicht in der Lage, auf einen anderen Sender zu schalten – das abgerundete Fenster meines Autos, das kurze brutale Geschehen, das sich da in der Gasse abspielte, das alles kam mir unwirklich vor, und ich dachte: *Was mache ich denn? Ich sollte dem Mann helfen.*

Ich hätte aus dem Wagen springen, in die Gasse rennen und irgendwas tun können, aber ich blieb, wo ich war. Ich drückte sogar langsam die Türverriegelung und kurbelte das Fenster hoch. Zu allem Übel gaben sich die Männer nicht mit der Brieftasche zufrieden; als sie die hatten, schlugen sie auf ihr Opfer ein, und ich begriff, wenn ich zur Hilfe eilte, würden sie mich auch schlagen oder töten. Die Ampel sprang auf Grün, und ich fuhr weg.

Ich rief bei der Polizei an und sagte, was wo passiert war, doch bis ein Streifenwagen vor Ort war, konnte der Mann schon x-mal ermordet worden sein.

Es heißt, die Zeit heilt alle Wunden. Das stimmt nicht. Die Zeit ist ein Giftstoff, kein Heilstoff. Seitdem habe ich Tag für Tag ein bisschen weniger Selbstachtung. Manchmal fahre ich an der Gasse vorbei und hoffe wie ein Idiot auf eine Wiederholung des Vorfalls: derselbe Mann, dieselben Straßenräuber, aber diesmal, jawohl – da bin ich, ich springe aus dem Wagen, Brechstange in der Hand, laufe auf die Männer zu, ich habe Angst, aber das ist mir egal, mir ist egal, wie die Sache ausgeht, mir ist egal, ob ich verletzt oder getötet werde, ich laufe einfach, sprinte jetzt, lache wie ein Irrer, weil ich mich nicht mehr tot fühle, ich bin hier, ich tue was, ich handele, nehme teil, schreie aus vollem Hals, weil ich endlich lebe.

ALLGEMEINE GESCHÄFTSBEDINGUNGEN DES VERSUCHS, DEINE FRAU ZUM ZUHÖREN ZU BEWEGEN, WENN DU INNERLICH ZUSAMMENBRICHST

Du kriegst keine zweite Chance (und das macht Phantasie zu einem so grausamen Geschenk).

Als ich an dem Abend nach Hause kam, wollte ich unbedingt mit Alice über den Überfall auf der Straße und den Waffenmandanten sprechen, aber sie war mit irgendeiner Präsentation beschäftigt. Ich musste den Tisch fürs Abendessen um sie herum decken, ihre Papiere aus dem Weg räumen, um Platz für die Sets zu schaffen.

Nachdem ich ihr schließlich ein Glas Wein eingeschenkt hatte, sagte ich: »Ich hatte einen schlechten Tag, Alice.«

Ich hatte ihren Namen schon so lange nicht mehr ausgesprochen, dass er sich komisch in meinem Mund anfühlte.

»Ach ja?«, sagte sie und blickte weiter auf ihr Handy.

»Oscar hat einen neuen Mandanten an Land gezogen.«

»Das ist super, Frank, häng dich da rein.«

»Nein, der Mandant ist ####«, sagte ich.

»Ach tatsächlich? Tja, weißt du …«, sagte Alice.*

Was sie tatsächlich sagte, war: »Die stellen weitaus mehr her als nur Waffen.«

»Genau das hat Oscar auch gesagt. Findest du das nicht falsch?«

* Und einen Moment lang hörte ich sie sagen, was sie vor Jahren gesagt hätte. Als die alte Alice hätte sie gesagt: »Du machst da auf keinen Fall mit, Schatz, das ist entsetzlich, kündige und mach einen Buchladen auf oder so. Kein Job der Welt ist es wert, für solche Unternehmen zu arbeiten.«

»Na ja, ethisch betrachtet ist es schon ein bisschen problematisch, klar«, sagte sie, und das war's, als ginge es um eine abstrakte Frage in einem ihrer Tests.

»Und dann hab ich heute auch noch gesehen, wie ein Mann zusammengeschlagen wurde«, fügte ich hinzu.

Sie tippte irgendwas in ihr Handy und murmelte: »Das ist schrecklich.«

»Sieh mich an, wenn ich mit dir rede«, sagte ich.

»Was zum Teufel ist in dich gefahren, Frank?«, sagte sie und sah mich endlich an.

»Ich versuche, dir etwas zu sagen, und du hörst nicht zu.«

»Okay, entschuldige, ich bin ganz Ohr, was ist passiert?«, sagte sie und schob ihr Handy etwas zur Seite, so dass es neben Salz und Pfeffer lag, aber noch immer in Reichweite war.

»Ich habe gesehen, wie ein Mann überfallen wurde.«

»Das ist schrecklich«, sagte sie wieder und fügte wie abschließend hinzu: »Aber so ist das nun mal in der Stadt.«

»Was noch schlimmer ist, ich habe nichts unternommen.«

»Gut so«, sagte sie. »Sonst hätten sie dich vielleicht umgebracht, die Leute sind um diese Jahreszeit verzweifelt. Ich habe einen Aufsatz darüber geschrieben. Es ging um Stress im Management, aber ich bin sicher, auch Obdachlose sind schon mal gestresst.«

»Es waren keine Obdachlosen beteiligt … und das spielt auch keine Rolle, darum geht's nicht. Nein, es ist nicht gut, und ja, ich hätte was unternehmen müssen.«

»Na, ich bin jedenfalls froh, dass du's nicht getan hast«, sagte sie, und dabei glitt ihre Hand zu ihrem Handy, aber ich schnappte es mir und warf es mit voller Wucht gegen die Wand. Ich hoffte, es würde kaputtgehen, mit einem dramatischen Knalleffekt in Stücke brechen, aber es hatte eine Gummihülle und prallte bloß albern, comic-artig, ab und landete vor ihren Füßen.

»Verdammt, Frank, was ist los mit dir?«

»Ich habe das Gefühl, dass kein Mensch mehr zuhört ... ich habe einfach das Gefühl ... ist es nicht grotesk, für einen Waffenhersteller zu arbeiten? Scheiße, bin ich denn wirklich der Einzige, der ein moralisches Problem damit hat?«

»Ach, Frank, du hältst dich für so verdammt moralisch korrekt, was? Und wir anderen sind alle Kotzbrocken ohne einen Funken Moral im Leib. Aber ich will dir mal was sagen, Frank, ein Scheißlangweiler zu sein macht dich noch lange nicht zum moralischen Tugendbold. Es macht dich bloß zu einem Scheißlangweiler. Nur weil du feige bist und nicht mal den Mumm oder die Phantasie hast, innovativ zu denken, Grauzonen zu erkunden, macht dich das noch lange nicht moralisch korrekt. Es macht dich bloß total uninteressant.«

Ich starrte sie ungläubig an, nicht so sehr wegen ihrer gemeinen Äußerung, sondern aufgrund der Tatsache, dass wir uns richtig stritten – es war brillant. Ich hatte meine bereits tote Frau wieder zurück ins Leben geschockt.

»Na, ich bin froh, dass du mir endlich mal sagst, was du denkst«, sagte ich. »Das ist richtig gut, dass du mich anschreist, mir tatsächlich zuhörst ...«

Sie nickte, und ich spürte eine Verbindung zu ihr, als sie ihr Telefon aufhob und es wie ein verletztes Tier behutsam in den Händen hielt. Sie hob den Blick und sah mich direkt an, und ich wollte ihr schon sagen, dass ich sie liebte, weil ich in ihren Augen einen seltenen Ausdruck von Güte sah – doch ehe ich den Mund aufbekam, sagte sie: »Alles in Ordnung, Frank, keine Sorge, mein Handy ist doch nicht kaputt. Gott sei Dank.«

»Miststück«, flüsterte ich ganz leise.

Sie hörte es nicht, war zu vertieft in ihre SMS, und als sie aufschaute, sagte sie: »Phil kommt zum Essen. Wir müssen noch einen Bericht fertig machen.«

Phil war einer von den langweiligen gesichtslosen Kollegen meiner Frau. Ich konnte sie kaum auseinanderhalten, aber an Phil erinnerte ich mich, weil er unglaublich groß war. Als er kam, saß ich am Tisch und lächelte darüber, wie groß Phil in unserer Wohnung wirkte, linkisch auf einem Stuhl zusammengefaltet und Rotwein trinkend. Wenn ein Kollege meiner Frau vorbeikommt, spiele ich immer ein Spiel: Ich teste, wie lange ich damit durchkomme, nichts zu sagen, wie lange ich völlig ignoriert werden, unsichtbar bleiben kann. An der Wand neben dem Esstisch hängt eine Uhr, die ich Alice zum Geburtstag gekauft habe. Während Phil mit meiner Frau sprach, beobachtete ich die Uhr.*

Meine Frau plauderte über einen Artikel von Malcolm Gladwell, in dem er die Schuld für den Enron-Skandal im Grunde bei Enrons Unternehmensberater McKinsey sah.

Sie sagte: »Gladwell mag ja gut schreiben können – klar, keine Frage –, aber weiß er, wie man eine Belegschaft von zweitausend talentierten Leuten einstellt? Könnte er so eine Verantwortung tragen? McKinsey hat das getan, ich tue das tagtäglich. Ich baue Unternehmen, und das ist nicht leicht, nicht mal mit der wissenschaftlichen Metho-

* Mein Rekord im Schweigen liegt bei fünfzehn Minuten und zehn Sekunden.

de, die wir mittlerweile beim Profiling-Prozess anwenden.«

»Was weiß Gladwell denn schon vom wirklichen Leben?«, pflichtete Phil bei.

Ich blendete mich einen Moment lang aus, beobachtete die Uhr und dachte, dass es gut für mich lief – schon fünf Minuten –, als ich Phil fragen hörte: »Sind *Die Sopranos* wirklich so gut?«, woraufhin meine Frau Phil erklärte, dass die Serie »das korrupte Wesen von Amerika« auf den Punkt bringe. »Ich würde eine Menge Geld dafür bezahlen, um ein Profil des echten Tony Soprano zu erstellen. Ich sage dir, die meisten Topleute in der Serie wären in ihrem Persönlichkeitsprofil wahrscheinlich kaum von unseren Topleuten zu unterscheiden.«

Phil sagte: »Du meinst, sie sind alle Scheißpsychopathen.«

Meine Frau und Phil lachten beide laut, und ich auch.*

»Unbedingt, sehr interessanter Aspekt, Phil«, sagte meine Frau.**

So was sagte Alice früher zu Leuten wie Phil. Die junge Alice konnte ihr intellektuelles Ich blitzschnell mit ihrer Schnodderschnauze kombinieren. Wenn sie zum Beispiel gerade jemanden in ein tiefgründiges Gespräch über Existenzialismus gelockt hatte, schockte sie ihn prompt mit der These: »Existenzialismus ist bloß ein Haufen französischer Wichser, die flachgelegt werden wollen.« Ich fand ihre Sprüche toll.

* Lachen zählte nicht als Reden, also war ich noch im Rennen. Sieben Minuten bisher.

** Jedes Mal, wenn sie so arschkriecherischen Mist von sich gab wie »Sehr interessanter Aspekt, Phil«, hörte ich ein Echo von dem, was die junge Alice vor Jahren zu so einem Typen gesagt hätte, nämlich irgendwas im Stil von »Verpiss dich, Sackgesicht.«

Ich beobachtete wieder die Uhr: elf Minuten.*

Und genau in dem Moment, als ich schon die Freude über meinen kleinen Erfolg genoss, sagte meine Frau: »Frank, hörst du zu?«

»Natürlich«, sagte ich schließlich.**

»Und?«, sagte meine Frau.

»Ganz meine Meinung«, sagte ich.

Sie musterte mich mit diesem unendlich enttäuschten Blick, den ich inzwischen von ihr gewohnt war.

»Du hast nicht zugehört«, sagte sie und wandte sich an Phil. »Franks Kanzlei arbeitet demnächst für ####, und Frank steckt da in einer kleinen moralischen Zwickmühle, nicht wahr, Darling?«

Ich war sauer, weil sie über etwas so Vertrauliches und Persönliches plauderte, und ich sagte: »Ich bin einfach nicht glücklich damit, für solche Unternehmen zu arbeiten.«

»Ach kommen Sie«, sagte Phil, »Tod und Steuern, darauf kann man sich verlassen. Ihre Frau und ich arbeiten auf der Steuer-Seite des Lebens, Sie bearbeiten Tod und Versicherung – Sie haben ausgesorgt.«

Sie lachten über die Bemerkung, aber mir war nicht klar, was daran witzig sein sollte.

»Ich sehe das nicht so«, sagte ich.

Sie verstummten. Ich hatte für unsere unbeschwerte Unterhaltung einen zu ernsten Ton angeschlagen. Das war typisch für meine Frau und ihre Kollegen. Es gab einfach kein Thema, das sie nicht ins Lächerliche ziehen konnten. Über alle wirklich großen Fragen machten sie sich lustig, als wäre das Schnee von gestern, als wären sie zu lebens-

* Meine persönliche Bestzeit war in Sicht!

** Mist! So knapp davor!

überdrüssig, zu abgeklärt, um sich noch dafür zu interessieren.

»Ich habe nun mal Bedenken, für solche Unternehmen zu arbeiten«, sagte ich.

»Jetzt hören Sie aber auf, #### macht wesentlich mehr als bloß Gewehre und Raketen«, sagte Phil.

»Da könnte man genauso gut sagen, Hitler hat wesentlich mehr gemacht, als bloß Juden umzubringen«, sagte ich.

»Das ist was völlig anderes«, protestierte meine Frau.

»Inwiefern bitte?«, sagte ich.

Sie warf mir einen Halt-verdammt-noch-mal-die-Klappe-Blick zu.

»Hitler soll ein paar wunderbare Bilder gemalt haben«, witzelte Phil.

Meine Frau lachte und sagte: »Er war auch ein begabter Autor. *Mein Kampf* ist ein fesselnder Schmöker. Ich konnte das Buch kaum aus der Hand legen.«

Ich würgte das Lachen ab, indem ich sagte: »Es kommt mir falsch vor.«

Meine Frau sagte: »Ach komm, Frank, wann bist du so ein liberales Weichei geworden?«

Sie lachten beide so laut, dass sie meine Antwort überhörten: »Als ich dir begegnet bin.«

Was stimmte. Ich wurde liberaler und mitfühlender, als ich Alice kennenlernte, die einmal ein unglaublich liberaler, intelligenter und mitfühlender Mensch war. Ich lächelte und machte das Friedenszeichen, und sie lachten.

Phil sagte: »Sie haben zu viel Naomi Klein gelesen. Sie müssen ein bisschen härter werden, Kumpel.«

Dann sagte meine Frau unvermittelt: »Frank wollte mal Arzt werden, weißt du«, und lächelte kalt. »Er wollte Menschen helfen, aber dann hat er sich auf die dunkle

Seite geschlagen und ist Anwalt geworden, um Leuten juristisch weh tun zu können.« Betrunken und mit gehässigem Blick sagte sie: »Ach Gott, Frankie, ich mach nur Witze. Du nimmst immer alles so bierernst. Entspann dich.«

Sie war nicht mehr die Verteidigerin meiner Träume. Jetzt benutzte meine Frau ein Geheimnis, das ich ihr anvertraut hatte, als plumpe Pointe, um einen Kollegen zu amüsieren.

Sie fügte hinzu: »Frank hat noch immer so alberne Spielsachen aus seiner Kindheit: ekelige anatomische Figuren mit Plastikorganen zum Rausnehmen. Er wollte sie sogar hier in der Wohnung aufstellen – verrückt, was?«

Nachdem Phil gegangen war, versuchte ich, das Ladekabel von ihrem Handy in meins einzustöpseln – mit Gewalt –, aber es passte nicht rein.* »Hast du ein neues Handy?«, fragte ich.

»Die Firma hat uns neue gegeben.«

Ich sagte: »Ich würde auch gern noch mit dir über was reden. Ich habe in letzter Zeit einfach das Gefühl, dass es nicht besonders gut läuft mit uns.«

Sie sah mich an, lächelte nicht. »Könntest du etwas mehr ins Detail gehen?«**

Sie klang gereizt, als wäre ich ihr lästig.

»Schon gut«, sagte ich. »Ich finde einfach, es ist nicht alles so, wie es sein sollte, und …«***

Doch da vibrierte ihr Handy, und das Wort *Valencia* tauchte auf.

* Sogar unsere Handys waren nicht mehr kompatibel.

** *Ins Detail gehen.* Das ist Managementjargon, wie er im Buche steht.

*** Ich wollte gerade sagen: »Ich kann so nicht weitermachen, Alice. Ich will die Scheidung.«

Ich reichte meiner Frau das Telefon, die es wie immer nahm, um damit in ein anderes Zimmer zu gehen, damit ich nichts mithörte.

Doch dann drehte sie sich noch einmal um und sagte kalt: »Wir reden später darüber, Frank.«*

* Was im Managementjargon so viel heißt wie »Leck mich, Frank.«[1]

[1] Wir sprachen nie wieder darüber.

ALLGEMEINE GESCHÄFTSBEDINGUNGEN VON »FRIENDLY FIRE«

Hat es je einen
haarsträubenderen Begriff gegeben?

Oscar gab mir einen weiteren ####-Vertrag. Sein Versprechen, dass ich nichts mit dem Mandanten zu tun habe würde, war bereits vergessen. Er sagte, ich solle bloß »drübergucken«, doch es war der zehnte Vertrag, über den ich bloß »drübergucken« sollte. Während ich ihn mir ansah, überlegte ich, wie dieser ####-Vertrag benutzt werden würde.

Stellen Sie sich die Szene vor:

Eine Wüste. Ein Mann – das Gesicht umwickelt und verdeckt, so dass nur ein Schlitz seine dunklen Augen freilässt – nähert sich einem anderen Mann, der einen Anzug trägt. Der Anzug des Mannes ist mit Sand besprenkelt, es sieht aus wie mit Zimt bestreut. Der Mann im Anzug verkauft Raketen an den Mann mit der Kopfbedeckung. Geld wechselt den Besitzer. Bargeld (natürlich).

Dann, als wäre es ihm erst im Nachhinein eingefallen, bittet der Mann im Anzug den Mann mit der Kopfbedeckung, den Vertrag zu unterschreiben, in dem etwas über die Verwendung der Waffen steht, vielleicht die Genfer Konvention erwähnt wird. Der Mann mit der Kopfbedeckung betrachtet das Dokument mit einem höhnischen Grinsen. Mehr als das höhnische Grinsen hat der Vertrag nicht verdient. Der Mann mit der Kopfbedeckung unterschreibt mit einem brutalen Strich und fährt in einem Wirbel aus Sand mit den Waffen davon und ...*

Die Wahrheit sieht so aus:

Keine Wüste. Keine Terroristen. Im Gegenteil, die ganzen finsteren Geschäfte werden in einem hell erleuchteten Büro getätigt. Vermutlich genau so ein Büro wie Ihres, bloß mit mehr teurer Bürokunst an den Wänden und einer besseren Aussicht. Zwei Männer, zwei Anwälte, zwei Buchhalter transferieren widerwärtige Waffen von einem zum anderen, als würden sie Fotokopierer verkaufen. So einfach ist das. So entsetzlich ist das. Ich weiß das alles, weil ich erst kürzlich bei so einem Meeting dabei war.

Aber warum soll man sich überhaupt die Mühe machen, Allgemeine Geschäftsbedingungen für Waffen zu schreiben? Glauben Sie mir, es muss sein. Man muss die Leute, die sie herstellen, vor den Leuten schützen, die sie benutzen werden, und vor den Leuten, die von ihnen in Stücke gerissen werden. Und genau das mache ich.

Ich schütze die Verkäufer und diene ihnen; ich diene praktisch Satan. Aber wenn es irgendwo irgendwelche Sätze gibt, die weniger gelesen werden als die Allgemeinen Geschäftsbedingungen in einem Waffenvertrag, dann muss ich die erst noch finden.**

Es ist nicht die zwielichtige Unterwelt, die man erwarten würde. Wollen Sie wissen, wer die größten Handelsvertreter für Waffen sind? Dann googeln Sie »Lenker der freien Welt«. Da sind sie alle zu finden – Obama, Cameron, Merkel –, wie sie vor riesigen Vernichtungswaffen lächeln. Im Vereinigten Königreich ist die Rüstungsindus-

* Unwahrscheinlich. Sorry. Ein bisschen zu viel Tom Clancy.

** Inhaltsstoffe auf Ketchup-Flaschen erfahren mehr Aufmerksamkeit.

trie die zweitgrößte, und jedes Mal, wenn der Premierminister zu einem offiziellen Besuch abdüst, hängt er einen weniger offiziellen Besuch an, auf dem er sich mit Staatslenkern trifft und ihnen Waffen verkauft. Die Welt der Rüstung ist eigentlich kaum verborgen, fast sichtbar, und sie spielt sich direkt vor unseren Augen ab. Ganze Städte werden vom Waffengeschäft getragen, so zum Beispiel Barrow in der Grafschaft Cumbria, ein Ort, der von einem einzigen Industriezweig lebt – dem Bau von Atomunterseebooten.

Unser neuer Mandant hat sich auf Drohnen spezialisiert, diese kleinen dunklen Erfindungen, die es Staatslenkern ermöglichen, ihre Feinde per Fernbedienung zu vernichten, aus Krieg eine Art Langstreckenvideospiel zu machen. Die Rechtmäßigkeit von Drohnen ist noch immer nicht ganz geklärt, und meine Aufgabe ist es, wie immer, dazu beizutragen, dass die Drohnenhersteller niemals, unter gar keinen Umständen irgendeine Verantwortung übernehmen müssen. Und ich habe meine Aufgabe erfüllt. Ich wollte nicht, aber ich habe es gemacht, und zwar gut.

Ich will nicht sagen, dass ich es je akzeptiert habe oder es richtig fand, aber eine Zeit lang habe ich es tatsächlich getan. Ich habe die Allgemeinen Geschäftsbedingungen, die Klauseln geprüft, ich habe dafür gesorgt, dass alle unbekannten Unbekannten abgedeckt waren, und eines Abends dann schaltete ich die Nachrichten ein und sah meine Arbeit in Blut und Innereien geschrieben.

Es war nicht mal eine größere Nachricht, bloß ein ganz alltäglicher Bericht, eingeschoben zwischen den Katastrophenmeldungen von Finanzkollaps und Pädophilenhorror. Doch für mich dauerte diese eine Minute eine Ewigkeit. Ich sah einen Reporter neben einem Krankenhaus stehen, das aussah, als wäre es von Godzilla aufgerissen und ausgeweidet worden.

Dieses ärmliche Krankenhaus in Afghanistan hatte in der Mitte ein Loch; es war ein Rotes-Kreuz-Zentrum, das mitten in einer Kriegszone errichtet worden war, um Kindern zu helfen, die zwischen die Fronten geraten waren – nur um dann zwischen die Fronten zu geraten. Außerdem waren bei dem Angriff auch etliche britische Soldaten getötet worden. Eine von Amerikanern gesteuerte Drohne aus britischer Herstellung hatte britische Soldaten getötet. Eine Organisation namens Dronewatch, die in dem Bericht interviewt wurde, wies darauf hin, dass diese spezielle Drohne bekanntermaßen einen Konstruktionsfehler hatte, was vom Hersteller und der Regierung bislang vertuscht worden war, und falls niemand den Hersteller zur Verantwortung zog, würden derlei Tragödien weiterhin passieren, und viele weitere unschuldige Menschen und alliierte Soldaten würden Teil des Kollateralschadens werden. Die Regierung und der Hersteller hatten mit einer Drohne, für die ich den Vertrag geschrieben hatte, Soldaten und ein ziviles Ziel getroffen, nämlich dieses Krankenhaus, das sich in eine Hölle verwandelt hatte, wo die Gliedmaßen und Organe von Kindern durch die Gegend flogen, wo die Seelen der Unschuldigen in Stücke gesprengt wurden, und das Schlimmste daran war, es würde niemand bezahlen, es würde niemand zur Rechenschaft gezogen werden, es würde niemand bestraft werden, und während ich wie gelähmt dasaß und auf die flackernden Bilder starrte, wusste ich, dass ich meine Rolle dabei gespielt hatte, wusste ich, dass ich verantwortlich war, nicht ganz und nicht umfassend, aber ich war Teil der Maschinerie, des Komplexes, ein grausames Rädchen in dem fatalen

Getriebe, das diese Kinder getötet hatte. Ich hatte meine beruflichen Fähigkeiten, meine Ausbildung und Erfahrung dafür eingesetzt, die Leute zu schützen, die diesen Fehler begangen hatten, ich bin verantwortlich dafür, dass niemand je zur Verantwortung gezogen wird, ich bin Priester, Geschworener, Richter und höhere Macht und spreche die Reichen und Mächtigen frei, dass sie die Schwachen und Unschuldigen vernichten können, und als der Bericht zu Ende war und ein lächelnder Wetteransager mir erzählte, dass die Sonne scheinen würde, beugte ich mich vor und kotzte auf den Teppichboden, bis mir bloß noch Galle von den Lippen tropfte.

ALLGEMEINE GESCHÄFTSBEDINGUNGEN VON WARNUNGEN

Sie kommen meist ohne Vorwarnung.

Am selben Abend musste ich einsehen, dass ein weiteres Problem, mit dem ich gekämpft hatte, schließlich die Oberhand über mich gewann.

Ich hatte schon länger mit zunehmender Regelmäßigkeit kleinere Attacken, aber ich hatte sie bislang vor allen anderen verheimlicht und mir selbst eingeredet, es ginge mir gut, *absolut gut*.

Doch das Bild von dem Krankenhaus – von den vielen toten Soldaten und Kindern – hatte mir den Rest gegeben, und als ich später am selben Abend einen weiteren ####-Vertrag durchsah, den ich mit nach Hause genommen hatte, begriff ich, was nicht stimmte.

Ich blickte auf den ####-Vertrag in meinen Händen und hatte eine weitere Panikattacke.

Die Buchstaben verschwammen vor meinen Augen. Das Papier wurde feucht, da es den Schweiß von meinen nassen Handflächen aufsog. Ich spürte, wie die Übelkeit erneut versuchte, aus meinem Magen aufzusteigen.

Ich blickte auf den Vertrag und ich dachte, ich hätte durchschaut, wo mein Problem lag – *Papier.*

Die Augen auf den sich auflösenden Vertrag gerichtet, flüsterte ich: »Scheiße-scheiße-scheiße-scheiße!«

Es gibt einen Namen dafür – *Papyrophobie*: Angst vor Papier.

Um meine Theorie zu testen, ging ich zum Drucker, nahm ein leeres Blatt heraus und blickte darauf, doch nichts geschah, keine Panik – ich konnte es berühren, konnte es riechen, konnte es zerknüllen ohne den geringsten Anflug von Angst. Es war keine Papierphobie.

Doch sobald ich wieder den Waffenvertrag betrachtete und die Geschäftsbedingungen durchlas, fühlte ich mich erneut benommen und zitterig.

Leeres Papier war nicht das Problem. Das Problem war nicht das Papier an sich.

Es waren die Worte auf dem Papier. Ich hatte eine Phobie vor Worten und vor allem vor *Warnungen* entwickelt.

Das Problem zu erkennen, war keine Hilfe. Es machte alles nur noch schlimmer. Als ich Tage später auf dem Weg zum Lunch war, hielt mir jemand ein Päckchen Papiertaschentücher hin.

Ich nahm es und sagte: »Danke.«

Aber als ich den Mann anblickte, sah ich, dass er ein Kreuz am Hals und das starre Grinsen eines Gottespredigers trug.

Ich sah mir die Taschentücher an und bemerkte, dass auf der Rückseite ein Stück Papier klebte, auf dem folgende Botschaft stand: *Das Leben ist schwer, aber widerstehe der Sünde, sonst schmorst du in der Hölle. Jesus liebt dich.*

Ich ließ die Packung fallen und lehnte mich gegen eine Wand, bis das Pochen in meinem Kopf aufhörte und ich wieder normal atmen konnte.

In diesem Moment akzeptierte ich, dass ich seit dem Schock der Krankenhaustragödie eine lähmende Phobie entwickelt hatte.

Für meinen Zustand gibt es keine Bezeichnung.

Das Treffendste, was mir einfiel, war ein Wort für die Phobie vor langen Wörtern: *Hippopotomonstrosesquippedaliophobie.**

Von dem Tag an geriet meine Phobie rasch außer Kontrolle. Manche Tage waren schlimmer als andere, aber es dauerte nicht lange, bis ich sogar aufhörte, *Stopp*-Schilder oder Straßenschilder überhaupt direkt anzusehen, was eine äußerst gefährliche Angewohnheit ist.

Es war eine Zeit großer Verwirrung. Ich hatte meine Zuversicht verloren. Ich wusste in der Phase lediglich, dass die Welt niemals weniger Sinn ergeben hatte, und zum ersten Mal in meinem Erwachsenenleben schwante mir, wie es war, am brüchigen Rande des Wahnsinns zu stehen.

* Es hat etwas unnötig Grausames, die Angst vor langen Wörtern ausgerechnet mit einem unglaublich langen Wort zu benennen – bringt es doch gerade die Leute, die an ihr leiden, jedes Mal in Wallung, wenn man ihnen gegenüber ihren Zustand erwähnt. Ich meine, wer macht so was? Wahrscheinlich die gleichen Schweine, die den Begriff »Legasthenie« geprägt haben.

ALLGEMEINE GESCHÄFTSBEDINGUNGEN DER TOTEN

Es ist so schwer,
sich an den Toten zu rächen.

»Du trägst ja immer noch die Uhr von deinem Dad«, sagte Doug.

Ich sah auf die elegante Uhr an meinem Handgelenk und erwiderte: »Die hat den Autounfall besser überstanden als ich. Hat nicht einen Kratzer abgekriegt.«

»Es ist eine wunderschöne Uhr.«

»Ja«, sagte ich. »Aber man muss dran denken, sie jeden Morgen aufzuziehen, so alt ist sie. Eigentlich ziemlich lästig.«

»Ich finde, Aufziehuhren haben was«, sagte Doug. »Auch wenn es albern klingt, aber das Aufziehen einer Uhr löst bei mir irgendwie die Vorstellung aus, als wäre der Tag ein altes Spielzeug, und wenn du die Uhr aufziehst, ziehst du deinen Tag auf. Ich mag die Uhr, sie macht so ein schönes Ticktack. Nicht wie diese langweiligen Digitaluhren, die lautlos die Sekunden deines Lebens verschlucken ohne die geringste Warnung, dass deine Zeit verrinnt. Nein, die Uhr von deinem Dad macht ein hübsches Tack, wie ein Blues-Musiker, der mit dem Schuh sanft den bittersüßen Takt der verstreichenden Zeit schlägt. Ich habe das mal zu deinem Dad gesagt, und er hat mich angesehen, als hätte ich sie nicht alle.«

»Kann ich mir vorstellen«, sagte ich. »Das hat er ganz bestimmt nicht verstanden.«

»Er hat mehr verstanden, als du denkst«, verteidigte Doug ihn. »Dein Dad und ich haben die Uhr mal zur Reparatur zu so einem verrückten Uhrmacher in Piccadilly gebracht, und der hat die goldenen Rädchen ausgetauscht. Dein Dad war wie ein Kind, richtig glücklich darüber, dass sie repariert wurde. Ich vermute, wir sind die letzte Generation, die kaputte Sachen noch reparieren lässt, statt sie einfach wegzuwerfen. Er fand den Gedanken beglückend, dass man diese Uhr immer wieder reparieren könnte und dass sie weiterlaufen, uns alle überleben würde. Dein Dad hatte mehr von einem Dichter, als du ahnst. Er war ein toller Anwalt, aber auch eine große Seele.«

»Oh«, sagte ich. Diese mir unbekannte Seite meines Dads hatte mir die Sprache verschlagen, und ich gab mich der Vorstellung hin, wie mein Dad sich an den goldenen Rädchen seiner Uhr erfreute.

Doug sagte: »Ich habe einen kleinen Imbiss bestellt. Du solltest was essen. Ich lauf rasch nach unten und hol es. Für dich ein Schinkensandwich. Und ich hab die Frau unten gebeten, deinen Lieblingskaffee zu machen – Cappuccino, richtig?«

Doug ging, und ich hob Dads Uhr ans Ohr. Ich fand das leise Ticktack tröstlich. Schon lange vor meiner Geburt hatte dieses unaufdringliche Geräusch die Zeit meines Dads bemessen und die seines Dads vor ihm. Und jetzt bemaß es meine. Nach Dads Tod war ich so wütend auf ihn und die Formulierung in seinem Testament gewesen – *wenn Oscar den Zeitpunkt für angebracht hält!* –, dass ich die Uhr in eine Schublade geworfen hatte. Ich hatte versucht – wie das nur ein verwöhnter, undankbarer Sohn kann –, mich einem Toten zu widersetzen.

Dann, nicht lange vor meinem Unfall, holte ich sie wieder aus der Schublade und trug sie. Das war nicht nur der erste Schritt zur inneren Versöhnung mit meinem Vater, sondern es mahnte mich auch, dass die Zeit mich an einem unbestimmten Punkt vorbeitrieb, von dem es kein Zurück mehr gab. Ich erinnerte mich, dass ich in den Tagen, bevor ich tat, was ich tat, früh zur Arbeit gekommen war, und wenn ich durch das Gebäude nach oben fuhr, starrte ich mich im Fahrstuhlspiegel an, sang wie ein Irrer, puschte mich hoch, um endlich aktiv zu werden.

ALLGEMEINE GESCHÄFTSBEDINGUNGEN VON ZEIT

Sie wartet auf niemanden.

Wann kommt die Zeit, wo ich mich endlich hinsetze und all die ungelesenen Bücher lese, die sich bei mir stapeln, wo ich regelmäßig ins Fitnesscenter gehe und ein Olympionike werde; wann kommt die Zeit, wo ich in die Garage trete und den ganzen Mist wegwerfe, den ich nie benutzen werde; wann kommt die Zeit, wo ich das verdächtige, schleichende Muttermal untersuchen lasse, das sich unheilvoll auf meiner Schulter ausbreitet wie ein extrem langsamer Kaffeefleck; wann kommt die Zeit, wo ich in einen Klub gehe und die Musik perfekt ist und die Leute nett sind und ich zum ersten Mal nach langer Zeit spüre, wie meine Gliedmaßen seltsame Bewegungen machen und mein Kopf wackelt, und mir klar wird, dass ich wieder tanze und mich in einem Raum voller lächelnder Fremder amüsiere; wann kommt die Zeit, wo ich mich endlich mit einer Gitarre hinsetze und wenigstens versuche, bloß einen Akkord von meinem Lieblingssong »Between the Devil and the Deep Blue Sea« einzuüben; wann kommt diese Zeit, wann kommt die Zeit, wo ich die Eltern meiner Frau anrufe und zu ihnen sage: *Es fällt mir schwer, euch das zu sagen, Joy und Fred, aber eure Tochter, die ihr über alles liebt, schämt sich für euch, und sie wird euch nie Enkelkinder schenken*; wann kommt die Zeit, wo ich meine Frau weit genug weg von ihrem Handy und Laptop kriege, um mich mit ihr hinzusetzen und zu sagen: *Schatz, ich ster-*

be innerlich, und ich glaube, du bist die Säure, die mich auflöst; wann kommt die Zeit, wo ich meinem Bruder Oscar entgegentrete, ihm in die toten Augen sehe und sage: *Du hast die Kanzlei unseres Vaters genommen und sie mit all deiner Gier und all deinem Ehrgeiz versaut;* wann kommt die Zeit, wo ich von meinem Schreibtisch aufstehe, mein Telefon gegen die Wand schmeiße und aus dem Büro marschiere, um nie wiederzukommen; wann kommt die Zeit, wo ich endlich meinem Bruder Malcolm maile und ihm sage: *Ich vermisse dich, und es tut mir leid, dass ich erst jetzt schreibe, aber deine Mails sind so voller Leben, dass ich fürchte, eine Mail von mir wird dir vor Augen führen, wie tot mein Leben geworden ist*; wann werde ich die Gräber von Mum und Dad besuchen; wann kommt die Zeit, wo ich höre, dass Doug versucht, mir zu helfen, und ich, statt ihn wegzuwinken wie das letzte Rettungsboot auf der *Titanic*, seine Hand ergreife und sage: *Ja, bitte hilf mir, ich glaube, ich bin verloren, und ich weiß einfach nicht, was ich tun soll*; wann kommt die Zeit, wo ich Sandra anrufe und sage: *Sandra, meine Frau kann dich aus irgendeinem Grund nicht leiden, aber ich möchte dich sehen, mit dir befreundet sein, lass uns essen gehen, nur wir beide*; wann kommt die Zeit, wo ich einsehe, dass ich den größten Teil meines Tages damit verbringe, großen Männern dabei zu helfen, kleine Männer zu zertreten; wann kommt die Zeit, wo ich das Heft in die Hand nehme und etwas tue, wann kommt diese Zeit?*

* Sie ist jetzt gekommen.

ALLGEMEINE GESCHÄFTSBEDINGUNGEN VON ARIAL NEUN

Rebellion lohnt sich nur,
wenn jemand sie bemerkt.

Tagelang saß ich an meinem Schreibtisch und las über das zerstörte Krankenhaus und suchte nach Bildern davon. Ich versuchte, mich gegen diese Realität unempfindlich zu machen, doch je mehr Bilder ich sah, desto angewiderter wurde ich.

In einem Artikel fand ich ein Foto von den Kindern, ein paar Tage bevor die Drohne ihr Ziel traf. Sie standen in einer Reihe, sie lächelten, schauten in die Kamera, und neben ihnen stand eine lächelnde Krankenschwester. Viele der Kinder hatten bereits Kriegsverletzungen, ihre kleinen dünnen Gliedmaßen bandagiert und geschient. Eines der Kinder trug ein Micky-Maus-T-Shirt, und – so schrecklich es auch ist, das zuzugeben – dieses winzige Fragment des Westens, das die Brust des kleinen Jungen schmückte, war tatsächlich das Detail, das mich dazu brachte, eine Verbindung zu ihm zu spüren, mich verstehen ließ, dass er wie jedes andere Kind war, nicht irgendein fernes, fremdartiges Wesen, nicht irgendein *Anderes*, sondern ein Kind, das mein Kind hätte sein können, mein Sohn, meine Tragödie. Und nachdem ich auf das lächelnde Kind und die grinsende Micky Maus, die auf dem dreckigen T-Shirt strahlte, gestarrt hatte, griff ich nach meinem Papierkorb und kotzte hinein.

Während ich niedergeschlagen dasaß, traf ich eine kleine – manche würden sagen, winzige – Entscheidung. Ich musste irgendetwas tun. Zwischen mir und meiner Frau wurde alles zunehmend schlechter, unser Rollenspiel verkam wie bei Schauspielern, die ihre millionste Matinee aufführten, und auf der Arbeit war es auch nicht besser, zehn Jahre nach dem Tod meines Vaters, zehn Jahre als Mann fürs Kleingedruckte, zehn Jahre demütigender Meetings mit Oscar, und jetzt, wo das Blut ferner Kinder an meinen Händen klebte, wusste ich, dass ich etwas tun musste. Ich hätte aufstehen und hinausgehen sollen. Meinen Job hinschmeißen, Oscar sagen, er könne mich mal kreuzweise, mich von meiner Frau scheiden lassen.*

Aber etwas tat ich dann doch. Auch wenn es nur eine Kleinigkeit war.

Ich kam zu einem Entschluss, traf eine kleine Entscheidung, eine winzig kleine Entscheidung. Ich beschloss, scheiß auf die Folgen, mein Kleingedrucktes eine winzige Spur größer zu machen – die Schriftgröße zu erhöhen.

Aus der standardisierten Arial Acht die aggressivere und besser lesbare nicht standardisierte Arial Neun zu machen.

Ich stellte das Dokument fertig, ich vergewisserte mich, dass niemand zu mir rüberschaute, ich markierte mein Kleingedrucktes, und ich tat es.

Ich veränderte die Schriftgröße von acht auf neun.

Wow!

Ich überlegte, auf zehn zu gehen, aber gemach, gemach, das war zu radikal.

* Aber ich bin ein Feigling und habe nichts davon getan. Ich konnte nicht. Aus dem Holz bin ich einfach nicht geschnitzt.

Mein Herz raste, meine Maus war nass vor Schweiß, ich bewunderte die größere Schrift. Ich hatte es getan.

Endlich waren meine Worte ein ganz kleines bisschen schwerer zu ignorieren.*

* Widerruf: Ich weiß, es ist albern und pubertär. Was bringt eine Rebellion, die in einer so kleinen Schrift ausgefochten wird? Tja, ich kann nur sagen, es war immerhin ein Anfang.[1]

[1] Widerruf des Widerrufs: In oben stehendem Widerruf habe ich so jämmerlich geklungen. Es wird nicht wieder vorkommen.*[1]

*[1] Widerruf des Widerrufs des Widerrufs: Ich muss Ihnen leider mitteilen, dass ich den vorstehenden Widerruf nicht garantieren kann.

ALLGEMEINE GESCHÄFTSBEDINGUNGEN VON ENTTÄUSCHUNG

Sie ist ein Fass ohne Boden.

Ich war beschwingt.

Endlich tat ich etwas.

Als ich ging, rief ich unserer Empfangssekretärin »Nacht, Pam!« zu. Sie sah mich merkwürdig an.

Ich lächelte fremde Leute an. Sie blickten finster zurück.

Ich hatte ein Geheimnis. Eine Macht. Ich hatte *etwas* getan.

Ich fuhr nach Hause, hörte mir was von Howlin' Wolf an, trank Whisky. Ich tanzte sogar ein bisschen allein in meinem Arbeitszimmer.

Doch schon am nächsten Morgen war die Revolution vorbei.

Mir wurde etwas über meine Arbeit klar. Ich meine, ich war nicht komplett wahnhaft.

Ich weiß, dass Sie, die Öffentlichkeit, niemals mein Kleingedrucktes lesen, aber jetzt wurde mir klar, dass auch mein Boss, mein Bruder, mein Hüter es nicht las.

Niemand las irgendwas, was ich schrieb.

Ich fragte mich, ob irgendwelche Mandanten es lasen.

Ich verbrachte mein Leben damit, Dinge zu schreiben, die niemand las.

Als ich an dem Abend das Büro verließ, war ich ernüchtert.

Ich verabschiedete mich nicht von Pam, die nicht mal bemerkte, dass ich ging.

Ich grinste fremde Leute höhnisch an. Sie grinsten höhnisch zurück.

Doch damit nicht genug.

Ich hatte das Gefühl, als ob nun alles, was ich tat, keinerlei Konsequenzen hätte. Als ob ich unsichtbar wäre. Das hatte eine gewisse Freiheit.

Dann nahm eine große Idee in meinem Kopf Gestalt an.

ALLGEMEINE GESCHÄFTSBEDINGUNGEN VON SELBSTSABOTAGE

Du kannst nur dir
selbst die Schuld geben.

Ich ging mit meiner Manipulation einen Schritt weiter. Ich fing an, einige ####-Verträge zu sabotieren. Dass Sie mich nicht falsch verstehen. Ich bildete mir nichts ein, war nicht unrealistisch. Ich hegte keinerlei Hoffnung, auch nur einen einzigen Waffendeal zu stoppen, wie gesagt, Papierkram spielt dabei keine große Rolle. Ich glaubte nicht, durch das Manipulieren dieser Verträge auch nur eine einzige Kugel daran zu hindern, dass sie ihre tödliche Bestimmung erfüllte, aber ich glaubte – ich hoffte – immerhin, vielleicht erreichen zu können, dass das Waffenunternehmen uns wegen unserer Schlampigkeit feuerte. Das soll nicht heißen, dass ich die Kanzlei oder Oscar ruinieren wollte; ich wollte bloß diesen Mandanten loswerden und Oscar aus seiner aufreizenden Selbstgefälligkeit reißen.

Mit diesem Ziel vor Augen beschloss ich daher, ein bisschen eigenen Text in einen von unseren unglaublich langen Waffenverträgen einzufügen. Ich versteckte ihn tief im Dschungel des Kleingedruckten am Ende von Seite 99. Nur wenige schaffen es überhaupt bis Seite neun. Noch weniger schaffen es bis Seite 99. Die einzige Person, die möglicherweise so weit kommt, ist die Person, die eine Unmenge Geld dafür bekommt, das alles zu lesen, und diese Person ist der Syndikusanwalt des Waffenmandanten. Und die einzige andere Person bin ich – der Anwalt in der Kanzlei, dem viel Geld dafür gezahlt wird, das alles zu schreiben. Damit hat es sich. Bloß zwei Anwälte – einer, der es schreibt, ich, und einer, der es im Büro des Waffenherstellers liest –, während der Rest der Welt weiter munter mit Raketen handelt und sich gegenseitig legal in die Luft sprengt.

Jede Rakete zieht eine grauenvolle Papierspur hinter sich her, für die ganze Wälder abgeholzt werden. Genau wie sich hinter jedem neuen Medikament, jeder winzigen weißen Pille ein regelrechter Berg von Verträgen auftürmt. Ich wusste, ein paar kuriose Wörter hier und da würden sich im kleingedruckten Gewirr von Hunderten und Tausenden verlieren. Nun ja, sie würden sich für einige Zeit verlieren; bis sie nämlich schließlich von irgend einem scharfsichtigen Anwalt entdeckt würden – und dann würde meine Welt wirklich interessant werden.

Ich bin auch die letzte Person, die diese Verträge zur Durchsicht bekommt, ehe sie zu dem Mandanten gehen, ich bin ein extrem sorgfältiger Korrekturleser, und obwohl Oscar alles endgültig absegnen soll, tut er das selten, weil er alle Hände voll damit zu tun hat, ein Arschloch zu sein. Und so schrieb ich mitten in eine besonders öde Passage über Munitionsbestimmungen und Transportsicherheitsfragen: *Jesus weinte*. Kurz. Der kürzeste Satz in der Bibel. Ich bin nicht religiös, und ich weiß nicht, warum ich ausgerechnet den ausgesucht habe, er schien mir einfach passend. Sehr knapp. Kaum auffällig; sogar die Laseraugen eines Anwalts könnten diese Worte beim Überfliegen von einem Dokument unter tausend übersehen. Ich schickte es weg, und raten Sie mal, was passierte.

Sie haben richtig geraten.

Absolut nichts.

Niemand bemerkte die zwei Wörter. Niemand las sie. Niemand feuerte mich oder Oscar oder die Kanzlei. Wir verloren den Account nicht. Nichts passierte. Null. Also mogelte ich weiter etwas in die Verträge hinein. Ich wurde kreativ. Ich schlug regelrecht über die Stränge. Ich fügte Zitate aus Songtexten und Sprichwörter ein. Mitten in einem weiteren Munitionsvertrag schrieb ich ins Kleingedruckte: *Wer Wind sät, wird Sturm ernten.*

Dann, nachdem ein paar Tage lang nichts passiert war, wurde ich wagemutiger, und anstatt kleine Sätzchen einzustreuen, fing ich an, längere Sätze zu schreiben: *Ist für den Frieden kämpfen nicht ungefähr dasselbe wie für Keuschheit vögeln?*

Das Ganze lief rasch aus dem Ruder. Ich wurde so was wie ein irrer Business-Graffitikünstler, ein durchgeknallter Anwalt, und noch immer sagte niemand ein Wort, noch immer hörte niemand zu. Also tat ich das Einzige, was ich konnte. Ich machte weiter. In einen weiteren Vertrag schrieb ich:

Ich bin eine Rakete. Aber ich will nicht explodieren. Kann ich bitte förmlich darum ersuchen, dass ihr mich in einem tiefen Loch verrotten lasst, ich verspreche, ich werde nicht hochgehen, ich werde mich lautlos und friedlich auflösen, bis von mir nichts mehr übrig bleibt außer Rost und ein Hauch Schwefel. Mit freundlichen Grüßen, Sir Cruise Missile.

Ich übergab ihn Oscar, der ihn an einen Syndikusanwalt weiterreichte, und ich wartete. Und nichts geschah. Wann würden sie es bemerken? Wann würden wir gefeuert? Wann würde ich gefeuert? Ich dachte, dass vielleicht sogar der Syndikusanwalt keine Lust hatte, ihn zu lesen. Anscheinend war dem so, denn ich hörte nichts von ihm. Ich wurde noch mutiger. Ich fing an, kleine Briefe und Geschichten zu schreiben. In den Vertrag für ein Pharmaunternehmen riskierte ich, in der klitzekleinsten Schrift den bislang längsten Text einzufügen:

Hallo. Ich bin eine winzig kleine Pille. Man nennt mich Viaxton. Aber meine Freunde sagen einfach Jeff zu mir. Ich sehe ganz weiß und rein aus, aber es gibt da etwas, was du nicht weißt, nämlich, dass ich gar nicht offiziell getestet wurde. Ich wurde mehr oder weniger an Affen getestet, und die sind mehr oder weniger verrückt geworden und haben sich mehr oder weniger die eigenen Finger abgebissen. Aber ich bin so wertvoll, dass ein paar Männer in Anzügen beschlossen haben, nicht auf die Männer in weißen Kitteln zu hören, und da bin ich, auf deiner Hand, bereit, in deinem Körper zu verschwinden. Schau nur, wie weiß ich auf deiner Handfläche glänze. Und wo du schon dabei bist, schau dir auch gleich noch deine hübschen Finger an. Du siehst sie zum letzten Mal. Guten Appetit! Gruß: Jeff.

Ich saß da. Ich wartete. Ich fragte mich, wann es jemandem auffallen würde. Ich hatte so viele Verträge manipuliert, dass ich den Überblick verloren hatte. Ich begann, sie auszudrucken und Kopien von ihnen in einem Karton unter meinem Bett aufzubewahren. Und merkwürdigerweise flammte meine Phobie umso seltener auf, je mehr Verträge ich manipulierte. Schon bald machte sich meine Rebellion auch außerhalb des Büros breit. Ich wurde ein bisschen verrückt, wenn ich ehrlich bin. Ich fing an, öffentliches Eigentum zu beschädigen. Einmal merkte ich in der U-Bahn, dass ich allein im Waggon war, und ich holte einen Filzstift hervor und veränderte den Wortlaut eines Warnschildes. Nachdem ich mir meinen Spaß damit gemacht hatte, stand da nicht mehr *Wenn Sie ein verdächti-*

ges Paket sehen, öffnen Sie es nicht, sondern benachrichtigen Sie sofort unser Personal, sondern stattdessen: *Wenn Sie ein verdächtiges Paket sehen, öffnen Sie es bitte und schneiden den roten Draht durch.* Nicht den blauen Draht! *Den roten Draht. Danke.*

Dann kam ich auf dem Weg nach Hause an einer Kirche vorbei, an der draußen eine Tafel mit einer Botschaft hing: *Wenn das Ende der Welt naht, fürchtet Euch nicht, denn Gott wird uns alle retten.*

Ich holte meinen Markierstift hervor, malte ein Sternchen dahinter und schrieb:

**Mehr oder weniger.*

ALLGEMEINE GESCHÄFTSBEDINGUNGEN VON DINNERPARTYS

Ganz gleich, was auf der Menükarte steht,
Neurosen sind immer das Horsd'œuvre.

Ich erinnerte mich an ein seltsames Dinner. Zu der Zeit versuchten meine Frau und ich so zu tun, als wäre zwischen uns alles bestens. Wir hatten begonnen, Dinnerpartys zu geben, um das Schweigen zwischen uns mit den Stimmen unserer Freunde zu übertönen. Das fragliche Dinner war eines von vielen, die ich kaum auseinanderhalten kann – doch das Verstreichen der Zeit, wie feiner rieselnder Sand, offenbarte seine herausragende Bedeutung. Es war ein Dinner, an dem manches ein letztes Mal und manches das einzige Mal passierte. Es war das letzte Mal, dass Sandra und Alice je zusammen im selben Raum sein würden; das letzte Mal, dass Oscar und seine Frau Nina in unserem Haus sein würden; das einzige Mal, dass Doug privat bei uns zu Besuch war. Ich lud Doug ständig höflich zum Dinner ein, und Doug sagte ständig höflich ab. Aber diesmal nahm er die Einladung an, was mich unbändig freute.

Das Dinner fand bei uns statt, doch ich erinnere mich, dass Oscar noch die ganze Woche davor versucht hatte, es bei sich zu Hause stattfinden zu lassen. Meine Frau und ich hatten hart verhandelt. Wir wollten unbedingt, dass es bei uns stattfand. Und zwar aus dem einzigen Grund, dass wir beide es in Oscars Haus unerträglich fanden, das meine Frau *Oscars Wünderbares Ich-Museum* nannte, wo er die ganze Zeit nichts anderes tat, als mit seinem *Lifestyle** zu prahlen.

Nach ein paar quälenden Besuchen bei Oscar weigerte meine Frau sich strikt, je wieder einen Fuß über seine Schwelle zu setzen, aber ich musste weiter ab und zu allein hingehen. Oscar hatte eine strikte Bedingung für alle armen Schweine, die ihn besuchten: Jeder musste sich das Haus zeigen lassen, jedes Mal aufs Neue, und jeder musste unermüdlich seine Begeisterung über alles, was Oscar besaß, zum Ausdruck bringen. Es folgen die wichtigsten Allgemeinen Geschäftsbedingungen eines Besuchs bei Oscar, wenn ich zum Beispiel auf einen Drink bei ihm vorbeischaue. Ich komme an, und wir umarmen uns.

Gehe ich nun ins Wohnzimmer und setze mich entspannt hin?

Nein. Zuerst muss ich mir das Haus zeigen lassen. Ich habe sein Haus zigmal gesehen. Darum geht es nicht. Er muss mir all die neuen Sachen vorführen, die er sich gekauft hat, seit ich zuletzt hier war – *vor einer Woche.* Er muss mir zeigen, um wie viel reicher und wohlhabender er in den sieben kurzen Tagen seit meinem letzten Besuch geworden ist.

Manche Männer haben Hobbys wie Modellflugzeuge bauen oder Golf spielen. Oscars Hobby ist der Versuch, aus sich einen Mann von kultureller Bedeutung zu machen. Das ist ein hartes Stück Arbeit für jemanden wie Oscar, der keine Ahnung von Kunst, Literatur oder Musik hat. Er mag einfach den Hauch von Kultur, das Gefühl, das sie bei ihm auslöst, und er hat weiß Gott nicht die Disziplin, sich damit zu beschäftigen, was Kultur eigentlich

* Wie er sein Leben widerwärtigerweise zu nennen pflegte.

ausmacht – nein, er möchte sie sich einfach kaufen, per Osmose einverleiben. Indem er große, steuerlich absetzbare Summen Firmengeld an Museen spendet und an Leute, von denen er glaubt, sie könnten seine Freunde werden, wenn er sie bezahlt.

Was zur Folge hat, dass ich mir häufig Kunst anschauen muss, deren Sinn sich mir nicht erschließt. Farbstreifen auf weißen Leinwänden oder knallige Punkte auf postkartengroßen Bildern, die mehr kosten als mein Auto. Objekte, die ich absolut uninteressant finde, die aber für Oscar in höchstem Maße faszinierend sind.

Oscar sagt: »Schau dir die Lampe an, die ich gekauft habe. Ist die nicht toll? Sehr teuer.«

*Ich sage: »Es ist eine Lampe. Eine Scheißlampe.«**

Nein, ich sage: »Was für eine tolle Lampe, Oscar. Ich glaube, so eine tolle Lampe hab ich noch nie gesehen. Wie viel hat sie gekostet? Wo kann ich so eine tolle Lampe kaufen?«**

Oscar platzt fast vor Stolz, lächelt die Lampe an, als wäre sie sein erstgeborenes Kind, und sagt: »Ja, ich weiß, sie ist einfach sagenhaft.«

Dann werde ich in einen weiteren Raum geführt, wo ich eine Weile ein weiteres Objekt bestaune.

Übrigens, das läuft immer nur in eine Richtung. Wir sind nicht beide an den brüderlichen Vertrag gebunden. Er ist eine Einbahnstraße. Wenn ich die *Mona Lisa* im Wohnzimmer an der Wand hängen und auf dem Couchtisch Damien Hirsts Hai stehen hätte, würde Oscar einfach reinkommen,

* *Natürlich sage ich das nicht, nein, das entspricht nicht den Geschäftsbedingungen unserer brüderlichen Verbindung.*

** Begeisterung heucheln ist anstrengend.

sich in einen Sessel plumpsen lassen, ein Bier trinken und anfangen, mir von der tollen neuen Lampe vorzuschwärmen, die er sich neulich gekauft hat.

Es brennt mir auf der Zunge zu sagen: »Ja, ich weiß, ich hab sie letzte Woche gesehen. Schon vergessen, Oscar?«

Stattdessen sage ich: »Oh, wow, das klingt nach der unglaublichsten Lampe, von der ich je gehört habe.«

Er lächelt, als ob er ohne Zweifel der faszinierendste Mensch auf der Welt wäre: »Ja, es ist wirklich eine ganz tolle Lampe.«

Und da haben wir's. Die Lampe ist keine Lampe.*

Erst als ich vollends zu Tode gelangweilt bin, taucht Oscars Frau Nina auf. Das Unglaublichste in dem Haus ist sie. Sie wirft eine Frage auf, die tiefgründiger ist als all seine Kunst zusammen, und die lautet – *Wieso? Wieso hat diese hinreißende Frau bloß so einen Trottel wie ihn geheiratet?* Wie konnte diese exotische französische Blume auf meinen labberigen Waschlappen von Bruder reinfallen? Meine persönliche Theorie ist, weil sie Französin ist – ein anderer Grund will mir nicht einfallen.**

Nina ist alles, was Oscar nicht ist. Sie ist warmherzig, sie ist freundlich, sie ist so schön, dass man nicht sagen könnte, welches Element ihres Gesichtes, das von makellos glänzendem schwarzem Haar umrahmt wird, am hübschesten ist.

* Nichts ist, was es zu sein scheint. Nichts ist irgendwas. Alles ist etwas anderes.

** Das ist nicht so fremdenfeindlich gemeint, wie es vielleicht klingt; ich will damit nicht sagen: Sie ist Französin, ergo blöd genug, auf Oscar reinzufallen. Ich meine, ihr Englisch war jahrelang nicht berauschend, und irgendwie muss in der Zeit, als sie sich kennenlernten, eine ganze Menge von Oscars Idiotie in der Übersetzung verschüttgegangen sein, so dass diese arme französische Schönheit auf ihn reinfallen konnte.

Sie taucht also auf, meine fabelhafte französische Retterin, und sagt: »Oje, Frank, du Ärmster, du langweilst dich ja schon zu Tode. Was hat Oscar mit dir angestellt? Lässt er sich wieder über seine blöde, alberne Lampe aus?«

Deshalb beschlossen meine Frau und ich, das fragliche Dinner auf jeden Fall bei uns stattfinden zu lassen und nicht bei Oscar. Obwohl, als ich dabei war, mich in Schale zu schmeißen, wurde mir klar, dass es einfacher gewesen wäre, das Dinner bei Oscar stattfinden zu lassen, weil meine Frau und ich dann nicht die ganze Aufregung vorher, die ganze Gastgeberneurose hätten durchmachen müssen. Im Vorfeld eines Dinners führten wir immer Gespräche. Je mehr der Ehrgeiz meiner Frau anschwoll, desto mehr nahmen unsere Gespräche den Charakter eines Arbeitsmeetings an, auf dem sie ein detailliertes Programm für die Unterhaltungen und KPIs* des Abends aufstellte.

»Also, wir müssen Sandra und Oscar heute Abend miteinander ins Gespräch bringen«, sagte sie.

»Wieso?«, fragte ich. »Ich weiß nicht mal, warum wir Oscar überhaupt eingeladen haben.«

»Hör mal, Mister, hier geht es nicht um Oscar, hier geht es um mich«, erklärte meine Frau. »Es geht um Einflussbereiche, Frank. Ich lese gerade ein Buch darüber, und so sehr ich deinen unangenehmen Bruder auch verabscheue, er ist sehr einflussreich, und daher müssen wir durch die Nähe zu seinem Einflussbereich an Einfluss gewinnen. Sandra und ihr Verlag können sich einfach nicht entscheiden, ob sie eine Fortsetzung von meinem *Manager X* rausbringen. Sehr nervige Situation. Aber ich hab gelesen, wir können die Stärke unseres Netzwerkes steigern, wenn wir

* Key-Performance-Indikatoren

uns Einflussbereichen anschließen. Wenn Sandra weiß, dass wir in unserem Kreis einflussreiche Leute wie Oscar haben, ist sie eher geneigt, der Veröffentlichung meines nächsten Buches zuzustimmen.«

»Du bringst wieder ein Buch raus?«

»Selbstverständlich«, sagte sie, und ich wandte mich ab, damit sie mein Gesicht nicht sehen konnte.

»Und versuch, darauf zu achten, dass Oscars Frau nicht so viel trinkt – betrunken ist sie schrecklich, eine richtige Schlampe, wenn sie in Fahrt kommt«, warnte meine Frau. »Ich kann sie echt nicht ertragen. Bloß Titten und Dreistigkeit.«

Ich tat im Scherz so, als würde ich Punkte auf einer Tagesordnungsliste abhaken, und sagte »*Erledigt, erledigt und erledigt*«, aber meine Frau lachte nicht, sie starrte sich prüfend im Spiegel an und sagte: »Gut.«

Als sie merkte, dass sie sich ein bisschen zu geschäftsmäßig verhielt, lächelte sie und sagte: »Hey, Mister, wenn Oscar eine Pflanze wäre, wäre er eine Venusfliegenfalle.«

Ich übertrumpfte sie mit: »Oder ein fleischfressender Pilz.«

Sie setzte noch eins drauf: »Oder die *Scheiße* von einem fleischfressenden Pilz.«

Sie küsste mich und ging aus dem Schlafzimmer, um noch mal letzte Hand an den Esstisch zu legen, der so akribisch gedeckt war, dass er mich an einen polierten Sitzungstisch erinnerte. Da unsere Büros mit weichen Florteppichen und bequemen Möbeln eingerichtet waren, erinnerten sie an heimische Behaglichkeit, während sich umgekehrt unsere Wohnung mit ihren weißen Wänden und dem strengen skandinavischen Design mehr und mehr in einen klassischen Büroraum verwandelte.

Ich dachte an Sandra, und obwohl ich mich einerseits darauf freute, sie zu sehen, war mir andererseits nicht ganz wohl bei der Vorstellung, was sie von meiner Frau und mir denken würde. Wir hatten Sandra seit vielen Monaten nicht mehr gesehen, und irgendwie hatte meine Frau in dieser Zeit ihre Unternehmerseele wirklich auf die nächste Ebene gehoben, sie in einem Maße mit in unser Privatleben gebracht, das mir erst jetzt richtig auffiel, als ich mich mit Sandras Augen umschaute und sah, dass unser Wohnzimmer wie die Empfangshalle einer trendigen PR-Agentur wirkte, unser Esszimmer ein Sitzungsraum war – reinweiße Wände und ein tiefschwarzer imposanter Tisch –, und dass sogar unser gefliestes Bad seltsam an eine Bürotoilette erinnerte – ein automatischer Händetrockner hätte nicht fehl am Platze gewirkt. Ich hatte Angst, dass Sandra – mit der wir früher immer in Mollys Scherbenmosaikküche gehockt hatten – denken würde, Alice und ich wären ... ja, was geworden? *Karriereristen? Ehrgeizlinge? Oder bloß Arschlöcher.*

Ich sagte: »Ich freu mich drauf, Sandra wiederzusehen. Ihr beide habt euch schon lange nicht mehr getroffen.«

»Ich kann's kaum erwarten«, sagte meine Frau. »Ich hoffe bloß, sie kommt nicht in einer von diesen ätzenden vergammelten Strickjacken, die sie so gerne trägt.«

»Du hast früher auch gern vergammelte Strickjacken getragen«, sagte ich.

»*Früher*«, sagte sie. »Der Gammel-Look ist out, Schatz«, fügte sie hinzu, während sie mit einem Fusselroller geschickt über ihr schwarzes Top fuhr und eine winzige Fusselernte einfuhr.

Das Dinner begann mit einem heillosen Durcheinander. Alle trafen gleichzeitig ein, so dass ich versuchte, Small

Talk zu machen, während ich die Gäste mit den richtigen Drinks versorgte und an beiden Aufgaben kläglich scheiterte. Da mir nicht mehr einfallen wollte, worüber ich mit Oscars Frau Nina geplaudert hatte, reichte ich ihr einen Weißwein, nur um mich auf dem Weg zurück in die Küche daran zu erinnern, dass sie gesagt hatte, sie könne Weißwein nicht ausstehen. Ich ging zurück und nahm ihr den Wein wieder weg. Sie lächelte und sagte: »Ein Roter wäre nett«, dann öffnete ich mit dem Weißwein in der Hand die Wohnungstür, wo ein lächelnder Doug mit einer Flasche Rotwein stand.

»Doug! Du bringst genau das mit, was ich brauche«, sagte ich. »Rotwein.«

»Na, das fängt ja gut an, freut mich, dass ich dir helfen kann, es ist bloß ein junger Pinot aus Neuseeland, Peregrine oder so«, sagte er und verschwand Richtung Wohnzimmer.

Als ich zurück zur Küche trabte, rief Doug als Antwort auf meine Frage, was er trinken wollte: »Egal, Hauptsache, es ist kein Alkohol drin, danke, Frank.«

Während ich für Doug ein Glas Apfelsaft eingoss, hörte ich, wie er mit perfekter französischer Aussprache mit Nina plauderte, und dachte schmunzelnd: *Klar spricht Doug Französisch.*

Die ganze Zeit, die ich in der Küche war, führten Oscar und Alice eine wütende Diskussion. Das Thema spielte keine Rolle; ob es um wichtige Dinge oder Kleinkram ging, meine Frau und Oscar waren immer gegensätzlicher Meinung. Einig waren sie sich nur darüber, dass sie sich nie bei irgendwas einig sein würden. Mitunter verriet meine Frau sogar eine lang gehegte eiserne Überzeugung, nur um Oscar Kontra zu geben. Die Klingel rief mich zur Tür, um unseren letzten Gast hereinzulassen, und es freute mich, dass Sandra eine hübsche weiße Bluse anhatte, aber darüber eine gammelige Strickjacke trug.

»Frank, du siehst überfordert aus«, sagte Sandra, umarmte mich und überreichte mir Pralinen. »Ich weiß, dass du die hier magst. Du isst doch so gern Süßes.«

»Nicht überfordert«, log ich. »Ich pass bloß auf, dass Alice und Oscar sich nicht gegenseitig umbringen.«

»Klingt lustig, finde ich«, sagte Sandra und ging schnurstracks ins Wohnzimmer, wo es prompt lauter im Raum wurde, als drei oder vier Leute gleichzeitig »Hi, Sandra!« sagten.

Ich verkroch mich in der Küche, wo ich so tat, als würde ich nach dem Lammbraten sehen, in Wahrheit aber bloß eine Verschnaufpause einlegte. Als wir dann alle am Tisch saßen, war mir schon aufgefallen, dass Alice und Sandra nicht so miteinander redeten wie früher; irgendetwas Subtiles hatte sich zwischen ihnen verändert. Nach der kurzen Gesprächspause, die sich immer einstellt, wenn Leute anfangen zu essen, folgte eine köstliche Sekunde, in der ich Oscars unerschütterliches Selbstvertrauen vorübergehend erschüttert sah. Und die Person, die es erschütterte, war Sandra.

Oscar tönte: »Hör mal, Sandra, du bist doch in der Buchbranche. Ich glaube, ich habe da vielleicht eine Idee für ein super Buch.«

»Ach ja?«, sagte Sandra.

Oscar sagte: »Ich möchte für die Ethik in der Juristerei das tun, was Stephen Hawking für die Physik getan hat. Sie für den Laien verständlich machen.«

Es wurde mucksmäuschenstill am Tisch, und alle starrten Oscar an.

»Na, das Interesse ist jedenfalls schon mal geweckt«,

sagte Oscar und schleuderte seinen Mundgeruch in stinkenden Lachsalven um sich.

»Du willst ein Buch über Ethik schreiben?«, hörte ich mich sagen und regredierte fast in die Rolle des kleinen Bruders, als ich hinzufügte: »Was für eine blöde Idee. Das ist so, als würde Stalin über Pazifismus schreiben.«

»Ja, ich bin im Ethikausschuss, und auf der letzten Sitzung waren wir einheitlich der Meinung, es könnte gut für unser Profil sein und für meines natürlich, wenn wir die Schwarze Kunst der Juristerei für die Welt transparenter machen würden«, erklärte Oscar.

Ich rümpfte unwillkürlich die Nase in Oscars stinkendem Windschatten und murmelte: »Du bist unglaublich, Oscar.«

»Ich hab mir sogar schon einen Titel überlegt; *Oscars Gesetz* oder *Shaws Gesetz* fänd ich gar nicht schlecht«, sagte Oscar.

»Oder *Wie komm ich ungestraft mit Mord davon?*«, höhnte ich.

»Durchaus interessant«, sagte Sandra. »Ich denke zwar, die Leute interessieren sich nicht für Gesetzesfragen, solange sie keinen Anwalt brauchen, aber wir können uns gern noch ein bisschen drüber unterhalten.«

»Also, wenn wir Nägel mit Köpfen machen würden, wer schreibt dann das Buch?«, fragte Oscar, so als ob die Sache praktisch schon unter Dach und Fach wäre und es nur noch ein paar Kleinigkeiten zu klären gälte.

»Na, du natürlich«, sagte Sandra. »Du schreibst dein Buch selbst.«

»Oh«, sagte Oscar geschockt. »Ich, ähm, ich hab angenommen, irgendein Ghostwriter erledigt das. Irgendein Profi würde das Buch für mich schreiben.«

Nina sagte: »Ghostwriter? Was ist das?«, und Doug erklärte auf Französisch, was das Wort bedeutete, und Nina legte eine beringte Hand auf Dougs, ein freundliches, aber recht intimes Dankeschön für die Erklärung.*

»Nun ja«, sagte Sandra freundlich zu Oscar, »richtig berühmte Leute haben Ghostwriter, aber dir bleibt die Arbeit wohl nicht erspart. Du musst das Buch mit deinen eigenen Worten selbst schreiben.«

»Ich war schon ein paarmal auf BBC«, sagte Oscar leicht verzweifelt.

Beim Dessert konnte ich Oscar ansehen, dass er nach der Enttäuschung mit Sandra noch immer ein bisschen ernüchtert war. Da sein Kugelbauch ihn zum Tisch auf Distanz hielt, beugte er sich immer wieder vor, um eine Praline aus der Schachtel zu grapschen, was zur Folge hatte, dass Nina eine wohlgeformte Augenbraue hob und warnend sagte: »Nicht so viele Pralinen, *chéri.* Dein Herz kann nicht verkraften, was dein Mund begehrt.«

Oscar klaute eine weitere Praline und hielt sie sich einen Moment lang an die Lippen, als ob er sie vielleicht doch nicht essen würde, doch dann steckte er sie in den Mund und schluckte sie, während Nina erneut sagte: »Sachte, Oscar!«**

Als sich die Gäste nach dem Dessert zurücklehnten und auf den Kaffee warteten, fing Oscar mich auf dem Flur ab und versuchte, mich zu umarmen, wobei ich ebenso unter seinem mit Alkohol gewürzten Mundgeruch zu leiden

* Ich hatte den herrlich bösen Gedanken, dass Doug und Nina sich ineinander verlieben und Oscars unerträgliches Ego mit einer sehr öffentlichen und peinlichen Affäre ins Wanken bringen würden. Man wird ja noch träumen dürfen.

** Ihr französischer Akzent verlieh der Warnung einen trägen erotischen Beiklang – *Sachteee, Osgaaar.*

hatte wie unter seiner Körperfülle. Dann sah er mich sehr ernst an.*

Doch er sagte bloß: »Toller Abend, Kumpel, wir sollten das öfter machen, alles, was wir machen, ist arbeiten, arbeiten, arbeiten, wir müssen uns zusammen amüsieren. Wir sind Brüder.«

Oscar merkte nicht, dass ich nichts erwiderte, oder es war ihm egal; stattdessen bugsierte er mich ein wenig vorwärts und deutete den Flur hinunter auf Nina, die sich gerade mit Doug unterhielt. Oscar flüsterte: »Sie ist ein Prachtweib, meine Frau. Gott, ich liebe sie über alles, Frank, wie sehr, könnten nicht mal Dichter ausdrücken, ich liebe diese vollbusige französische Schnecke.«

»Ich bin sicher, das hätte kein Dichter besser sagen können«, sagte ich. »Wirklich, Oscar, das ist sehr lieb«, und das meinte ich ernst.

Oscar zwinkerte mir zu und sagte: »Und sind dir Ninas neue Titten aufgefallen? Ich weiß, du hast geguckt. Ist nicht schlimm, du hast als Bruder Sonderrechte, du darfst gucken, Kumpel. Aber nur gucken, verstanden? Was für Titten! Hat sie sich in Schweden machen lassen. Sind die nicht prächtig? Ich sag dir, Frank, du solltest Alice auch nachbessern lassen. Sieh dir Nina an. Sie hat neue Lippen, neue Titten. Ich find's großartig. Sex mit Nina ist so, als würde ich mit einer anderen Frau vögeln. Mann, es ist, als hätte ich eine Affäre mit meiner eigenen Frau.«

* Mir wurde bang ums Herz, weil ich dachte, er wollte sagen: »Ich weiß genau, dass du sämtliche Verträge unserer Mandanten manipuliert hast. Du zerstörst mich und die Kanzlei. Wie konntest du nur, Frank, wie konntest du das tun? Du hast alles ruiniert, Frank, und für das, was du mir und allen Mitarbeitern angetan hast, wanderst du für lange Zeit in den Knast! Wie konntest du mir das antun, mir und Dad und Mum und allen, die dich lieben!«

»Du bist wirklich der uncharmanteste Mann, den ich kenne«, sagte ich zu Oscar, der das offenbar falsch verstand und antwortete: »Danke, Kumpel, nett, dass du das sagst«, während wir beide ins Esszimmer stolperten und zum Tisch zurückkehrten, wo ich mich hinsetzte und Oscar eine Weile auf die Brüste seiner Frau glotzte, ehe er sich wieder Pralinen in den Mund stopfte.

»Sachteee, Osgaaar.«

Ich erlebte einen seltsamen Moment, als Alice – inzwischen ein wenig beschwipst und dauerlächelnd – plötzlich Oscar angrinste und sagte: »Und, wann geht ihr denn nun an die Börse? Wann werden Frank und ich reicher als in unseren kühnsten Träumen?«

Oscars Miene verfinsterte sich. Selbst seine gelassene Haltung bekam Risse. Und ich war sprachlos. Der Plan, mit der Kanzlei an die Börse zu gehen, zählte wahrscheinlich zu den derzeit vertraulichsten Interna. Ich hatte Alice zwar von dem Waffenproduzenten erzählt, aber ich hatte ihr nicht erzählt, dass Oscar vorhatte, mit Shaw&Söhne an die Börse zu gehen. In erster Linie weil ich nicht glaubte, dass es dazu kommen würde, aber auch weil so etwas *topsecret* war, um Insiderhandel zu verhindern. Mir war schleierhaft, woher Alice das wusste. Oscar blickte verlegen, und ich begriff, dass er es ihr erzählt haben musste. Aber wann hatten sie miteinander gesprochen?

Ich blickte Oscar verdutzt an und sagte: »Du hättest das *niemandem* erzählen sollen.«

Oscar fand seine Fassung wieder und sagte, ohne Alice anzusehen: »Tja, gute Nachrichten sind schwer zurückzuhalten, Frank. Und es könnte durchaus noch passieren, und ja, wenn es passiert, macht es uns alle sehr reich, also Kopf hoch, Kumpel, und lass uns noch was trinken, ja?«

Meine Frau stand auf und zog sich in die Küche zurück, weil sie begriff, welch Fauxpas ihre Frage gewesen war, und ich grübelte darüber nach, wann sie und Oscar darüber gesprochen haben mochten, aber ich war selbst auch schon mehr als nur beschwipst und so verschob ich das Gespräch darüber auf später, wenn alle gegangen waren.

Dann wurde Nina zum inoffiziellen Star des Abends, weil sie Doug all die direkten Fragen stellte, die keiner von uns je zu stellen wagte.

Ihre erste war die beste: »Wo ist Ihre Frau, Doug? Wollten Sie sie nicht mitbringen?«

»Ich habe keine Frau, tut mir leid«, erwiderte Doug.

»Das muss Ihnen nicht leidtun«, sagte Nina. »Und Ihre Freundin? Ein Mann wie Sie, so gepflegt und klug, erfolgreich, gut aussehend, muss doch irgendwo eine Freundin haben, oder sind Sie vielleicht im Herzen Franzose und haben viele Geliebte?«

Doug setzte ein Lächeln auf, von dem er offensichtlich hoffte, dass es Nina von derartigen Fragen abbringen würde.*

Sie war Französin, und sie wollte eine Antwort.

Daher hakte sie nach. »Also, Doug? Ihre Freundin?«

Mittlerweile hatte Neugier die anderen Gespräche am Tisch verstummen lassen, und alle blickten Doug und Nina an.

Doug lächelte und sagte schlicht: »Also schön, meine Freundin heißt Dave, und er ist ein netter Mann, mit dem ich seit vielen Jahren zusammenlebe.«

* Aber Nina war nicht höflich und englisch wie wir; für sie war ein peinlicher Moment in geselliger Runde nichts, das auf der Stelle mit Humor oder einem raschen Themenwechsel überspielt werden musste.

Nina fand das urkomisch und rief: »Eine Freundin namens Dave. Ihr Engländer seid so witzig.«

Ich lächelte Doug an, und er sagte mit einem Achselzucken: »Ja, wir sind recht witzig, und ich verspreche, meine nette Freundin Dave das nächste Mal mitzubringen. Er spricht auch ein wenig Französisch, wir sind beide furchtbar frankophil.«

»Na, das ist wirklich eine wunderbare Nachricht«, sagte Nina mit ihrer hohen Stimme und prostete Doug zu. »Schwule Frankophile sind meine absolute Lieblingssorte Engländer.«

Doug hob ebenfalls sein Glas, und beide sagten sie wie aus einem Munde »Cheers«, und Doug sagte leicht verlegen: »Trinken wir auf frankophile Tunten in aller Welt. *Santé!*«, worauf Nina vor Freude johlte und »Bon Dougie!« kreischte.

Nach dieser kleinen Enthüllung kamen andere Gespräche wieder in Gang, doch ich lauschte weiter Nina und Doug, die nun wie alte Freunde miteinander plauderten.

»Und was machen Sie?«, fragte Nina.

»Ich bin Aktuar«, erklärte Doug.

»Nein, ich meine beruflich«, erwiderte Nina.

»Ähm, ich bin Versicherungsmathematiker«, stellte Doug klar.

»Entschuldigung, ich weiß, ich wollte einen Witz machen«, sagte Nina.

»Nein, tut mir leid«, sagte Doug rasch. »Da hat mich mein Sinn für Humor im Stich gelassen.«

»Ich war wohl nicht geistreich genug. Sie arbeiten also für eine Versicherung«, sagte Nina.

»Genau«, sagte Doug.

»Dann muss ich Sie was fragen«, sagte Nina. »Wieso bezahle ich mehr Krankenkassenbeitrag als mein fetter Ehemann?«

»Ah, das ist eine sehr clevere Frage«, sagte Doug, während Oscar Nina einen bösen Blick zuwarf. »Versicherungstechnisch ist es eine bedauerliche Wahrheit, dass Frauen einfach mehr kosten als Männer.«

»Tja, wir sind auf jeden Fall eine kostbarere Ware«, sagte Sandra.

»Allerdings«, quietschte Nina.

»Das sehe ich ganz genauso«, sagte Doug.

»Obwohl Sie Jungs mehr mögen als Mädchen«, sagte Nina.

»Ich bin vielleicht lieber mit Jungs zusammen, aber ich unterhalte mich lieber mit Mädchen«, sagte Doug.

»Das merke ich«, sagte Nina und fügte an Sandra gerichtet hinzu: »Wieso ist es so viel einfacher, mit schwulen Männern zu reden, Sandra?«

Sandra sagte: »Könnte damit zu tun haben, dass sie nichts von dir wollen.«

»Ah oui, la Muschi«, sagte Nina.

»La Muschi!«, wieherte Sandra. »Köstlich.«

Ich fühlte mich plötzlich kindisch betrunken, während ich mit ihnen lachte, und als ich in die Tischrunde blickte, entdeckte ich bei einigen ein beschwipstes Glitzern in den Augen.

»Zeit für eine Zigarette, *non?*«, sagte Nina und ging zum Fenster, wo sie zu überlegen schien, ob die kleine weiße Schale, die meine Frau für ein Vermögen erworben hatte und Kunst sein sollte, ein Aschenbecher war. Meine Frau hastete bereits in die Küche und kam mit einem schäbigen Deckel wieder. Nina betrachtete ihn mit einem angewiderten Naserümpfen und sagte: »Der tut's auch.«

Als ich sah, wie Nina sich gegen die Fensterbank lehnte und an ihrer Zigarette zog, überkamen mich vorübergehend unangemessene Phantasien. Das lag bestimmt an dem Wein in Verbindung mit der leichten Trägheit, die sich nach einem Dinner einstellt, wenn das Essen die Mägen der Gäste füllt und alle langsamer werden, sich zurücklehnen, satt vom Wein und Small Talk.

Nina sah makellos aus: eingerahmt vom Fenster, samtschwarzes Haar, das sensationell fiel, milchiges Dekolleté, während eine dünne Rauchschwade von ihren Lippen aufstieg, um sogleich vom Wind zerrissen zu werden.

Ich sah Nina und meine Frau an: Nina bestand aus all den weichen, sinnlichen Teilen, die meine Frau durch exzessiven Sport weitestgehend reduziert hatte. Nina war ein Positiv zum Negativ meiner Frau, ein Ausdruck vom Eindruck meiner Frau, eine Büste vom Relief meiner Frau. Nina war reich an Warmherzigkeit, Witz und besaß eine Üppigkeit, die das Auge eines Mannes bannte. Wenn sie sich vorbeugte, um ihre Asche abzustreifen, hatten die Knöpfe ihrer Bluse Mühe, das Gewicht zu halten, und ihr Dekolleté war ein fleischiges Ausrufezeichen, über das ich regelrecht herfiel …*

Doug nahm seinen Apfelsaft und setzte sich auf einen Stuhl zur rauchenden Nina. Ich tat so, als würde ich meiner Frau zuhören, die über irgendein Personalproblem sprach, doch in Wirklichkeit lauschte ich weiter Nina und Doug.

* Herr im Himmel. Ich begehrte doch tatsächlich die Frau meines Bruders! Wie furchtbar klischeehaft und scheißfreudianisch. Scheiß auf Freud. Und zur Hölle mit diesen blöden Phantasien, die ich da an mich rangelassen hatte. Ich war angeekelt bei der Vorstellung, ein Feld zu bebauen, das Oscar bereits beackert hatte. Gott, war ich besoffen.

»Und wie verkaufen Sie Lebensversicherungen, Doug?«, fragte Nina.

»Ich verkaufe einfach den Tod«, erwiderte er. »Ich sehe Sie rauchen und ich sage, die Chance, dass Sie sterben, bevor Sie fünfzig werden, liegt um vierundfünfzig Prozent höher.«

Nina stöhnte und sagte: »Nein, Dougie! Sie nehmen mir das einzige Vergnügen, das ich habe.«

Doug sagte: »Dieses Vergnügen nimmt Ihnen Tage Ihres Lebens. Ich erzähl Ihnen mal eine Geschichte. Eine Frau. Sechsunddreißig Jahre alt. Nichtraucherin. Bei guter Gesundheit. Letzten Dienstag, auf einem Betriebsausflug, wollen alle eine Quad-Fahrt machen, und sie wartet, dass sie an die Reihe kommt. Was passiert?«

Nina sagte: »Sie wird von dem Quad zerquetscht? Rate ich mal.«

»Nein, nein. So was gibt es nur im Kino, Nina. Nein, die sechsunddreißigjährige Nichtraucherin hat einen Schlaganfall. Noch ehe sie das Quad überhaupt gestartet hat. Schlaganfall! Einfach so! *Schlaganfall!*« Und Doug sprach das Wort *Schlaganfall* verstörend aus, fast liebevoll.

»Mein Gott, Doug. Hat sie überlebt?«, fragte Nina.

»Oh, sie wird hervorragend versorgt. Ich habe sie mit der besten Police versichert, die man für Geld kaufen kann. Eine-Million-Pfund-Police. Keine Probleme. Alles abgedeckt«, sagte Doug.

»Was für eine Erleichterung«, sagte Nina. »Ist sie schon wieder aus dem Krankenhaus?«

Doug lächelte und sagte: »Oh nein, sie ist ein lebenslanger Pflegefall.«

»Mein Gott«, sagte Nina. »Sie sind das Verhängnis in Person. *Monsieur* Tod!«

»Ganz im Gegenteil«, sagte Doug. »Die vielen schrecklichen Dinge und plötzlichen Tode, die ganzen Statistiken erinnern dich daran, dass du noch verschont geblieben bist; wir alle hier bei diesem Dinner, in diesem Raum, sind noch gesund und munter. Also genieß es, bevor du auch eine Statistik wirst.«

Nina sagte: »Sie sind ein philosophischer Versicherungsmann, Mr. Doug.«

Doug sagte: »Also bieten Sie mir nun endlich eine von Ihren bösen Zigaretten an?«, und Nina kam der Aufforderung mit einem verschmitzten Lächeln im Gesicht nach.

»Willst du wirklich eine rauchen?«, fragte ich Doug.

»Ich bin Statistiker, Frank, und ich kenne die Risiken, und ich weiß, dass es eine Statistik gibt, die alle anderen schlägt, nämlich – *du lebst nur einmal, mein Freund*«, und er zwinkerte mir zu, und Nina zündete seine Zigarette an, und sie beide gackerten wie Schulkinder, während sie vor sich hin pafften.

»Und sie liegt mir immer damit in den Ohren, keine Pralinen zu essen, dabei raucht sie wie ein Schlot. Ich sag dir, jeder sucht sich sein Organ aus und bestraft es. Interessanter Abend«, sagte Oscar und sah mich an und flüsterte: »Wer hätte gedacht, dass der gute alte Doug ein verdammter Homo ist?«

Aber er sagte es ein wenig zu laut, und Doug zuckte leicht zusammen. Er hatte ihn offenbar gehört. Oscar hatte die ganze geistreiche Kultiviertheit des Abends mit einem einzigen Satz zunichtegemacht. Das war ein Talent von ihm, und ich sah, wie meine Frau ihren Abscheu nicht verhehlen konnte, aufstand und anfing, die Teller abzuräumen.

Doug und Nina kehrten an den Tisch zurück, und Doug,

der jetzt über mich redete, sagte: »Unser Frank hier ist großartig, ein kluger Mann, er schreibt viele meiner Policen.«

Ich wurde rot, weil ich mich über Dougs Kompliment freute, und sagte: »So kompliziert sind die nun auch wieder nicht.«

»Stell dein Licht nicht unter den Scheffel, Frank«, sagte Doug. »Du bist einer der Besten in der Branche.«

Wein und Komplimente waren zu viel des Guten. Mir brannte das Gesicht vor Stolz, und ich schaute bewusst nicht zu Oscar hinüber, weil ich wusste, dass er sich schon eine verächtliche Bemerkung überlegte.

Prompt sagte Oscar: »Frank ist unser Vertragskiller.«

»Wie meinst du das?«, fragte Nina.

»Die Versicherungsverträge, die er schreibt, wiegen die Leute in falscher Sicherheit; sie glauben, sie sind geschützt, obwohl sie es in Wirklichkeit nicht sind«, sagte Oscar. »Das heißt, sie bezahlen ihr Leben lang Versicherungsbeiträge, sterben aber an etwas, das nicht von der Versicherung abgedeckt ist. Frank macht so was wie das Leben sündhaft teuer. Also sterben die Leute unversichert. Daher: Vertragskiller. Franks Verträge killen.«

Oscar fand das lustig und lachte, doch Doug sah aus, als wollte er etwas zu meiner Verteidigung sagen, verärgert darüber, dass sein kleines Kompliment von Oscar in eine Beleidigung verdreht worden war. Ehe Doug reagieren konnte, kam Nina ihm zuvor und sagte: »Ach, halt doch den Mund, Oscar, und benutz dein großes Maul für das, wofür es geschaffen wurde – Schokoladefuttern.«

Oscar wirkte wie ein gescholtener kleiner Junge, und ich hätte alles Geld der Welt für ein Foto seines Gesichtsausdrucks bezahlt.

Nina warf mir einen Blick zu, um zu sehen, ob ich das Ganze gut verkraftete, und ich witzelte: »Ich hab euch gewarnt, alle, wie ihr da seid – lest euren Vertrag«, und zuckte die Achseln. »Ich bin der König der Verwirrung. Auf die Erde gekommen, um unverständlich zu sein.«

Oscar, der wohl keine Lust mehr hatte, mich runterzuputzen, richtete seine Aufmerksamkeit auf Sandra, und ich sah, wie sie sich höflich unter Oscars vermeintlicher Charmeoffensive wegduckte. Bei der Menge Alkohol, die er im Blut hatte, geriet seine Unterhaltung in Ermangelung dezenter Zwischentöne leider peinlich direkt.

Oscar grinste und sagte: »Ich hab mich über dich erkundigt, und nach dem, was ich so höre, bist du die beste Lektorin in der Verlagsbranche.« Dabei ließ der Alkohol sein Lächeln zu einem anzüglichen Grinsen verrutschen.

Sandra sagte: »Nein, überhaupt nicht, ich bin eine von vielen.«

»Sei nicht so bescheiden«, protestierte Oscar. »Lass uns ehrlich sein:* Es gibt in dieser furchtbaren Männerwelt nicht viele Frauen, die so erfolgreich sind wie du.«

»Eigentlich ist die Verlagsbranche in Frauenhand«, korrigierte Sandra.

»Hör mal, *Sandy*, darf ich offen sein?«**, fragte Oscar. »Ich liebe deine Bluse.«***

Später am Abend verteilten wir uns auf verschiedene Ecken des Wohnzimmers: Oscar und Nina stritten sich auf dem Sofa mit gebremstem Schaum darüber, wie viele Pralinen er wirklich gegessen und ob er welche in seiner

* Lass uns lügen.

** Darf ich dir was vormachen?

*** Ich liebe deine Titten.

Tasche versteckt hatte; Alice sprach mit Sandra über Fitnesstraining; Sandra sah zu Tode gelangweilt aus; Doug und ich spielten draußen auf dem Balkon ein Spiel, das uns gelegentlich großen Spaß bereitete.

Es hieß »Schnell und berühmt« und ging so, dass Doug und ich die Lebenserwartung von Prominenten bestimmen sollten. Doug sagte: »Nehmen wir Brad Pitt. Klar, er sieht gut aus, das lässt sich nicht leugnen. Aber ich habe gelesen, er raucht, außerdem ist er süchtig nach Kaffee, liebt ihn über alles, jeden Tag Espresso. Er und Clooney trinken immer Kaffee in Italien, wo der Kaffee verbotenerweise mit tödlichen Mengen Koffein versetzt wird. Außerdem, jede Menge Kinder, jede Menge Stress. Und die Frau, Angie. Sie ist zickig, hat Probleme mit Essen, dann die schwierige Zeit mit der Mastektomie, Brad hat also Probleme. Mehr Stress, mehr Anspannung. Er geht auf die fünfzig zu. Ich gebe ihm höchstens noch fünfzehn Jahre. Dann tot.«

Ich lachte, und als ich durchs Fenster zu Oscar hinüberschaute, der dick und fett auf dem Sofa hockte, und sah, wie sein Bauch die Hemdknöpfe auf die Probe stellte, flüsterte ich: »Was denkst du, Doug? Oscar? Wie lange noch?«

Doug lächelte, und da er sich offensichtlich an Oscars gemeine Homo-Bemerkung erinnerte, beschloss er, mitzuspielen, und sagte: »Tja, Übergewicht, das kostet ihn einige Jährchen, und dann die ganzen Milchprodukte, die er seinen Adern zumutet, er hat ein Shaw-Herz, das ein kurzes Herz ist, wie dein Dad immer gesagt hat, und eine französische Frau, jede Menge Leidenschaft, aber jede Menge Schmerz, das genügt, um das Herz jedes Mannes zum Rasen zu bringen. Oscar ist eine Zeitbombe. Er könnte wirklich jede Sekunde den Löffel abgeben.«

Kurz darauf, als ihr Streit doch zu laut wurde für einen

öffentlichen Rahmen, verabschiedeten Oscar und Nina sich hastig. Ich war gerade beim Tischabräumen, blieb aber an der Küchentür stehen, als ich hörte, wie Sandra meiner Frau zuzischelte: »Du kannst das nicht noch mal machen, Alice. Ich weigere mich, an einem Buch mitzuwirken, in dem du den armen Mann ausnutzt. Frank hat dich und das Buch immer unterstützt …«

»Komm mal runter von deinem hohen Ross«, fauchte meine Frau. »Was ich getan habe, war in Ordnung, Frank hat überhaupt nichts dagegen. Er ist auf meiner Seite.«

»Das sagt er, aber er ist einfach zu nett und liebt dich zu sehr, um dir die Wahrheit zu sagen. Du hast den Mann regelrecht ausgeschlachtet, du hast ihn gedemütigt, indem du so viel von ihm in dem Buch verwendet hast«, sagte Sandra. »Ich habe jedenfalls genug von deinem Ehrgeiz, und wir werden dein nächstes Buch nicht rausbringen. Ich mag dich, aber diese furchtbare Geschäftsbeziehung ruiniert unsere Freundschaft, deshalb lass uns damit aufhören und einfach wieder Freundinnen sein.«

Ich wartete darauf, dass meine Frau nachgab, doch sie sagte: »Ganz wie du willst, dann such ich mir eben einen anderen Verlag.«

Sandra sagte: »Komm schon, Alice, sei nicht so, wir wollen uns doch deshalb nicht verkrachen.«

Meine Frau sagte: »Okay, sorry, ich bin bloß stinksauer auf dich. So, jetzt ist es raus.«

Ich machte ein Geräusch, und sie fuhren beide herum und lächelten so, wie Leute es tun, wenn sie dabei erwischt werden, wie sie über dich reden.

»Alles okay, ihr zwei?«, fragte ich.

»Alles super«, sagte Sandra, laut und nicht überzeugend. »Aber ich bin hundemüde, ich geh lieber.«

Sie umarmte meine Frau unbeholfen, zum allerletzten Mal, wie sich herausstellen sollte, und ich brachte Sandra zur Tür, wo sie mich wie immer herzlich drückte und auf den Mund küsste und sagte: »Pass auf dich auf und ruf mich diese Woche an, wir sollten mal einen Kaffee trinken gehen oder so, du und ich.«

Das war ein seltsamer Vorschlag, zumal wir so was noch nie gemacht hatten, jedenfalls nicht ohne Alice – sie war ja schließlich Sandras Freundin –, aber ich lächelte und sagte: »Ja, das ist wirklich eine gute Idee. Das machen wir, Sandra. Ruf mich an. Du weißt, was du und ich …«

Doch ehe ich mich noch direkter und ausführlicher über das Thema Kaffee mit Sandra auslassen konnte, kam Doug und sagte: »Du musst doch auch in meine Richtung, Sandra, nicht? Ich kann dich mitnehmen, wenn du willst. Du kannst mir alles über die neusten Bücher erzählen, die ich lesen sollte.«

Sandra nahm Dougs Arm, und als sie sich schon zum Gehen wandten, verharrte Doug kurz und sagte zu mir: »Es war ein lustiger Abend, Frank. Sollten wir bald mal wiederholen.«

ALLGEMEINE GESCHÄFTSBEDINGUNGEN VON MUTPROBEN

Echte Mutproben
bergen echte Gefahren.

Oscar, Malcolm und ich spielten als Kinder zusammen. Keine fröhlichen Spiele, und stets mit dem hohen Risiko, dass was passierte, aber wir waren Brüder und verbrachten trotzdem viel Zeit damit, Jungs zu sein und vielleicht nicht unbedingt Freunde, aber eben Brüder zu sein, könnte man wohl sagen.

Nicht weit von unserem Haus war ein Park, der alles bot, was Jungs liebten: Bäume, in die wir kletterten, Büsche, in denen wir Buden bauten, Hügel, die wir runterrollten und im Winter runterrodelten. Ein gefahrloser Hektar des Parks hatte breite und flache Wege, wo Leute mit ihren Kindern spazieren gingen und Jungs Fußball spielten. Daneben gab es ein großes Areal, wo sich der Park absenkte und in einen weitläufigen Wald eintauchte, der ziemlich schnell dicht und dunkel wurde und mit tiefen gefährlichen Hängen und hohen Hügeln durchsetzt war – und da spielten wir am liebsten. Größtenteils waren wir sicher; wir spielten dort viele Jahre lang, und das Gefährlichste, was wir je machten, war Stricke an Bäumen befestigen, um uns über den flachen Fluss und wieder zurück schwingen zu lassen, kreischend und uns gegenseitig anfeuernd, noch schneller und weiter zu schwingen.

Mehr als an irgendeinem anderen Ort auf der Welt steckten wir in dem Wald unsere Grenzen und unsere Persönlichkeiten ab. Oscar als der Älteste und Nervigste hatte die Angewohnheit, sich einen absolut schönen Moment auszusuchen – meistens, wenn Malc und ich friedlich im Fluss angelten –, und ihn in einen aufregenden Bruderschaftstest zu verwandeln.

Oscar war der Meister der Mutproben. Die meisten waren so albern, dass Malc und ich ihn irgendwann einfach ignorierten. Aber es gab eine, mit der er immer wieder ankam, die er einfach nicht aufgeben wollte, und es war eine Mutprobe im wahrsten Sinne des Wortes – eine völlig sinnlose Aufgabe, die erheblichen Mut verlangte.

Oscar hatte sogar einen Namen dafür – *der Vertrauenssprung*.

Es war tatsächlich ein Sprung, ein praktisch unmöglicher Sprung über eine Schlucht.

Die Schlucht war gerade so breit, dass du dir durch den verschwommenen Blick der Tapferkeit einreden konntest, den Sprung schaffen zu können, aber ihre Wände waren steil und zerklüftet, der Stoff für kindliche Alpträume. Viele Jahre lang dachte ich, meine junge Phantasie hätte eine recht harmlose kleine Schlucht mit Felszacken, Tiefe und scharfkantigen Vorsprüngen angereichert, aber als ich sie mir als Erwachsener noch einmal ansah, war ich verblüfft, wie beängstigend sie mir noch immer vorkam. Es war ein wirklich gefährlicher Abgrund, den ich selbst als Erwachsener nicht so ohne weiteres überspringen würde.

Oscar fing immer wieder davon an – »Wagt ihr den Vertrauenssprung?«, forderte er uns heraus.

Und jedes Mal erhöhte er den Einsatz, bot mehr und mehr, um einen von uns zum Springen zu bewegen – »Ich geb euch mein Fahrrad, ich geb euch alle meine Alben, ich räum einen Monat lang euer Zimmer auf.«

Und jedes Mal zuckte ich mit den Schultern und sagte: »Nie im Leben«, und Malc sagte: »Scheiß darauf.«

Ich weiß nicht mehr genau, wie alt wir waren, als Oscar sich schließlich traute, aber er wird etwa fünfzehn gewesen sein, ich dreizehn und Malc zwölf.*

Diesmal wich Malc also von seinem normalen Skript ab und sagte nicht *Scheiß drauf*, sondern: »Zeig du uns doch, wie es geht, Oscar.«

Oscar war ein wenig verblüfft, sagte aber: »Na gut, was bietet ihr?«

Malc überlegte kurz und sagte dann: »Ich mache einen Monat lang für dich die Hausaufgaben.«

Malc war mit Abstand der Gescheiteste und Oscar der Begriffsstutzigste, daher war dieses Angebot pures Gold.

Oscar betrachtete erst uns beide, dann die Schlucht und sagte schließlich: »Abgemacht, Malc.«

Dann folgten ausgiebige Dehn- und Lockerungsübungen, mit denen Oscar sich ächzend und stöhnend auf den Sprung vorbereitete; er ging ein paarmal hin und her, maß den Anlauf ab, um ihn genau hinzukriegen, und ich sagte: »Lass den Quatsch, das ist keine gute Idee, das ist bescheuert, kommt, wir gehen nach Hause«, doch Malc blieb ungerührt und wollte sehen, wie Oscar endlich seinen Worten Taten folgen ließ.

Oscar ging in Startposition, und er sah uns an und sagte: »Also, Malc, du machst einen Monat lang für mich die Hausaufgaben, wenn ich's schaffe.«

»Abgemacht«, sagte Malc.

* Meine Erinnerung kam zwar allmählich zurück, war aber noch immer nicht präzise genug, um Ereignisse chronologisch wirklich genau zu verorten. Ich erinnere mich jedoch, dass wir jung genug waren für dieses gefährliche Ungleichgewicht aus Wagemut und Dummheit.

»Und wenn ich's nicht schaffe?«, fragte Oscar.

»Dann musst du sowieso nie wieder Hausaufgaben machen«, sagte Malc.

Oscar schmunzelte über diesen makabren Scherz und sagte: »Du sagst es, du sagst es.«

Malc fügte hinzu: »Wir rufen dir einen Krankenwagen, und wenn wir dich nicht finden, teilen wir deine irdischen Güter gleichmäßig unter uns auf.«

»Ha, ha, ha«, sagte Oscar mit einem unechten Lachen, dann blickte er nach vorne Richtung Schlucht, das Gesicht angespannt, leicht zitternd.

Schon damals hatte Oscar ein wenig Übergewicht, aber er spielte Rugby und war fit, und einen Moment lang dachte ich, er könnte den Sprung schaffen. Erst als er loslief, wusste ich, dass das nicht gut ausgehen würde; er war kein leichtfüßiger Läufer, er bewegte sich schwerfällig, und je näher er dem Rand der Schlucht kam, desto heftiger schlug mein Herz. Ich hatte unwillkürlich aufgehört zu atmen, und die Geräusche des Waldes drangen auf mich ein – die schrillen Stimmen der Vögel vermischt mit dem erdigen Rascheln des Waldbodens –, dann verließ sein Körper die Erde, aber nicht genug, nicht annähernd genug; wie ein schlecht getimter Weitspringer machte Oscar vor dem Absprung zwei Trippelschritte, korrigierte den Anlauf zu spät, was ihm das Tempo nahm, den Schwung, und er plumpste außer Sicht wie ein schwerer Stein. Wäre es nicht so beängstigend gewesen, wäre es komisch gewesen; er sprang nicht, er fiel einfach, und ich hatte noch immer nicht Luft geholt, als ich zum Rand der Schlucht rannte, Malc an meiner Seite, und als wir nach unten schauten, sahen wir bloß den Fluss, der friedlich dahinfloss wie ein silbernes Band, sonst nichts.

»Oscar!«, schrie ich, und Oscar antwortete: »Beruhig dich, Frank«, und da stand er, direkt unter uns, so nah, dass wir ihn glatt übersehen hatten, auf einem kleinen Vorsprung, ehe es in die Tiefe ging, und er war absichtlich da draufgesprungen und hielt sich an ein paar Ästen fest, damit er nicht abrutschte. Es war ein Trick gewesen, er hatte gar nicht vorgehabt zu springen, er hatte von dem kleinen Vorsprung gewusst, die Trippelschritte waren Teil der List gewesen, und ich war erleichtert und wütend zugleich.

»Ihr guckt ja richtig panisch«, sagte er und stieß dann das entsetzliche Lachen aus, das er sich für derlei Momente aufsparte, für jedes Mal, wenn er uns durch einen Trick dazu gebracht hatte, Angst um ihn zu haben.

»Ihr zwei seid ein Bild für die Götter. Habt ihr echt geglaubt, ich würde springen? Ohne mich, den Sprung schafft keiner.«

»Du Arschloch«, flüsterte Malc, und ich hörte ihm an, dass er genauso fertig war wie ich.

Als sich die Wut gelegt hatte, war ich nur noch erleichtert, froh, nicht nach Hause rennen zu müssen, um einen Krankenwagen zu rufen und meinen toten Bruder verdreht wie eine Puppe unten in der Schlucht zu finden. Malc stürmte davon, und ich streckte Oscar eine Hand hin, um ihm wieder hoch zu helfen. Oscar tat so, als wollte er mich zu sich nach unten ziehen, doch er sah meinem kreidebleichen Gesicht an, dass er seinen Scherz weit genug getrieben hatte. Sobald er wieder oben war, schlug er mir auf die Schulter und sagte: »Danke, Kumpel, guck nicht so verstört. Ich hatte wirklich nicht vor zu springen. Ich bin doch nicht verrückt.«

Ich sagte: »Lass mich los, du Arsch. Ich hab gedacht, du bist tot.«

Inzwischen hätte Malc außer Sicht sein müssen, stinksauer auf dem Weg nach Hause, aber nichts da, er kam wieder auf uns zu, das heißt, er kam richtig schnell zurück, zuerst trabend, dann rennend, sprintend, und seine Miene war ein schrecklicher Anblick.

In seinem Gesicht zeichnete sich ein Maß an Entschlossenheit ab, das Oscar nur kurzfristig vortäuschen könnte und ich niemals aufbringen würde. Anders als Oscar war Malc fest entschlossen. Ich sah ihm an, dass es in seinem Körper kein einziges Molekül gab, das nicht im Einklang war, nicht eine einzige rebellische Zelle, die dachte: *Moment mal, möglich, dass wir das nicht schaffen.*

Sein Gesicht war unerschütterlich, aber es war auch ängstlich, als ob der Tod persönlich nach Malcs rasend schnellen Fersen greifen würde. Im Gegensatz zum schwerfälligen Rugby-Rowdy Oscar war Malc der geborene Läufer, schlank, unbelastet durch Fett, die Gliedmaßen lang und elegant, aber stark genug, um seinen stromlinienförmigen Körper durch Wind und Schwerkraft zu pumpen und zu treiben und um Geschwindigkeiten zu erreichen, von denen Oscar und ich – selbst als ältere Brüder – nur träumen konnten, und genau in dem Moment – als ich mich Malc in den Weg stellen wollte, um ihn zu bremsen – sah ich, dass sein Gesicht nicht mehr ängstlich, sondern gelassen war, als wäre der Sprung schon erledigt, als wäre das Unmögliche bereits geschafft und vergangen, das Gesicht eines Jungen, der sich zu Hause ausruht, doch sein Körper blieb straff und schnell, als Malc an uns vorbeisauste, und dann hob er ab, nicht vertikal, er wusste, dass er den Sprung nicht schaffen konnte, wenn er versuchte, mit den Füßen abzuspringen und zu landen – er sprang horizontal –, er wusste, er musste sein volles Tempo nutzen, aber auch jeden Zentimeter seines Körpers – seine ganze Länge –, wenn er eine Chance haben wollte, diesen Sprung zu überleben, ihn zu schaffen, er sprang tatsächlich mit den Händen nach vorn, wie Supermann, und bis heute ist mir schleierhaft, wie er das überhaupt hingekriegt hat – es ist nämlich unglaublich schwer, aus dem Sprint mit nach vorn ausgestreckten Händen zu springen, aber genau das hat er gemacht –, und Oscar und ich sahen, wie er scheinbar flach in der Luft liegend nach vorn schnellte, über dem sicheren Tod schwebte – wie Physik und Wirklichkeit innehielten, um Malc das Unmögliche zu ermöglichen –, und irgendwie flog sein Körper weit und schnell genug, um unbeholfen, aber spektakulär die andere Seite zu erreichen, wo seine ausgestreckten Finger auf die Erde der fernen Böschung trafen und sich wie Haken festkrallten, während sein Körper nachkam, aufschlug und flach gegen die Kante prallte, so dass Malc ein Schrei entfuhr, während er mit aller Kraft versuchte, sich über den Rand zu ziehen, und die Wirklichkeit sich zurückmeldete und die Hände der Schwerkraft an seinen Knöcheln rissen, um ihn in ihre tödlichen Arme zu zerren, aber er mit animalischer Panik lange Furchen in die Erde fetzte, bis er schließlich an einer Baumwurzel richtigen Halt fand, und dann war er oben, stand aber noch nicht auf, sondern blieb flach auf dem Bauch liegen, keuchend, während er sich klarmachte, dass er beinahe gestorben wäre, und dann kam er langsam hoch, erst auf die Knie, dann auf die Beine und drehte sich mit einem Lächeln zu uns um. Ich schrie über die Kluft hinweg: »Du hast es geschafft, Malcy!«, und sogar Oscar rief: »Du verrückter Idiot, du hast den Vertrauenssprung geschafft!«

Dann blickte Malc auf seine Hand, schrie vor Schmerz und sackte auf die Knie.

Ich rannte um die Schlucht herum, um zu Malc zu gelangen, und als ich bei ihm ankam, stand er wieder und lächelte, und ich dachte, er hätte irgendeinen Scherz gemacht.

Ich sagte: »Scheiße Mann, alles in Ordnung, Malc? Das war ja der absolute Wahnsinn, wie hast du das gemacht?«

»Ich hab einfach meine ganze Wut auf Oscar, weil er uns reingelegt hat, in den Scheißsprung gelegt«, sagte Malc. »Aber ich bin komisch auf der anderen Seite aufgekommen, und jetzt hab ich ein kleines Problem«, und er zeigte mir seine linke Hand.

Der kleine Finger war so verbogen, dass er aussah wie eine abgeknickte Pastinake; er hatte die gleiche graue Struktur wie eine Pastinake, und er war in einem grotesken – scheinbar unmöglichen – Winkel nach hinten gebogen, und ich sah, dass er angeschwollen war und das Grau sich in ein Blutlila verdunkelte.

Als Oscar endlich angetrottet kam, war Malcs Finger schon total dick geschwollen, und Oscar warf nur einen Blick darauf und wäre fast in Ohnmacht gefallen, sank zu Boden wie ein Mädchen und stammelte: »Das ist ja total ekelig, ich glaub, ich muss … kotzen.«

Ich hatte kein Problem damit, ich war fasziniert, und ich nahm vorsichtig Malcs Hand und sagte: »Ich glaube, den hast du dir ordentlich verletzt, Malc.«

Außer sich vor Adrenalin und Erfolg sagte Malc: »Das war es wert.«

Oscar rappelte sich wieder hoch, vermied es aber, den gebrochenen Finger anzusehen, und sagte das einzig Nette, das er meiner Erinnerung nach je zu Malc gesagt hat:

»Der Sprung war das Sagenhafteste, was ich je in meinem ganzen Leben gesehen hab.«

Oscar würde bald wieder andere Saiten anschlagen, aber einen Moment lang standen wir drei da, voller Ehrfurcht und Staunen über das, was passiert war, über das, was Malc geschafft hatte.

Wir schauten noch einmal über den gähnenden Abgrund und in die schwindelerregende Tiefe und machten uns dann wortlos auf den Weg nach Hause, wobei Malc seine linke Hand vorsichtig in der rechten hielt.

Wir schwiegen glücklich auf dem ganzen Heimweg, und erst als meine Mutter den Finger sah und hysterisch schrie: »Um Gottes willen, was habt ihr denn gemacht?«, teilten sich unsere eng geschlossenen Reihen, und Oscar trat von Malc und mir weg und sagte: »Es war Malcs Idee, er wollte über die alberne Schlucht springen, obwohl ich ihn bekniet hab, es sein zu lassen, aber er lässt sich ja nichts sagen …«

Malc und ich sahen Oscar mit dem sengenden Laserblick an, auf den Jungs im Teenageralter spezialisiert sind. Unsere Mutter fuhr mit uns ins Krankenhaus, wo der Arzt erklärte: »Der Nervenschaden ist wirklich erheblich, du hast alles da drin zerrissen, und der Finger wird nur noch von der Haut zusammengehalten. Du kannst ihn dran behalten, aber das ist dann nur kosmetisch, er wird nicht funktionieren, wir werden ihn wieder in Form biegen, aber ich denke, er ist für immer unbrauchbar. Wir können ihn amputieren, wenn dir das lieber ist, aber die Entscheidung liegt bei dir. Wir können ihn bis zum Knöchel abnehmen, nicht zu tief, das wird deine Lebensqualität nicht allzu sehr beeinträchtigen.«

Malc sprach mit Mum und wurde dann weggebracht.

Als wir Malc das nächste Mal sahen, schilderte er uns, wie sie den Finger praktisch wieder hatten einrasten lassen, mit einem einzigen entschlossenen Knack.

Marc hatte keine Tränenspuren im Gesicht. Er wirkte seelenruhig, zehrte noch immer von der bescheuerten tollen Glanztat, die er vollbracht hatte.

Heute blicke ich zurück auf das Erlebnis und denke – belastet mit dem Urteilsvermögen eines Erwachsenen: *Wie kann man als junger Mensch ein derart absurdes Risiko eingehen, was hätte das für eine Verschwendung sein können. Wie kann man nur sein kostbares Leben für so eine bescheuerte Mutprobe aufs Spiel setzen!**

Nach einer langen Verhandlung mit unserer weinenden Mutter entschied sich Malc dafür, den Finger am Knöchel amputieren zu lassen, und erklärte dem Arzt, er wolle nichts an sich haben, das nicht funktionierte. Mum musste prompt noch heftiger weinen denn je und flehte ihn an, den Finger zu behalten. Im Grunde genommen hatte Mum den kleinen Finger ja gemacht, und sie hatte ein natürliches Gefühl des Besitzanspruchs auf ihn. Sie versuchte sogar, unseren Dad anzurufen, der auf Geschäftsreise in Europa war, damit er Malc überredete, sich den Finger nicht abnehmen zu lassen – doch nicht einmal Dad hätte Malc umstimmen können, das wusste ich. Ich wusste, gegen Malcs unerschütterliche Überzeugung konnte nicht einmal unser allmächtiger Dad etwas ausrichten. Malc schien es nichts auszumachen, der Finger wurde abgeschnitten,

* *Aber vor allem erinnerte ich mich daran, was ich damals wirklich empfand, als Kind. Ich erinnerte mich, wie rein mein Herz war; meine Reaktion hatte nichts Vernünftiges, nichts Wertendes, ich sah Malc einfach mit der tiefsten, klarsten Bewunderung an und dachte: Mein kleiner Bruder ist aus etwas Besonderem gemacht, aus etwas, das ich nicht habe und nicht begreifen kann, er ist ein tapferer Held, und dafür liebe ich ihn.*

und das war's; er witzelte bloß, jetzt müsste er Flötespielen an den Nagel hängen.

Nach der Operation sahen wir uns alle den bandagierten Stummel an, und um bei Mum zu punkten, spielte Oscar den älteren Bruder, indem er Malc aufs Dach stieg: »Was du da gemacht hast, war verrückt, Malc, sehr unverantwortlich; sei froh, dass Dad auf Geschäftsreise ist, er wäre sonst sehr wütend.«

Mum sagte: »Oscar hat recht, Malc, du hättest mehr verlieren können als deinen Finger«, und sie brach in Tränen aus, unfähig, weiter mit ihm zu schimpfen, und drückte Malc an ihre Brust, bis sie sich wieder beruhigt hatte, und Malc sagte: »Mir geht's gut, Mum, ich weiß, was ich tue, du musst dir um mich keine Sorgen machen, ehrlich.«

Mum lächelte Malc an und berührte seine Wange mit ihrem Handrücken, und ich wusste ganz genau, dass Oscar und ich gleichzeitig dachten: *Uns berührt sie nie so.**

Mum ließ uns Jungs einen Moment im Zimmer allein, um mit dem Arzt zu sprechen.

Oscar sagte: »Du Saftarsch, Malc.«

Malc blickte Oscar an: Er starrte ihn so durchdringend an, dass Oscar wegguckte und auf den Linoleumboden schaute.

Malc wartete, die reglosen Augen auf die Stelle gerichtet, wohin Oscar schauen würde, wenn er den Blick wieder hob.

Oscar schaute wieder auf, und Malc sagte: »Du hast es nicht geschafft, Oscar. Du hast einen Witz draus gemacht.

* *Mum hatte genau wie ich eine besondere Schwäche für Malc, schon immer; er war irgendwie anders als der Rest der Familie. Er war nicht so gehemmt und unsicher wie wir alle; er war sein eigener Herr. Schon als Junge war er sein eigener Herr.*

Du hast dich für einen Trick entschieden, statt einen richtigen Sprung zu wagen. Du hast versagt. Aber eins sag ich dir: Egal wie oft du versuchst, dich einzuschleimen, egal wie sehr du Mum und Dad anlügst, vergiss nicht, ich hab's geschafft, ich hab's wirklich geschafft, ich hab etwas getan, was du niemals tun könntest, Oscar, und egal was passiert – ich werd's immer getan haben.«

Oscar versuchte, sich eine Retourkutsche einfallen zu lassen, aber ich wusste, dass Malc ihn geschlagen hatte; ich wusste, dass Malc ihn erschüttert hatte. Das war das einzige Mal, dass ich Oscar sprachlos und besiegt erlebt habe.

Wenn Oscar sich in den Jahren danach danebenbenahm oder log oder irgendwas anstellte, fing Malc jedes Mal seinen Blick auf und zeigte, die Hand gesenkt, damit Mum oder Dad es nicht mitbekamen, wenn sie im Raum waren, mit seinem Fingerstummel auf ihn, als wollte er sagen: *Vergiss nicht, ich hab dich geschlagen, Oscar, ich bin tapferer, als du dir auch nur erträumen kannst.*

Und so sehr Oscar auch versuchte, es abzutun, ich sah ihm jedes Mal an, dass es ihm Angst machte, ihm an die Nieren ging, ihn in seine Schranken verwies. Jungs, vor allem Brüder, kennen, bevor Geld, Frauen, Autos, Jobs, bevor Objekte und Menschen zur Ego-Währung werden, praktisch nur eine einzige Währung, und die heißt Mut.

Von dem Tag an gewann Oscar seine herrische Oberhand niemals wieder. Malc hatte die Verhältnisse zu sehr verschoben, und Oscar würde für alle Zeit Malcs Mut und Entschlossenheit ebenso sehr fürchten, wie ich beides respektierte.*

*Ja, ich habe Malc gefragt, ob ich seinen kleinen Finger behalten könnte, und ja, das habe ich auch getan – in einem Colman's-Senfglas.

ALLGEMEINE GESCHÄFTSBEDINGUNGEN VON DRACHEN

Man hat mir versichert,
dass es in Wirklichkeit keine gibt.

»Du hast deinen Cappuccino gar nicht angerührt«, sagte Doug.

»Ich mag ihn am liebsten eiskalt.«

»Wie du willst«, sagte Doug, dem ich ansah, wie schwer er sich damit tat, dass sein makelloses Büro jetzt nach Schinken stank und sein Schreibtisch mit Essensverpackungen und Bechern übersät war.

Ich begann aufzuräumen, doch Doug sagte: »Nein, nicht nötig, entspann dich einfach und beantworte mir eine Frage. An was von deiner kleinen Episode erinnerst du dich genau?«

Ich überlegte einen Moment und sagte dann das Einzige, was ich mit Sicherheit wusste.

»Ich erinnere mich nur an einen Mann mit hässlichen Ohren, der mir was von Drachen erzählt hat.«

PARAGRAF 2.3

MEINE KLEINE EPISODE*

ALLGEMEINE GESCHÄFTSBEDINGUNGEN VON EPISODEN

Erst wenn du keine mehr hast,
begreifst du, dass du eine hattest.

* Kleine Episode: So nennen sie meinen schweren Nervenzusammenbruch.

Von	scheißdrauf@hotmail.com
An	franklynmeinlieber@hotmail.com
Betreff	Dubioser Backenzahn und Phantomfinger

Frank – hi!

Istanbul: habe einen Zahn von Mohammed dem Propheten gesehen.

Nicht sehr überzeugend.

Liebe Grüße und Zahnschmelz,
Malc

PS: Übrigens, hast du meinen kleinen Finger noch irgendwo? Mein »Phantomfinger« juckt nämlich wie bescheuert. Da ist keiner mehr, aber ich kann meinen kleinen Finger noch immer zucken und jucken spüren, als wäre er völlig intakt. *Echt gruselig*. Also sei doch so lieb und hol meinen kleinen Finger aus dem Glas und kratz einmal dran, ja? Wäre dir sehr verbunden, Bruder.

ALLGEMEINE GESCHÄFTSBEDINGUNGEN DES GLAUBENS

Wenn du allmählich den Verstand verlierst, stellst du Folgendes fest: Das eigentliche Kernproblem ist, zu entscheiden, was deiner Ansicht nach real ist und was nicht.

Der Tag meiner kleinen Episode begann wie jeder andere. Anders war an dem Tag lediglich, dass ich anfing, über meine Eltern nachzudenken.

Glaub kein Wort davon. Das war die Philosophie meines Dads. Manche Leute sind Glaubende, manche sind Skeptiker. Mein Dad war der Skeptiker des Skeptikers. Wenn ihm irgendetwas auch nur minimal suspekt vorkam, wischte er es vom Tisch. Wenn du sagtest: *Kamele haben drei Augenlider*, sagte er: *Glaub das nicht.* Selbst wenn du ihn mit Fakten konfrontiertest wie: *He, Dad, die haben ein Schaf geklont*, rief er: *Unsinn!*

Er glaubte nichts. Das war sein Abwehrmechanismus gegen alles. Mein Dad war der ultimative Anwalt. Wenn mein Dad nicht höchstpersönlich den Vertrag für irgendetwas betreut hatte, war er nicht gänzlich überzeugt, dass es dieses Etwas überhaupt gab. Schriftliche Verträge waren seine einzige Wahrheit.

Mum dagegen, Gott segne sie, glaubte allerhand. Sie glaubte alles, auch ohne Verträge und ohne Beweise. Eine wahre Glaubende. Sie liebte die albernen Fakten, die Dad missbilligte. Sie sagte zum Beispiel: *Wusstet ihr, dass der durchschnittliche Mensch etwa einen Liter Rotze am Tag schluckt?* Oder wenn ich in der Schule schikaniert wurde, heiterte sie mich mit irgendeinem zusammenhanglosen

Fakt auf: *Mach dir nichts draus, Marilyn Monroe hatte zwölf Zehen!*

Manchmal rief sie mir wahllos irgendwelche Fakten hinterher, wenn ich aus dem Haus ging: *In Apfelkernen steckt Blausäure, Frank!*

Eine kleine Warnung, damit ich auf der Hut war.

Lustig war es, meine Eltern beim Fernsehgucken zu erleben. Ein Moderator sagte beispielsweise: *Laut neuesten Forschungsergebnissen befinden sich auf der durchschnittlichen Fernbedienung zehn Milliarden Bakterien.*

Dad murmelte dann: *So ein Unfug*, und Mum rief: *Wie erstaunlich!*

Irgendwie enthielt unsere Familie die gegensätzlichen Kräfte von Glaube und Unglaube. Ich schleppte ein bisschen von beidem mit mir herum, in zwei Teile gespaltene Gene, ständig verwirrt.

Mit zunehmendem Alter tendiere ich eher zur Skepsis meines Vaters, doch hin und wieder übermannt mich das Erstaunen meiner Mutter. Eines glaub ich allerdings: Mit einem gesunden Maß an Unglauben bleibst du länger am Leben. Dad hat Mum um einige Jahre überlebt. Mum starb vor langer Zeit, aber erst, nachdem ihre Krankheit ihre Fakten ein wenig bitter werden ließ – *Haie sind gegen Krebs immun, Frank. Verdammte Glückspilze. Wenn ich sterbe, wachsen meine Zehennägel weiter. Meine Seele stirbt, aber meine Zehennägel nicht.*

Ich war dabei, als Mum starb, in dem leuchtend weißen Hospiz. Dad – der wochenlang an ihrem Bett gewacht hatte – war auf einen Sprung nach Hause gefahren, und genau da ist sie gestorben.

Ich glaube, es war Mum irgendwie zu peinlich, in Dads Beisein zu sterben; dazu war sie zu stolz.

Ein Herz schlägt hunderttausendmal am Tag. Fakt. *Jedes Herz bleibt irgendwann stehen.* Fakt. Die Allgemeinen Geschäftsbedingungen deiner körperlichen Verfassung sind mit Blut geschrieben, verschlüsselt im Kleingedruckten deiner DNA.

Als ich Dad anrief, um ihm zu sagen, dass Mum gestorben war, flüsterte er: »Das glaube ich nicht.«

»Sie hatte keine Schmerzen, Dad. Das haben mir die Ärzte versichert.«

Wir hatten das schwerste Jahr unseres Lebens hinter uns; meine Mutter war mit jedem Tag, der verging, ein wenig mehr gestorben, und mein Dad und ich und meine Brüder versuchten, ohne den einzigen Menschen klarzukommen, der uns normalerweise über schwierige Zeiten hinweghalf. In diesem schweren Jahr hatte es zwischen uns wenige nette Momente gegeben.

Daher freute ich mich, als Dad sagte: »Danke, Frank. Du warst die ganze Zeit sehr tapfer, danke.«

So etwas Nettes hatte er schon lange nicht mehr zu mir gesagt.

Hätte ich gleich darauf den Hörer aufgelegt, wäre es ein schöner bittersüßer Moment gewesen.

Leider tat ich das nicht, vielleicht, weil ich mir noch etwas erhoffte, nach mehr gierte.

Dann sagte er: »Ich mach mich gleich auf den Weg. Ich muss mir ihre Sterbeurkunde ansehen, kontrollieren, ob alles in Ordnung ist.*

* So war Dad. Selbst der Tod verlangte korrekte Unterlagen.

ALLGEMEINE GESCHÄFTSBEDINGUNGEN DES HILFESUCHENS

Es war die Idee meiner Frau.

Meine Frau meinte, ich würde so verloren wirken und ein wenig spirituelle Lenkung könnte mir helfen. Ich war erstaunt, wie einfühlsam sie war. Ich schrieb das ihrem Beratungstraining zu. Im Beratungstraining bringen sie dir bei, solche Sachen zu merken. Wie, wenn dein Mann beim Abendessen ohne erkennbaren Grund anfängt, haltlos zu weinen. Das bedeutet, dass irgendwas nicht stimmt.

Das Unternehmen meiner Frau hat einen holistischen Geschäftsansatz. Sie sagt, es geht bei ihrer Beratung um mehr als nur um Gewinne und Verluste, um Zahlen in einer Bilanz; sie glaubt, dass sogar spirituelle Elemente bei geschäftlichen Entscheidungen in Betracht gezogen werden müssen. Ihre Chefin Valencia war bei einem Spiritisten gewesen, daher das plötzliche Interesse meiner Frau an dem Thema. Ich stelle mir vor, dass das »spirituelle« Büro meiner Frau mit weißen Schleiern verhängt ist und Männer und Frauen von einem hellen Bereich zum nächsten schweben. In Wirklichkeit sieht ihr Büro genauso aus wie meins. Der Innenarchitekt ihres Unternehmens hat an derselben Hochschule für Kindergartendesign studiert. Wände in scheußlichen Farben, ein Raum mit einem tiefer liegenden Bereich voller Gummibälle, die mit inspirierenden Worten bedruckt sind. Besprechungsräume mit albernen Namen – *Erde, Wind, Feuer, Inspiration* und *Paradig-*

ma. Das reinste Disney-Büro voller Leute in schwarzen Anzügen und Kostümen; eine Art perverser Kindergarten für Bestattungsunternehmer.

Ich finde, Medien und Spiritualität sind blanker Unsinn. (Ich finde auch, ohne einen offenkundigen Widerspruch darin zu sehen, dass Medien und Spiritualität real sind.) Anderer Tag, andere Überzeugung. An manchen Tagen denke ich wie Dad und glaube nichts; an manchen Tagen wie Mum und glaube allerhand.

Aus Verzweiflung und weil mir die Optionen rasch ausgingen, stimmte ich dem Vorschlag meiner Frau ohne Gegenwehr zu. Ich wusste immerhin, dass ich unlängst bei einem Arzt gewesen war, der mir Prozac verschreiben wollte. Nachdem ich die Nebenwirkungen gelesen hatte, beschloss ich, dass ich lieber depressiv sein wollte.*

Daher war ich bereit, mal etwas Neues auszuprobieren. Weshalb der Tag meiner kleinen Episode mit einem Besuch bei einem Medium begann. Meine Frau hatte mir versichert, dass dieses spezielle Medium das berühmteste in der Stadt war. Der Mann hatte schon viele Promis beraten, und er war »die Go-to-Adresse für alles Spirituelle«.**

* Medikamente haben Allgemeine Geschäftsbedingungen – die Nebenwirkungen sind häufig schlimmer als die Wirkungen.

** So sprach sie neuerdings – Go-to-Adresse.

ALLGEMEINE GESCHÄFTSBEDINGUNGEN VON MEDIEN

Sie wissen zu viel.

Ich hatte schon zehn Minuten mit Greg gesprochen, als mir seine Ohren auffielen. Ab da sah ich nichts anderes mehr als seine geschwollenen tumorartigen Ohren.

Als er sah, wohin ich starrte, erklärte Greg: »Ich habe Rugby gespielt. Halbprofessionell.«

»Kommt mir irgendwie seltsam vor, dass ein Mann, der in die zarte Welt der Geister eingestimmt ist, so, ähm, zerschundene Ohren hat«, sagte ich.

»Sie klingen enttäuscht. Von mir, meine ich.«

Das war ich auch. Greg wurde dem, was man mit einem Medium verband, nicht gerecht. Schon sein Name war dürftig. *Greg*. Nicht sehr spirituell. Als Medium der Stars hätte Greg *Shine* oder *Rainbow* heißen sollen. Greg hätte eigentlich ein bekiffter, halb von einem Sitzsack verschluckter Hippie sein sollen. Greg war nichts davon. Er war ein bulliger Rugbyspieler in einer gebügelten Jeans. Seine Wohnung war eine exklusive Immobilie. Es gab keine Kristalle, keine bunten Perlenschnüre, nicht mal ein Che-Guevara-Poster. Der Typ gab sich nicht mal Mühe. Wenn irgendwas nicht den eigenen Allgemeinen Geschäftsbedingungen entspricht, werde ich nervös. In der Hinsicht schlage ich nach meinem Dad.*

* Mir ist es wichtig, dass jemand sich an seine Rolle hält, die vertraglichen Verpflichtungen seiner Figur erfüllt.

»Können wir?«, fragte Greg.

Ich machte mich gefasst auf eine Flut von Kapriolen, auf die ganze Palette wie Chanten, Augenrollen und alberne Stimmen. Deshalb war ich enttäuscht, als Greg weder die Augen schloss noch in Zungen redete. Er sagte bloß: »Ihr Dad ist Edward Shaw, ein erfolgreicher Anwalt für Gesellschaftsrecht. Inzwischen tot.«

»Das könnte mir Google auch erzählen«, sagte ich mit der nervigen Selbstgefälligkeit eines Skeptikers, der etwas widerlegt.

»Okay, verstehe«, sagte Greg mit einem matten Lächeln.

Aus schlechtem Gewissen wegen meiner Selbstgefälligkeit fügte ich einlenkend hinzu: »Aber ich gebe Ihnen trotzdem Punkte dafür, weil ich praktisch den ganzen Vormittag an meine Mum und meinen Dad gedacht habe.«

»Gut. Und Ihr Bruder ist Oscar Shaw; er hat enormen Einfluss auf Ihr Leben.«

Ehe ich mich bremsen konnte, sagte ich trotzig: »Noch mal, er ist mein Boss, und Google oder auch nur die Homepage unserer Kanzlei könnte Ihnen das verraten, daher, ja, Sie haben recht, aber nein, ich bin nicht beeindruckt.«

»Gut, dann wollen wir mal sehen, ob ich Sie beeindrucken kann, ja?«, sagte Greg verschmitzt. »Aus Gründen, die nicht mal Ihnen klar sind, haben Sie angefangen, öffentliches Eigentum zu beschmieren. Schlimmer noch, Sie versuchen, Ihren Bruder und Ihre eigene Kanzlei und die Kanzlei Ihres Vaters zu sabotieren, indem Sie in sehr wichtige Waffen- und Pharmaverträge irgendwelchen Blödsinn hineinschreiben. Sie wissen nicht mehr weiter, Frank. Sie sind absolut verloren in der Leere Ihres eigenen Lebens, treiben ziellos umher, ohne die Fähigkeit, eine Verbindung zu denjenigen herzustellen, die Sie mal geliebt haben. Ach ja, und Ihre Frau ist ein richtiges Miststück.«

Wenn ich nicht schon gesessen hätte, wäre ich vermutlich in Ohnmacht gefallen. Ich fühlte mich wie ein Boxer, der einen unerwarteten Schlag vom Ringrichter kassiert hatte. Benommen und mit einem flauen Gefühl beugte ich mich so weit vor, dass mein Kopf fast auf den Knien lag.

Wie konnte Greg von meinen Schmierereien wissen, von den Vertragsmanipulationen?

Mein Hirn lief heiß vor Verwirrung. Dieser Typ konnte das alles unmöglich von mir wissen.

Niemand, keine Menschenseele wusste von meinen Schmierereien – das war mein kleines schmutziges Geheimnis.

Ich überlegte, woher Greg davon wissen könnte.

Einen Moment lang dachte ich wie meine Mutter: *Vielleicht gibt es Menschen, die Geister hören können. Ich weiß nicht alles, wieso soll ich in der Lage sein müssen, für alles eine Erklärung zu liefern, wieso kann es nicht Geister und Dinge geben, die ich einfach nicht verstehe?**

* *Weil – hörte ich mich im vernünftigen Ton meines Vaters antworten – ich ein intelligenter Mensch bin, für den Erklärungen nun mal das Rückgrat seines Lebens bilden. Und das brauche ich, um morgens aufrecht stehen zu können, um zu funktionieren, um nicht bloß kraftlos herumzuliegen und auszuflippen, weil das Universum ein unerklärliches Chaos voller tratschender toter Menschen ist.*

ALLGEMEINE GESCHÄFTSBEDINGUNGEN VON VERDRÄNGUNG

Verdrängung ist eine Tretmühle –
du kannst ewig laufen, aber du entkommst ihr nie.

»Alles in Ordnung?«, fragte Greg.

»Ja«, log ich mit einem möglichst ausdruckslosen Gesicht, in der Hoffnung, so etwas beherrschter zu wirken.

»Mensch, Sie sind kreidebleich geworden«, sagte Greg. »Ich setz mal Tee auf.«

»Woher wissen Sie das mit den Verträgen?«, fragte ich. »Niemand weiß davon.«

»Ich höre Dinge«, sagte er beiläufig. Er klang so nonchalant; gelangweilt davon, die Geheimnisse von Leuten zu plündern.

»Von wem?«, fragte ich.

»Ihrem Dad«, sagte er.

Ach du Schande. Bei dem Gedanken, dass mein Vater von meinen Manipulationen heiliger Verträge wusste, kamen mir die Tränen. Bei der Vorstellung, dass mein toter Dad von meinen Versuchen wusste, eine Kanzlei zu ruinieren, die er – und *sein* Vater – über Generationen aufgebaut hatte, brach ich in Schluchzen aus. Er wäre so enttäuscht von mir und meinem unverzeihlichen, unerträglichen Verhalten.

»Soll ich weitermachen?«, fragte Greg.

»Lieber nicht«, sagte ich.

»Wie Sie wollen. Aber eins möchte ich noch sagen. Ihre Frau ist unglücklich. Alice. Stimmt's? Unglücklich. Aber das wissen Sie ja bereits. Stimmt's?«

»Nein«, log ich.*

»Ach, kommen Sie.«

»Jaja, okay, schön, ich schätze, ich hab's gewusst.«

Wir verfielen wieder in Schweigen. Ich war irgendwie wütend. Er war irgendwie gelangweilt.

»Das Leben ist eine Enttäuschung für Sie. Sie leiden unter der Erinnerung an einen Vorfall, bei dem ein armer alter Mann auf der Straße überfallen wurde und Sie nicht geholfen haben. Sie haben ein moralisches Problem damit, für einen Waffenproduzenten zu arbeiten, und die Absicht Ihres Bruders, mit der Kanzlei an die Börse zu gehen, ist der Tropfen, der das Fass zum Überlaufen –«

»Okay! Okay! Hören Sie auf, Sie haben mich beeindruckt, Greg, wirklich.«

»Wie Sie meinen«, sagte Greg. »Ich wollte nur sichergehen, dass ich Sie beeindruckt habe.«

Wir versanken erneut in Schweigen, und Greg seufzte, stand dann auf und schaltete den Elektrokessel ein. Er starrte ihn einen Moment lang an und sagte dann: »Diese Kessel sind schon komische Dinger. Ich hab meinem Sohn früher erzählt, in dem Kessel würde ein Drache wohnen, der den Dampfstrahl ausstößt, als Signal, wenn das Wasser kocht.«

Als das kochende Wasser brodelte, goss Greg Tee auf und sagte: »Es war eine hübsche Geschichte, bis ich ihn eines Morgens dabei erwischte, wie er den Kessel auseinandernahm. Er hatte ihn völlig zerlegt, alles auf- und abgeschraubt, ihn dann mit dem Hammer bearbeitet. Als ich ihn fragte, was das soll, sagte er: *Ich such den Drachen, Dad.* Danach war er mir gegenüber noch lange misstrauisch. Milch und Zucker?«

* Verdräng weiter – lauf weiter.

»Vielleicht etwas, das ein bisschen stärker ist als Tee.«

Greg ließ den Tee stehen und goss großzügig zwei Gläser Scotch ein.

»Prost«, sagte er.

Tief in Gedanken nahm ich meinen Drink und ging hinüber zu einem Teleskop* am Fenster.

Gregs Teleskop hielt sich an seine Geschäftsbedingungen. Es zeigte nicht gen Himmel in Erwartung der kosmischen Herrlichkeit. Ich schaute hindurch und sah, dass es auf irgendein Schlafzimmer gerichtet war. Anscheinend sehen sogar spirituelle Menschen ganz gern mal einen nackten Hintern.

Ich kippte meinen Scotch hinunter und fragte: »Ist sie wirklich so unglücklich?«

»Wer?«

»Meine Frau.«

»Um das zu wissen, brauchen Sie kein Medium.«

»Stimmt«, sagte ich.

Als Greg zur Toilette ging, tat ich etwas für mich völlig Untypisches. Ich meine, ich konnte selbst nicht fassen, dass ich das wirklich tat. Ich nahm Gregs Flasche Scotch – übrigens dieselbe Marke, die ich immer kaufte –, klemmte sie mir unter den Arm und ging.

Die Geschäftsbedingungen des Ichs sind universell. Im Grunde unseres Herzens hegen wir alle die Illusion, wir wären ach so wunderbar mysteriös – unser profundes Selbst wäre tief im Zentrum eines undurchdringlichen Labyrinths versteckt –, doch ein paar Minuten mit Greg ge-

* Teleskope haben Geschäftsbedingungen. Teleskopische Geschäftsbedingungen. Sie werden nie benutzt, um Sterne zu beobachten; sie werden immer nur benutzt, um Nachbarn auszuspionieren – um ein bisschen ferne nackte Haut zu sehen.

nügten, und ich fühlte mich wie eines meiner anatomischen Figürchen, mein Innerstes freigelegt, nicht mal eine dünne Hautschicht um mein grelles, beschämtes Selbst zu bedecken.*

* Lauf um dein Scheißleben.

ALLGEMEINE GESCHÄFTSBEDINGUNGEN DES ANERKENNENS VON TATSACHEN

Die eigenen Allgemeinen Geschäftsbedingungen neu zu schreiben ist nicht ohne.

Sie sind in deinem Gehirn fest verdrahtet. Es ist wesentlich einfacher, dich an deine Geschäftsbedingungen zu halten und alles zu verdrängen, was ihnen widerspricht. Und so fing ich an zu laufen, ich fing an zu verdrängen, ich fing an, Klauseln und Einsprüche zu entwerfen, um Sinn im Unsinn zu finden. Ich fing an, wie Dad zu denken. Ich fing an, alles zu bezweifeln, was mir nicht in den Kram passte.

Das ging so. Ich dachte: Das hier ist eine große Stadt, aber die Menschen, mit denen ich zu tun habe, machen eigentlich eine kleine Stadt aus, eher ein Dorf. Greg ist vielleicht weniger ein Geisterflüsterer als vielmehr ein Mann, der den Blütenstaub des Hörensagens erntet, wenn er von Clique zu Clique fliegt; mit anderen Worten – er ist bloß ein neugieriges Klatschweib. Ja, das alles ließ sich leicht wegerklären. Alice musste irgendwem erzählt haben, dass sie unglücklich war. Genau, dachte ich, sie hat diesen Mann ja sogar empfohlen, also hat sie ihm wahrscheinlich direkt erzählt, dass ich mal brillant war, aber inzwischen ein bisschen unterdurchschnittlich. Sie hat wahrscheinlich einfach dagesessen und Greg erzählt, was für eine Riesenenttäuschung ich für sie war. Sie wird ihm auch von dem Überfall auf der Straße und dem Waffenproduzenten erzählt haben. Das war's. Wegerklärt. Verdrängt.

Aber! Meine Manipulationen der Verträge. Das war ein tiefes Geheimnis – die tiefste Art –, die Art mit den dunkelsten Konsequenzen. Das war etwas tief, tief in mir. Das war ein echtes Geheimnis. Das war ein Problem. Wie konnte er das wissen? Keine Menschenseele wusste das. Wie konnte ich das wegerklären? Wie konnte ich davor weglaufen? Alkohol schien die einzige Lösung. Ich saß im Auto und kippte den Whisky aus der Flasche in mich hinein.*

Ich saß da und versuchte, mich zu beruhigen, während mein Körper langsam durchdrehte.

Ich war mir nicht ganz sicher, und ich hatte den ganzen Morgen versucht, es zu ignorieren, aber ich kam allmählich zu der Überzeugung, dass ich überall von einem Vogel verfolgt wurde.**

* Im Unterschied zu den meisten anderen Dingen im Leben verändern sich die Geschäftsbedingungen von Alkohol ständig und sind fließend, ein auf einer Magischen Tafel geschriebener Vertrag. Einmal drüber gewischt und sie ist wieder sauber. Ich fühlte mich plötzlich unsäglich müde und wünschte, ich könnte den Kopf anlehnen und ein Schläfchen halten, aber mein Körper kam in letzter Zeit ohne Schlaf aus, als wäre er eine Art widerlegte Theorie, etwas, das wir nicht mehr brauchten, wie Kommunismus oder Schulterpolster.

** Kein Habicht oder Rabe oder irgendwas Unheilvolles, Stephen-King-Mäßiges, bloß ein kleiner Spatz, ein brauner Vogel, der von hier nach da flatterte. Ich hatte ihn bemerkt, als ich die Wohnung verließ. Ich sah ihn später wieder, hielt ihn aber für einen anderen, als er um mein geparktes Auto herumflatterte – was seltsam war, da mein Auto in der Tiefgarage stand; jetzt war er wieder da und flatterte um mein Auto herum.

ALLGEMEINE GESCHÄFTSBEDINGUNGEN VON TOTEN STIMMEN

Tote sollten wirklich
den Mund halten.

Ich wedelte mit der Hand, um den lästigen Vogel zu verscheuchen, und schlug gegen die Windschutzscheibe, damit er endlich wegflog. Er blieb einfach sitzen, frech wie nur was, und dann meinte ich plötzlich, etwas Seltsames zu hören. Ich ignorierte es und schaltete die Scheibenwischer ein, damit der Vogel Angst bekam und abhaute. Ich hörte es erneut.* Diesmal hielt ich inne und lauschte aufmerksam. Ich vergewisserte mich, dass das Radio wirklich aus war. Dann geschah etwas Eigenartiges. Ich blieb lange reglos sitzen, versuchte, es zu begreifen.

Ich meinte, meinen Dad gehört zu haben.**

Ich lauschte. Da war es wieder. Leise, wie ein Rufen aus einiger Entfernung. Es war eine Stimme, die ich noch immer jeden Tag im Kopf hatte, die gestrenge, selbstsichere Stimme eines gebildeten souveränen Mannes. Er sprach wie früher die BBC-Sprecher, bevor auch regionale Akzente geduldet wurden. Er sprach mit der knappen Standardaussprache.

Sie sprang häufig unerwartet aus meiner wirren inneren Jukebox, seine Stimme, meist in Form irgendeines Ratschlags, den ich just in dem Moment ignorierte: *Unter-*

* Das konnte nicht sein.

** Also – nur um zu unterstreichen, wie seltsam das war –, bedenken Sie bitte, dass mein Dad schon lange tot war.

schreib niemals einen Vertrag, wenn du ihn nicht gründlich gelesen und jedes Wort, jede Nuance, jede einzelne Klausel verstanden hast.

Aber seine Stimme *außerhalb* meines Kopfes zu hören …

Er sagte: *Hi, Frank.*

Einfach so.

Hi, Frank.

Ich spürte einen emotionalen Kloß im Hals. Ich lehnte mich gegen das Lenkrad und versuchte zu lauschen. Aber ich hörte keine Stimmen mehr. Einen Moment lang dachte ich ernsthaft, Greg hätte mir womöglich ein Halluzinogen verabreicht, mir etwas in den Drink getan. In einem wahnhaften Moment redete ich mir ein, dass die ganze Episode, der ganze Tag, mit den Geistern und dem Spatzen, Gregs Wissen über mich, einfach alles vielleicht ein Trip-Delirium war.

Das Wort eines Mannes ist nichts wert. Bring es zu Papier, Frank. Tinte ist verpflichtend. Tinte verpflichtet.

Das war wieder mein Dad.

Es hörte sich an, als käme es aus Gregs Wohnung. Ich meinte, Greg an seinem Fenster vorbeigehen zu sehen. Ich schlich mich zurück zu seiner Tür und spähte durch den Briefkasten. Ich schaute bloß in einen leeren Flur, der anders aussah, als ich ihn in Erinnerung hatte. Ich weiß nicht, was ich erwartet hatte. Vielleicht meinen Dad, wie er dastand und mit Greg plauderte. Als ich zurücktrat, merkte ich, dass ich nicht mal an der richtigen Tür war. Ich war mir ziemlich sicher, dass Greg eine rote Holztür mit einer silbernen Zehn drauf hatte – aber die hier war blau und hatte eine andere Nummer. Ich trabte die Straße hinunter und suchte nach Gregs roter Tür, aber sämtliche Türen waren blau und auf keiner war die Nummer zehn. Ich blieb stehen, um zu verschnaufen, und schüttelte den Kopf, so ähnlich wie du sinnlos dein Handy schüttelst oder darauf klopfst, wenn es nicht richtig funktioniert.

Das hier war lachhaft.

Die Erklärung war einfach: Der Whisky und der Schock hatten mich halb besoffen gemacht.

Das war alles.

Fakt.

Ich wurde schlapp vor Erschöpfung.

Ich war nicht fit genug für dieses ganze Verdrängen.*

* Lauf, lauf und lauf immer noch weiter.

ALLGEMEINE GESCHÄFTSBEDINGUNGEN DER OFFENBARUNG

Sie ist nicht bloß
ein Buch der Bibel.

Ich rief meine Frau an. Ich merkte, dass ich an dem Morgen aus Versehen ihr Handy eingesteckt hatte, daher scrollte ich ihre Kontakte durch und wählte meine Nummer, in der Hoffnung, dass sie aus Versehen mein Handy eingesteckt hatte.

Zuerst wollte ich ihr alles erzählen, das mit Greg erklären, die Vertragsmanipulationen beichten, ihr von dem Vogel erzählen, der mich verfolgte, sie um Hilfe bitten und ihr sagen, dass ich dem Zusammenbruch nahe war, aber irgendwas hielt mich davon ab.

»Hi, Alice«, sagte ich.

»Frank, wo zum Teufel steckst du?«, fragte sie.

»Ich bin bei Greg, dem Medium, zu dem du mich geschickt hast«, sagte ich.

»Wovon redest du, Frank? Ich bin heute Morgen wach geworden, und du warst verschwunden.«

»Weißt du nicht mehr? Du hast mich zu diesem Typen geschickt, der Go-to-Adresse für alles Spirituelle«, sagte ich, und während ich eine Ewigkeit auf ihre Antwort wartete, spürte ich, wie mir die Welt ein bisschen weiter entglitt. (Ich merkte plötzlich, dass ich keinerlei Erinnerung daran hatte, wie ich am Morgen das Haus verlassen hatte oder hierher gefahren war.)

»Ich kenne kein Medium«, sagte sie.

»Ich glaube, mit mir ist was nicht in Ordnung, es ist was nicht in Ordnung, Schatz, ich glaube, mit mir passiert irgendwas.«

Sie sagte: »Sorry, Frank, können wir später reden, ich hab hier alle Hände voll zu tun mit Projektergebnissen.«

*Alle Hände voll zu tun mit Projektergebnissen.**

»Was bedeutet das?«, fragte ich.

»Das bedeutet, ich bin verdammt beschäftigt«, sagte sie.

»Ich wollte dir bloß sagen …« Aber nein, ich konnte ihr unmöglich erzählen, dass ich die Stimme meines Vaters gehört hatte. »Ich bin einfach völlig durcheinander«, gestand ich.

»Du klingst durcheinander, Frank«, sagte sie. Was für eine wunderbar hellsichtige Frau. Wieder das Beratungstraining. Ich wartete darauf, dass sie sagte, es würde alles gut werden, ich lechzte förmlich nach irgendeiner Beruhigung. Sie sagte nichts – und in der langen Pause, die folgte, hörte ich, wie eine verrauschte spanische Stimme im Telefon »*Qué?*« rief. Da war wohl jemand in der Leitung.

Ich sagte: »Hey, Alice, wenn Oscar ein Jünger Jesu wäre, dann wäre er Judas.«

Ich hoffte wirklich, sie würde mit einem Scherz kontern, versuchen, mich zu übertrumpfen; ich wollte, dass sie mitmachte, unser Spiel spielte, wollte Nähe zwischen uns, und wenn bloß mittels der gemeinsamen Abneigung gegen Oscar.

Ich war dabei, den Halt zu verlieren, und musste mich an irgendwas festklammern – *an egal was.*

Schließlich sagte meine Frau: »Ich muss wirklich auflegen, Frank.«

* *Was bedeutet das?*

Bevor ich mich verabschieden konnte, sagte Alice: »Du hast mein Handy, Frank, und ich hab deins. Kannst du mir meins vorbeibringen? Ich muss unbedingt meine Nachrichten checken. Ich warte auf eine wichtige von Valencia. Apropos, falls Valencia anruft, gehst du bitte nicht dran? Sie wird sauer sein, dass ich mein Handy nicht bei mir habe, sie findet so was unprofessionell. Geh nicht dran, falls Valencia anruft. Hast du verstanden?«

Ich war dabei, den Verstand zu verlieren, und meine Frau machte sich bloß Gedanken, wie ihre Chefin auf die Tatsache reagieren würde, dass sie ihr Handy nicht bei sich hatte.

Ich sagte: »Okay«, aber sie hatte schon aufgelegt.

Ich weiß nicht, wie viel Zeit verging – Sekunden, Minuten, womöglich Stunden –, während ich mir das Hirn zermarterte auf der Suche nach irgendeiner Erinnerung daran, wie ich das Haus verlassen hatte, wie ich zu Greg gefahren war oder warum Gregs Tür unerklärlicherweise verschwunden war –, bis das Handy meiner Frau vibrierte und das Wort *Valencia* auf dem Bildschirm erschien.

Ich ging dran, und was ich hörte, war – »Lust auf einen Quickie?«

Lust auf einen Quickie!

Es war Oscar. Oscar war am Telefon und schlug einen Quickie vor.

Er fragte wieder: »Lust auf einen Quickie?«

Wieso schlug Oscar mir einen Quickie vor? Und wieso erschien bei einem Anruf von Oscar der Name *Valencia* auf dem Display meines Handys? Dann fiel es mir wieder ein. Es war gar nicht mein Handy, es war Alice' Handy, und ich dachte: *Wie kommt Oscar dazu, Alice einen Quickie vorzuschlagen?*

Sonnenlicht braucht acht Minuten, um die hundertfünfzig Millionen Kilometer bis zur Erde zurückzulegen. Genauso lange wie ich, bis der Groschen fiel. *Oscar und Alice?* Wie etwas, das sich mit einer unerhörten, unvorstellbaren Geschwindigkeit bewegt, aber dennoch irgendwie eine ganze Weile braucht, um richtig anzukommen. *Oscar und Alice schlafen miteinander?* Als der Gedanke erstmals Gestalt annahm, konnte ich ihn nicht fassen. Er war lächerlich. Unglaublich. *Meine Frau und mein Bruder vögeln miteinander?* Erleuchtungen kommen nicht eingebettet in dramatische Momente wie im Kino. Du bist nicht ganz kribbelig vor Spannung, während das Sonnenlicht in einem interessanten Winkel auf dich fällt und ein tiefer, bedeutungsschwangerer Soundtrack pulsiert. Nein. Erleuchtungen kommen ganz unspektakulär und sind gerade wegen des fehlenden Flitters umso schlimmer. Sie passieren einfach, wenn du in deinem Auto sitzt, auf einer langweiligen Straße, während ein frecher Spatz herumhüpft. *Oscar und Alice?*

Doch als die Erkenntnis unter die glänzende Oberfläche der Logik in die trüberen Gewässer des Zweifels sank, begriff ich, dass das weniger abstrus war, als es sich anhörte. Ich drückte den Auflege-Knopf, während Oscar sagte: »Alice, bist du da, kannst du mich hören, diese blöden Handys sind …«

War das wirklich möglich? *Alice und Oscar?* Hinter meinem Rücken?

Eine kleine Stimme in meinem Kopf beantwortete jede Frage mit einem geduldigen *Ja*.

War ich dermaßen naiv, dass ich das nicht hatte kommen sehen?*

* *Ja.*

Ist das nicht der Stoff von griechischen Tragödien oder, schlimmer noch, von Seifenopern im Nachmittagsprogramm?*

War ich ein ausgemachter, kompletter und absoluter Idiot gewesen?**

Später sollte ich begreifen, dass genau das die größte Schmach einer solchen Affäre ist, des Gehörntwerdens. Die Allgemeinen Geschäftsbedingungen des Gehörntwerdens treten tantrisch langsam zutage – sie kommen nur über einen langen, ausgedehnten und schmerzhaften Zeitraum so richtig ans Licht, wie die Entwicklung eines unglaublich langsamen Polaroidfotos. Doch obwohl sie eine Weile brauchen, hinterlassen sie letztendlich ein unauslöschliches Tattoo, das du niemals wieder abreiben kannst.***

Aber das sollte alles noch kommen. In dem Moment, als ich dasaß, fiel es mir schwer, dieser Tatsache ins Auge zu sehen. Sie würde mein ohnehin schon ziemlich jämmerliches Leben unerträglich jämmerlich wirken lassen.

*Ja und ja

**Ja, ja und dreimal ja.

*** Ja, das Herzeleid ist groß, und ja, du fühlst dich betrogen und so weiter. Aber was dir mit der Zeit wirklich klar wird, ist, dass deine geliebte Frau und dein Bruder dein Leben irgendwie auf die billige Sensationsmache einer Seifenoper reduziert haben. Das ist die ultimative Kränkung. Das ist der Teil, der immer weiter schmerzt, weil du, wenn du jemandem erklärst, was passiert ist, das Gefühl hast, die Handlung einer Seifenoper zu lesen. Du denkst, dein Leben ist so tiefgründig und bedeutungsvoll, du bist dieser existentialistische Mann, der sich durch das große Rätsel des Daseins kämpft, dabei genügt es schon, dass dein Bruder deine Frau bumst, und auf einmal bist du bloß noch ein Nebendarsteller einer drittklassigen Serie. Das wirst du nicht mehr los. Der Hohn bleibt an dir haften wie das demütigend peinliche Tattoo, das du dir hast stechen lassen, als du viel zu jung warst. Sie haben dir diese beschissene Handlung in die Haut deines Lebens geätzt.

(Und *ziemlich jämmerlich* und *unerträglich jämmerlich* sind zwei sehr unterschiedliche Aussagen. Glauben Sie mir.)

Ich rief Oscar zurück und sagte: »Du hast gerade Alice angerufen und ihr Sex vorgeschlagen. Wieso hast du das getan?«

»Was! Blödsinn. Hab ich tatsächlich Alice' Handy angerufen? Wie kommt es, dass du mich von ihrem Handy aus anrufst? Jedenfalls, Bruder, ich muss mich verwählt haben. Ich wollte Nina anrufen und ein bisschen Telefonsex mit ihr machen. Diese französischen Mädels – die können von schweinischem Sexgeflüster gar nicht genug kriegen«, sagte Oscar.

Ich war mir sicher, dass er log, aber er sagte es so ruhig, so beherrscht. Vielleicht war es wahr.

Dann machte Oscar einen Witz. Er sagte: »Alice und ich sind nicht gerade scharf aufeinander, das weißt du. Mensch, nichts für ungut, kleiner Bruder, aber ich würde sie nicht mal mit der Kneifzange anfassen.«

»Du bist ein Arsch«, sagte ich.

Aber er hatte mich tatsächlich überzeugt.

Oscars Reaktion war so, wie ich es von ihm erwartet hätte, er war völlig normal; er reagierte ohne einen Hauch Nervosität, mit genau dem richtigen Maß an Gereiztheit, Sexismus und Idiotie, um ehrlich rüberzukommen. Er war entgeistert, aber nicht ungehalten, und vor allem war er überzeugend. Und ich musste mir eingestehen, dass ich bloß paranoid war. Immerhin, hatte ich nicht eben erst meinen toten Dad reden hören? Vielleicht hatte Oscar ja gar nicht »Alice« gesagt?

Natürlich wäre das undenkbar. Nicht Oscar und Alice. Nie im Leben.

Aber als ich ihn gerade unterbrechen wollte – machte Oscar einen Fehler; er zeigte mir, dass er log.

Er sagte noch etwas – etwas, dass er normalerweise nie gesagt hätte –, er sagte: »Ich muss die falsche Taste erwischt haben oder so, diese blöden Handys, ich komm mit den Dingern einfach nicht zurecht.«*

* Es war eine Kleinigkeit – eine unnötige Fußnote (mit so was gab Oscar sich nicht ab (Fußnoten waren mein Ressort)) –, es klang unwahr, und ich begriff, dass die beiden tatsächlich was miteinander hatten. Aber ich stellte ihn nicht zur Rede, noch nicht. Ich verabschiedete mich bloß und legte den Kopf sachte nach hinten gegen die Lehne. Zuerst musste ich mit Alice sprechen.

ALLGEMEINE GESCHÄFTSBEDINGUNGEN DER KONFRONTATION MIT ALICE

Mit einem Rollenspiel kannst du dich da nicht rauswinden, Schatz!

Ich startete den Wagen, schaltete die Scheibenwischer ein, um den lästigen Vogel von der Motorhaube zu verscheuchen, und fuhr – betrunken und wie im Delirium – zum Büro meiner Frau.

»Kann ich Ihnen helfen?«, fragte die Empfangssekretärin.

Eine riesige Fotomontage von Multikulti-Kindern lächelte fröhlich von der Wand hinter ihr.

»Ich möchte meine Frau sprechen, ich meine, ich möchte meine Alice sprechen … ich meine, Alice. Ich möchte sie sprechen, sofort.«

»Haben Sie einen Termin?«

»In gewisser Weise. Ich bin ihr Mann.«

»Bitte warten Sie hier«, sagte sie.

»Nein, das werde ich nicht«, sagte ich und ging an dem Schreibtisch vorbei in Richtung Büros und rief: »Alice! Alice!«

Ich stürmte in das Büro namens Erde, dann in das namens Wind, und jede Menge seriöser Männer und Frauen in seriösen Anzügen und Kostümen sagten so seriöse Dinge wie: »Entschuldigung. Wir haben hier ein Meeting!«

»Entschuldigung meinerseits; ich hab eine Scheißkrise. Alice! Wo bist du? Alice!«

Ich entdeckte sie durch eine Glaswand; sie saß am Rand

einer im Boden eingelassenen Wanne voll mit Plastikbällen. Sie war noch immer irgendwie elegant, obwohl sie aussah, als wäre sie von einem Kindermonster mit Bällen als Zähne verschluckt worden. Sie hatte den Kopf zur Seite geneigt, so wie sie in der Ausbildung lernten, verständnisvoll zuzuhören.

»Alice«, schrie ich.

»Frank. Was ist passiert? Was ist los? Du siehst furchtbar aus. Hast du getrunken? Hast du daran gedacht, mein Handy mitzubringen? Hat Valencia angerufen? Du bist doch nicht drangegangen, oder?«

»Wie konntest du? Mit Oscar. Mit Oscar, verdammt! Meinem Bruder. Wie konntest du mir das antun? Wie konntest du bloß mit einem anderen Mann schlafen? Und ausgerechnet mit ihm, ihm, ihm, meinem Bruder? Jeder außer ihm. Jeder, Alice, jeder andere! Selbst das Arschloch da wäre besser gewesen«, und ich zeigte wahllos auf einen der Männer in der Ballgrube. Der Mann lächelte verlegen.

Ich ragte über ihr auf, während sie verzweifelt versuchte, aus der Wanne mit Bällen zu kommen, und sie dabei vor den Augen ihrer Kollegen im ganzen Raum verteilte. Ein Ball traf mich am Fuß und darauf war das Wort schräg gedruckt. Ein weiterer folgte: senkrecht.

»Du bist aufgebracht«, sagte sie, als sie es endlich aus dem Loch geschafft hatte.

Das Scheißoffensichtliche konstatieren und es dennoch wie eine scharfsinnige Beobachtung klingen lassen – noch so eine Beratungstechnik. Sie hob die Hände in die Luft zwischen uns – sie schwebten da –, und ich sah ihre Handflächen auf mich zukommen, während sie sagte: »Komm, beruhig dich erst mal und sag mir, was los ist. Lass uns das gemeinsam aufarbeiten.«

Weitere Bälle rollten vorbei: kantig, September, majestätisch. Ich registrierte, dass ihre beiden Kollegen nickten, während sie zusahen, wie Alice versuchte, die Situation in den Griff zu bekommen. Epizentrum. Sie hielten das anscheinend für eine Art Übung, ein Rollenspiel. Sockel. Sie nickten weise, als wollten sie sagen: *Genau so muss man mit dieser Situation umgehen, Hände erhoben, um ihn zu beruhigen, Stimme ruhig, häufig das Wort »aufarbeiten« benutzen, prima Arbeit.*

Avocado, elementar, Synchronizität. Ich trat auf Alice zu, stieß ihre Hände weg und rief: »Versuch nicht, mich mit deinem Beratungsscheiß zu beruhigen!«

Simulation.

»Sag mir, was das Problem ist, und wir können die Lösung entwickeln«, sagte sie.

Evolution.

»Sieh mich nicht so an, verdammt noch mal! Glaub bloß nicht, dass dir Augenkontakt aus der Sache raushilft. Du hast Oscar gevögelt und mich verarscht. Das ist das Problem. Jetzt entwickle schön die Scheißlösung. Arbeite *das* auf.«

Verzerrung. Sie wirkte wie vor den Kopf gestoßen. Zurückspulen. Selbst ihre Kollegen schienen jetzt verunsichert. Löschen. Dann verschlimmerte ich die Situation noch ein bisschen. Ich fing an zu weinen.

Inspirierend.

Es sah aus, als wollte Alice mich umarmen; sie kam näher. Ich hob warnend eine Hand, um sie auf Abstand zu halten. Dann begann Alice zu leugnen. Sie begann zu fliehen.

Verwunderung.

Sie sagte: »Frank, hör mal, dir geht's schlecht, aber du

musst mir glauben, ich habe keine Affäre mit Oscar. Wie kommst du bloß darauf?«

Phantastisch.

»Ich habe aus Versehen dein Handy eingesteckt, und Oscar hat es angerufen und gefragt, ob du Lust auf einen Quickie hättest, und statt seines Namens stand Valencia im Display, gibt's Valencia überhaupt, wie lange tut ihr mir das schon an, es ergibt alles auf einmal einen Sinn, dass du und Oscar genau denselben Mist über den Waffenproduzenten sagt, dieselben bescheuerten Phrasen benutzt, wie: *Das ist gut für mein Profil*, dass Oscar dir offensichtlich das mit dem Börsengang erzählt hat, obwohl es streng vertraulich ist, und dann hab ich Oscar nach ihm und dir gefragt, und ich konnte ihm anmerken, dass er log, und dann ist noch was passiert«, und meine Zuhörer kamen endgültig nicht mehr mit, als ich sagte: »Ich glaube, mich hat den ganzen Tag ein Spatz verfolgt …«

Und in dem Moment wusste ich, dass es vorbei war.

Aufstrebend.

»Was soll das heißen, ein Spatz hat dich verfolgt?«, sagte sie.

»Das soll heißen, der Vogel sitzt mir schon den ganzen Scheißtag auf der Pelle.«

Hypnotisch.

Sie sagte: »Woher weißt du, dass es ein und derselbe Spatz ist, nicht viele verschiedene Spatzen?«

Ich hörte mich selbst sagen, als wäre es das Vernünftigste von der Welt: »Weil er eine bestimmte Einstellung an sich hat, wenn er so rumflattert, es ist derselbe, er ist irgendwie frech, aber glücklich.«

Ein frecher, aber glücklicher Spatz.

Zusammenfassen.

Es war vorbei.

Überschäumend.

Ich wusste nicht genau, was vorbei war, aber ich spürte, dass etwas vorbei war. Meine verkrampften Hände wurden locker, öffneten sich, und ich ließ alles los.

Atmosphärisch.

Alice sah mich mit Mitleid in den Augen an, und ihre Kollegen schüttelten den Kopf, als wäre das Rollenspiel gescheitert, weil ich nicht richtig mitspielte. Ich war aus der Rolle gefallen.

Wirksam.

»Atme tief durch und überlege, was du sagst. Irgendwas stimmt nicht, irgendwas ist falsch«, sagte Alice.

Widerspenstig.

Irgendwas ist falsch.

Irgendwas *war* falsch.

Gelegenheit.

Sie hatte vollkommen recht.

Glücksfall.

»Du hast verdammt recht, dass etwas falsch ist«, rief ich.

Äquator.

»Irgendwas ist total falsch«, rief ich lauter. »Alles ist falsch.«

»Was ist falsch?«, fragte Alice. »Sag mir, was falsch ist. Rede mit mir!«

Ich fühlte mich schwach, ich suchte verzweifelt nach den richtigen Worten, ich sah die Augäpfel meiner Frau und ihrer Kollegen um mich herumschweben, alles war zu schwer zu erklären, und dann hörte ich meine jetzt leise Stimme flüstern: »Alice, das eigentliche Problem ist, dass du mein Herz klein werden lässt.«

Seitlich.

Dann lief ich. Ich meine, ich lief richtig. Ich lief ohne Rücksicht auf Verluste, und ich stieß unterwegs mit etlichen Leuten zusammen, bis ich schließlich zu meinem Wagen kam, wo der Spatz auf dem Kofferraum saß, und als ich losfuhr, scrollte ich Alice' SMS durch, und da waren sie, eine SMS von Oscar nach der anderen, aber allesamt unter dem Namen Valencia, und sogar vielsagende Mailboxnachrichten: »Hi, Alice, ich bin's, ruf mich an, der Adler hat das Nest verlassen. Wie wär's mit Lunch, selber Ort?«

Das Handy klingelte. Alice versuchte, mich anzurufen. Ich weinte heftig, lenkte den Wagen mit einer Hand, ging mit der anderen Alice' Nachrichten durch. Ein Stoppschild tauchte vor mir auf; ich ignorierte es und fuhr einfach weiter.

Stopp.

Das Handy klingelte wieder.

Vorfahrt achten.

Es war Alice. Sie sagte: »Bitte, Frank, ich denke, mit dir ist ernsthaft was nicht in Ordnung. Komm zurück und lass uns darüber reden.«

Ich achtete nicht auf die Straße. Irgendetwas Lautes mit grellen Lichtern kreischte auf mich zu – eine schnell näher kommende Brutalität –, und das Letzte, was ich meiner Erinnerung nach vor meinem Autounfall dachte, war: »Alles ist verkorkst. Mein Leben könnte nicht schlimmer werden, als es zurzeit ist.«*

* Und natürlich lag ich falsch.

ALLGEMEINE GESCHÄFTSBEDINGUNGEN EINER PERSÖNLICHKEIT

Eine Persönlichkeit zusammenzusetzen ist eine komplizierte Angelegenheit.

Erst recht, wenn es deine eigene ist und du dich nicht erinnern kannst, wer du bist.

Was genau das Dilemma war, dem ich mich nach meinem Unfall gegenübersah.

Ich verlor meine Persönlichkeit. Genauer gesagt, ich wurde mit 100 Meilen pro Stunde aus mir rauskatapultiert. Unfälle haben spezielle Umstände. Zum Glück für meinen Unfallgegner fuhr er ein Auto, das als sicher bekannt war. Ich dagegen fuhr ein Auto, das als beschissen bekannt war.

Die durch eine Kollision bei 100 Meilen pro Stunde geschaffenen Umstände verwandelten den Zustand meines Autos von Blech in Wackelpudding, und es löste sich wackelnd in seine Bestandteile auf.

Meine Persönlichkeit erwies sich als ähnlich unsolide. Sie implodierte, löschte die Spickzettelnotizen meiner Gedanken, Erinnerungen und Ideen und hinterließ nur noch eine vollkommen leere Seite.

Diese leere Seite bin ich.

Mein Name ist …*

* Und Sie wissen alles über meine Amnesie, das Krankenhaus und meinen langen Weg zu Fuß – nein, auf allen vieren – zurück zu mir selbst.

ZUSTAND 3

REALITÄT

ALLGEMEINE GESCHÄFTSBEDINGUNGEN VON REALITÄT

Man kann nichts auseinanderrühren.

Wenn dein Leben zu einer Sitcom würde, in der du die Rolle des Obertrottels spielst, würdest du:

a. Deinen Text lernen und das Beste hoffen.

b. Beten, dass die Serie nicht lange läuft.

c. Alles dafür tun, damit sie die Figur, die du spielst, sterben lassen.

ALLGEMEINE GESCHÄFTSBEDINGUNGEN VON GEWOHNHEITEN

Sie sind nicht totzukriegen.

Ich erzählte Doug nicht, woran ich mich alles erinnert hatte. Das meiste davon war mir zu peinlich, und der Rest machte mich zu wütend.

Er warf die Überbleibsel seines Sandwichs in den Mülleimer und sagte: »Ich bring dich nach Hause.«

Ich hob die Hand und murmelte: »Blödsinn. Mir geht's gut, Doug, wirklich. Aber vielen Dank für alles andere und das Gespräch. Das waren die besten paar Stunden meines Lebens nach dem Unfall, und ich kann dir gar nicht sagen, wie dankbar ich für alles bin, was du für mich getan hast.«

»Ach, Quatsch«, sagte Doug. »Aber, hör mal, auch wenn ich nicht hier bin, kannst du gern jederzeit herkommen und mein geheimes Bett benutzen, Frank. Das ist mein Ernst. Geh einfach rein, schließ die Tür und mach ein Nickerchen.«

Wir standen beide auf, und Doug streckte die rechte Hand aus, um meine zu schütteln, doch ich schlang die Arme um ihn, und er erstarrte leicht in meiner Umarmung. Nachdem ich ihn wieder losgelassen hatte, bedankte ich mich noch x-mal bei Doug, ehe er mich sanft aus seinem Büro schob und sagte: »Jaja, komm vorbei, wann immer du willst, und wir unterhalten uns. Ich bin die meiste Zeit hier und meditiere.«

Während ich den Flur hinunter zurück zu meiner Arbeit stolperte, versuchte ich, mich durch den Wust von Optionen hindurchzutasten, die sich vor mir auftaten.

In Sandras Buchbranche sprechen sie vom »narrativen Bogen« und meinen damit die großartige Entwicklung einer Figur, die sich zum steilen Gipfel eines scheinbar unlösbaren Problems hinaufkämpft, oben angekommen eine Art Erleuchtung erlebt, um dann den sanften Abhang zu einer befriedigenden Lösung hinunterzugleiten. Jetzt, da ich mich an all die schrecklichen Ereignisse erinnerte, die zu meiner Episode und dem Autounfall geführt hatten, war mir, als würde ich vom Scheitelpunkt meines Bogens hinunterschauen, bereit, mit kindlicher Unbekümmertheit die Rutschpartie zu einer erfreulichen Lösung zu wagen.*

Solche Momente im Leben bestimmen dich, doch du wirst auch von deinem Leben in solchen Momenten bestimmt. Wäre ich beispielsweise Amerikaner gewesen, hätte ich wahrscheinlich eine Knarre genommen und meiner Frau ins Gesicht und Oscar in die Eier geschossen, wäre dann zu der glänzend weißen Tür geschlendert, hätte sie eingetreten und ein paar von den Anwälten weggepustet, die an der ####-Sache arbeiteten, um die Welt von etwas mehr Bösem zu befreien, hätte dann inmitten des zunehmenden Chaos still geseufzt, mich unter einen Schreibtisch gesetzt, mir den Lauf der Knarre an den Kopf gedrückt und mein Leben mit einem tödlichen, metallenen Schlusspunkt beendet – *Peng!*

So was kommt jede Woche in den Nachrichten. Inzwischen kommt so was sogar im Vereinigten Königreich vor;

* Doch wie sich herausstellte, sind narrative Bögen doch ein wenig holpriger, als es zunächst den Anschein hat.

ich erinnere mich, dass mir mal jemand von einer Frau erzählte, die im Londoner Vorort Chiswick einen Laden betrat und mit einer Schrotflinte eine andere Frau durchsiebte, weil die mit ihrem Mann geschlafen hatte. Ehe mich der Schrecken und das Grauen dieser Geschichte packten, dachte ich – *Wahnsinn, das ist in unserem Land passiert, noch dazu in Chiswick.*

Als würde eine feine Postleitzahl dich irgendwie daran hindern, ein brutaler Mensch zu sein.

Wäre ich Franzose, hätte ich meine Wut dafür verwendet, Oscar mit einem Kugelschreiber die Kehle rauszureißen, um anschließend Alice mit dem Lenker ihres Fahrrads zu erschlagen, und dann hätte ich selbstzufrieden meine Gerichtsverhandlung mit anschließendem Freispruch erwartet, da ich ja bloß einen *crime passionnel* begangen hätte.

Aber ich bin Brite. Daher kam Leuteerschießen nicht in Frage. Ich hätte auch beim besten Willen nicht gewusst, wo ich eine Waffe herbekommen sollte. Und was die Frage angeht, ob ich im Zorn zu einem *crime passionnel* fähig wäre, tja, seien wir ehrlich, so etwas ist für mein kaltes angelsächsisches Blut viel zu leidenschaftlich und europäisch.

Zu meiner Verblüffung stellte ich sogar fest, dass meine Wut schon nach kurzer Zeit abkühlte und in eine aufgewühlte Unschlüssigkeit überging. Das Aufgewühltsein konnte ich zwar nicht abschütteln, aber die Unschlüssigkeit überwand ich, indem ich einen Entschluss fasste.

Zunächst einmal würde ich Oscar und Alice kein Wort verraten. Zum Teil weil ich nicht wusste, wie man Menschen anspricht und sagt: *Hey, ich hab mich gerade an alles erinnert – ich finde euch beide zum Kotzen, und ihr habt mein Leben ruiniert, weil ihr miteinander geschlafen habt.*

Mein zweiter Entschluss war: Ich würde Malcom mailen. Ich klappte meinen Laptop auf, richtete ein neues E-Mail-Konto ein – eins, das Alice nie finden würde – und schrieb:

Von	frankversion3.0@hotmail.com
An	scheißdrauf@hotmail.com
Betreff	Erinnere mich!

Hallo Malcom,

krieg keine Panik, aber ich hatte einen Autounfall und habe das Gedächtnis verloren.

Die gute Nachricht ist, dass meine Erinnerung zum großen Teil zurückgekommen ist. Die schlechte Nachricht ist, dass die gute Nachricht eine schlechte Nachricht sein könnte.
Soll heißen, ich habe mich daran erinnert, dass ich meine Frau hasse und dass unser Bruder ein Saftsack sein könnte.

Ich kann dir nicht alles erzählen, was passiert ist; das würde zu lange dauern.

Kannst du mich anrufen oder mir deine Telefonnummer schicken? Ich muss mit dir reden.

Liebe Grüße,
Frank

Ich klappte meinen Laptop zu und beschloss, abzuwarten. Ich musste das Klischee beherzigen, dass man Rache am besten kalt serviert.

Ich behielt meine Erinnerungen für mich und beschloss, wie ein Spion so lange so zu tun, als wäre alles wie gehabt, bis ich eine Idee hätte, wie ich angemessen reagieren könnte.

Aber natürlich stellte sich alles anders dar und fühlte sich anders an; es fiel mir schwer, in meiner neuen Welt zu leben – als würde ich das Leben durch zwei Augenpaare betrachten –, und noch während ich im Aufzug zu einem Treffen mit Oscar fuhr, erinnerte ich mich wehmütig an den seligen Zustand meiner Ahnungslosigkeit.

ALLGEMEINE GESCHÄFTSBEDINGUNGEN VON SCHULD

Schuld ist die Schwerkraft, die das Universum zusammenhält.

Die Wissenschaftler grübeln über ein grundlegendes Dilemma nach. Und zwar über Folgendes: Die Schwerkraft ist nicht stark genug, um die Welt zusammenzuhalten. Ihrer Theorie nach ist die Schwerkraft eigentlich zu schwach, um eine Tasse am Unterteller zu halten, um uns an der Erde zu halten, um die Erde an der Sonne zu halten, die Galaxie an anderen Galaxien. Die Schwerkraft ist ein schwacher Kleber. Theoretisch müssten wir auseinandergeschleudert werden wie Fusseln bei Sturm. Trotzdem sind wir alle miteinander verbunden: die Tasse mit dem Unterteller, wir mit der Erde, die Erde dreht sich fröhlich um die Sonne, und die Galaxien kreisen munter um andere Galaxien.

Also, wie kann das sein? Die Wissenschaftler haben sich in der Stringtheorie verheddert, der zufolge die Haftfähigkeit der Schwerkraft zum Teil durch andere Zugänge und Dimensionen eindringt. Tja, ich kann Ihnen die Antwort jetzt verraten, ich kann das Geheimnis dieser fehlenden Kraft lüften, die uns an Ort und Stelle hält, also macht das CERN dicht, schließt die Milliarden Dollar teuren Labors und geht nach Hause.

Die Antwort lautet:

Schuld ist die fehlende Kraft.

Sie hält die meisten gegenläufigen Kräfte des Universums zusammen.

Sogar meine Frau und ich werden durch sie zusammengehalten.

Das wurde mir klar, als ich im Aufzug fuhr. Oscar und Alice waren auch nach ihrer Affäre bei mir geblieben. Warum? Theoretisch hätten sie einfach gemeinsam abhauen, in den Sonnenuntergang reiten können, um sich den Verstand wegzuvögeln. Wahrscheinlich waren sie sogar drauf und dran gewesen, das zu tun – aber dann hatte ich meinen Nervenzusammenbruch und baute den Autounfall.

Was also taten sie? Als klar war, dass ich das Gedächtnis verloren hatte, beschlossen sie, mir nichts zu sagen. Von Schuldgefühlen geplagt, dachten sie wahrscheinlich, das wäre ihre letzte Chance zur Wiedergutmachung, also blieben sie bei mir und versuchten, damit klarzukommen. Ihre Schuldgefühle lähmten sie.

Während der Aufzug nach oben fuhr und die Etagennummern aufleuchteten – 8, 9, 10 –, flackerten mir Erinnerungsfetzen durch den Kopf, wie Alice und Oscar nach dem Unfall nervös bei mir am Krankenhausbett gesessen hatten. Ich erinnerte mich, dass ich – als meine Sinne auf Hochtouren liefen – das flirrende weiße Licht zwischen Oscar und Alice sah und dachte, es wäre Hass. In Wahrheit war es der berauschende Cocktail aus wilder Liebe und dreckigen Schuldgefühlen. Meine verworrenen Sinne hatten mir da etwas sagen wollen – das grelle weiße Licht war eine Warnung.

Das alles ist meine umständliche Art, etwas zu beichten, mich von meiner eigenen Schuld loszusprechen.

Ich gestehe hier und jetzt – auch mich hätten die Schuldgefühle beinahe gelähmt. Ich hätte beinahe nichts getan.

Während ich so von einer Etage zur nächsten schwebte, hätte ich fast eine schlechte Entscheidung getroffen. Hypnotisiert vom sanften Surren des Aufzugs – 11, 12, 13, 14 –, dachte ich tatsächlich: *Vielleicht lasse ich die Sache einfach auf sich beruhen, tue so, als wäre nichts passiert; diese Menschen sind seit meinem Unfall so nett zu mir, haben wir nicht alle genug gelitten?**

* *Dann meldete sich der entgegengesetzte Gedanke – Reiß dich am Riemen, Frank, und mach was aus deinem Leben! Während diese Idee von mir Besitz ergriff, ballte sich meine rechte Hand unwillkürlich zur Faust, als hätte ich endlich eine von den halbe Million Chancen ergriffen, die mir normalerweise durch die Finger glitten.*

ALLGEMEINE GESCHÄFTSBEDINGUNGEN DES TEUFELS

Er ist längst nicht so
schlimm wie sein Anwalt.

Ich trat aus dem Aufzug und holte tief Luft. Die erste Begegnung mit Oscar war hart. In seinem Büro angekommen, plauderte ich die ganze Zeit seelenruhig mit ihm, während ich in meiner Phantasie schrie: *Ich weiß, was du getan hast, du Wichser! Du hast es mit Alice getrieben! Jetzt mach ich dich fertig!**

Ich hörte Oscar sagen: »Du siehst ziemlich blass aus, Kumpel, willst du nicht lieber nach Hause gehen? Doug meinte, er hat dich im Café getroffen, und weil du ein bisschen angeschlagen gewirkt hast, hat er dich dazu gebracht, dich ein Weilchen hinzulegen. Hast du heute deine Medikamente genommen?«

»Ja«, log ich.

»Also gut, wenn du meinst, es geht, wir haben gleich ein Meeting mit einem neuen Mandanten, bloß eine kleine Versicherungsfirma. Hättest du Lust, dabei zu sein und mir zu helfen, eindrucksvoll zu klingen?«, sagte er.

Ich hörte meine Stimme wie aus einiger Entfernung sagen: »Ja klar, Oscar, gern.«

»Ich ködere sie, und du haust mich raus, wenn ich irgendwas Blödes sage.«

* *Ich kann mich in meinem Phantasieleben immer wunderbar durchsetzen (und fluche auch wesentlich mehr).*

Der Versicherungsmandant war bloß ein einzelner Mann in einem billigen Anzug, und Oscar legte sich mächtig ins Zeug. »Wir sind groß, aber wir sind auch spezialisiert. Wir lieben Versicherungsrecht, denn auf dem Gebiet arbeiten wir schon, seit mein Großvater diese Kanzlei gründete. Und heute sind seine Enkel, meine Wenigkeit und der brillante Franklyn Shaw hier, mein jüngerer Bruder, stolz darauf, diese Arbeit fortzuführen. Wir kennen Ihre Branche, wir verstehen was vom Versicherungswesen – wir haben den Durchblick.«

Als Oscar merkte, dass der Mann ihm aus der Hand fraß, gab er seinen Lieblingsanwaltswitz zum Besten. Er zwinkerte dem Mann übertrieben zu und sagte: »Unser Franklyn ist der König des Kleingedruckten, kein Paragrafenfuchs in dieser Stadt kann einen Vertrag wasserdichter machen als er. Wenn er für Sie einen Vertrag aufgesetzt hat, müssen Sie nie wieder einem Kunden was bezahlen. Unser Franklyn kriegt sogar ein Sieb wasserdicht.«

Alles, was ich bei Oscars Vorstellung zustande brachte, waren ein Lächeln und ein Nicken, ehe Oscar wie immer zum vermeintlich krönenden Abschluss kam: »Wir hier bei S&S glauben, dass das Kleingedruckte keinem anderen Zweck dient, als unseren Mandanten den Arsch zu retten. Wir sichern Sie gegen *jede* Eventualität ab. Das ist hier bei S&S eine lange Tradition. Ich will es mal so ausdrücken«, sagte Oscar und ölte seinen Lachapparat für die Pointe, »als der Bluesmusiker Robert Johnson an der Kreuzung in Mississippi dem Teufel seine Seele verkaufte, waren wir mit dabei. Wir haben nämlich für den Mann mit den Hörnern gearbeitet, Satans Interessen abgesichert.«

Dann, genau in der Mitte dieser öden Besprechung, überkam mich ein Schwächegefühl, und ich hatte eine so lebensechte Vorstellung, dass sie zu einer Vision wurde; meine Wut kehrte sich von innen nach außen und manifestierte sich als Erscheinung. Flecken schwebten mir wie Pollen vor den Augen, die Welt kippte in einem stumpfen Winkel ab, ich griff nach dem Schreibtisch, verfehlte ihn, der Raum wellte sich, der Mandant und Oscar lösten sich auf, und an ihrer Stelle sah ich Folgendes:

Robert Johnson, der Bluesmusiker, steht spindeldürr an der Kreuzung, Staub umwirbelt seine alten Schuhe.

Satan, drahtig wie ein Windhund, stemmt sich aus seiner Limousine.

Neben Satan trabt ein Mann in einem Tausend-Dollar-Anzug, ein korpulenter Anwalt, der verblüffende Ähnlichkeit mit Oscar hat. Er hält eine Schriftrolle und murmelt: »Mr. Beelzebub, sind Sie sich wirklich absolut hundertprozentig sicher, dass Sie Mr. Johnsons Familie bei diesem Verkauf nicht mit einbeziehen wollen? Als Engros-Geschäft sozusagen. Wir könnten quasi einen ganzen Sack Seelen einstreichen, wo wir schon dabei sind, Mr. B. Was meinen Sie? Wir sollten aus diesem verrosteten alten Blues-Mann so viele Seelen rauspressen wie möglich.«

Satan selbst zuckt angesichts der hemmungslosen Gier seines Anwalts zusammen, Satan selbst spürt eine Welle des Mitgefühls für Robert Johnson in sich aufbranden, er dreht sich um, seine Hörner schimmern in der Südstaatensonne, und er sagt: »Mister Anwalt, Sie kotzen mich an.«

Der Anwalt läuft vor Stolz rot an und erwidert: »Oh, Mr. B, zu gütig, vielen Dank. Für uns bei S&S hat die Zufriedenheit unserer Mandanten höchste Priorität. Jawohl, Sir, das hat sie!«

Als ich wieder zu mir kam, lag ich kraftlos auf dem Fußboden, die Welt vibrierte, die Vision flimmerte noch immer an den Rändern der Realität –, und Oscar stand über mir, schlug mir sachte ins Gesicht und rief: »Franklyn, alles in Ordnung? Franklyn – *Franklyn!* Hol doch mal einer ein Glas Wasser.«*

* Ich begriff, dass es nicht leicht werden würde, meine Wut zu beherrschen.

ALLGEMEINE GESCHÄFTSBEDINGUNGEN DES HANDELNS

Es ist leicht,
wenn du deine Motivation kennst.

Ich war sicher, dass ich beim Anblick meiner Frau wieder kollabieren würde, doch etwas Seltsameres geschah. Ich öffnete die Tür und sah sie in der Küche, wo sie für mich Abendessen machte.

Sie schaute über die Schulter und sagte: »Da bist du ja, super. Das Essen ist gleich fertig, es gibt heute Spaghetti Bolognese, dein Lieblingsgericht.« (Mein neues Gedächtnis bestätigte mir, dass es in der Tat mein Lieblingsgericht war.)

Ich sagte: »Ach, wie lieb von dir, Schatz«, schnappte mir ein Messer und stach ihr ins Gesicht …*

Ehe ich mir über meine Handlungen richtig im Klaren war, hielt ich sie auch schon in den Armen und küsste sie. Als ob ich meine Wut austricksen wollte – von Hass auf Liebe umschalten –, damit sie keinen Verdacht schöpfte. Ich küsste sie, und als sie ihre Zunge in meinen Mund schob, biss ich zu wie auf ein rohes Steak, riss sie von der Wurzel, spuckte sie aus und schrie: *Wie konntest du mir das antun, du Drecksstück?***

Dann aßen wir nett zusammen, und ich erzählte ihr, dass ich im Büro in Ohnmacht gefallen war. Sie legte eine Hand

* Nein, tat ich nicht.

** Nein – nein, tat ich nicht.

auf meine und sagte, ich solle mir keine Sorgen machen, die Zeit würde mich heilen.

Unser gemeinsames Essen fühlte sich so unwirklich an wie ein Traum, und ich spielte mit und sagte: »Ja, ich weiß, ich hoffe bloß, ich kann mich irgendwann an jede noch so kleine Einzelheit erinnern, ich hoffe, es fällt mir alles wieder ein, ich hoffe, ich kann mich genau erinnern, was der Auslöser für meine kleine Episode war, ich hab nämlich das Gefühl, dass ich eine Menge Leute enttäusche, weil ich mich nicht an alles erinnern kann.«

Sie verzog so angestrengt keine Miene, dass ich fast gelacht hätte.

Ich setzte noch eins drauf: »Ja, ich weiß, bestimmt wird eines Tages irgendetwas der Auslöser sein und meine Erinnerung zurückholen, und dann werden wir wieder richtig zusammen sein. Uns wieder lieben, richtig lieben.«

Sie schluckte und sagte: »Wir lieben uns doch, Franklyn, wir lieben uns, und du musst dich nicht an alles erinnern, um zu wissen, dass wir zwei uns sehr, sehr lieben.«

Ich hätte den Anblick, wie sie sich wand, nicht genießen dürfen.*

Nach dem Dessert kam der wahre Kern des Abends zum Vorschein wie ein unliebsamer Überraschungsgast, der Grund für die untypisch gute Laune meiner Frau.

Sie schob die Teller beiseite und sagte: »Ich habe eine tolle Neuigkeit. Ein anderer Verlag möchte eine Fortsetzung von *Manager X* rausbringen. Ist das nicht großartig?«

»Alice, das ist wirklich eine tolle Neuigkeit, ich bin mächtig stolz auf dich.«

* Aber es geht doch nichts über ein bisschen Spaß.

»Oh Gott, danke, ich freu mich so. Ich meine, ich hab gedacht, es würde vielleicht nie dazu kommen, aber sie haben ja gesagt, und das wird super.« Sie trank einen Schluck Wein und sagte, ohne mit der Wimper zu zucken: »Ich fänd's schön, wenn du mir bei meinen neuen Testfragen helfen würdest. Wir sind wirklich dabei, das Paradigma zu knacken, Franklyn, mein neuer Ansatz wird alles revolutionieren.«

»Und ich würde dir wirklich gern bei deinen Tests helfen, Alice. Nichts lieber als das.«

Sie lächelte, drehte sich um und holte aus ihrer Arbeitstasche einen Fragebogen hervor, lachte und sagte mit triumphierender Stimme: »Na, dann legen wir doch gleich los. Der hier müsste uns Spaß machen, und ich verspreche dir als Gegenleistung sexuelle Gefälligkeiten, Mister.«

»Wunderbar«, sagte ich. »Einfach wunderbar.«

> Auf einer Skala von 0 bis 100, mit welcher Kapazität leben Sie derzeit Ihr Leben (100 % = Ihr persönliches Optimum)?
> a. 1 bis 25 % des Optimums.
> b. 25 bis 50 % des Optimums.
> c. 50 bis 75 % des Optimums.
> d. 75 bis 100 % des Optimums.

Ich fragte meine Frau, warum es keine »0 %«-Option gab.

Sie lächelte und sagte: »Sehr witzig, Franklyn.«

Die neuen Tests meiner Frau waren anders; nicht mehr nur Multiple-Choice-Fragen, einige verlangten jetzt sogar schriftliche Antworten. Nach Seiten mit dem üblichen hirnverbrannten Quatsch kam die Killer-Frage.

> Was ist das Schlimmste, was Sie in Ihrem Leben getan haben?

Ich saß da, in Schweiß gebadet, und fragte mich, ob meine Frau mir ansah, dass ich wieder eine Panikattacke hatte, fragte mich, ob sie merkte, dass ich seltsam atmete, die Spitze meines Stifts zitterte, als sich die Antwort in meinem Kopf bildete:

»Mir selbst einreden, es wäre alles in bester Ordnung.«

Stattdessen schrieb ich: »Meiner Frau nicht oft genug sagen, wie sehr ich sie liebe.«

Meine Frau überflog den Test, und als sie zu der Antwort kam, blickte sie auf, sah mich lange an und sagte: »LOL.«

ALLGEMEINE GESCHÄFTSBEDINGUNGEN DER LEBER

Irgendwann kommt deine Leber mit dem Saubermachen nicht mehr nach.

Als wir den Krankenhausflur hinuntergingen, sprach Sandra das Thema Alice an.

Zuerst machte sie einen Witz. »Hat Alice sich einer Sekte angeschlossen oder so?«

»Wie kommst du darauf?«, fragte ich.

»War nur Quatsch«, sagte Sandra, aber sie dachte noch mal drüber nach und fügte hinzu: »Weißt du, was sie neulich gemacht hat? Mich einfach ignoriert. Glattweg. Ich hab sie mit ein paar Leuten in einer Bar in der Stadt gesehen, und ich bin zu ihr hin, und sie hat mich … regelrecht ignoriert. Es war furchtbar peinlich. Ich hab Hallo gesagt, und nachdem ich es ein paarmal wiederholt hatte, hat sie sich endlich von ihren Freunden abgewandt, laut gestöhnt, als wäre das die größte Anstrengung, und *oh, hi* gesagt. Einfach *oh, hi.*«

Sandra zog ein Papiertaschentuch aus ihrem Strickjackenärmel, trocknete sich energisch die tränennassen Augen und stopfte das Taschentuch wieder zurück in den Ärmel, wo es eine unansehnliche Beule bildete. Ich sah Sandra an und begriff, wie anders sie war als Alice.

Sie waren mal gleich gewesen: Sandra und Alice. Beide intelligente, hübsche junge Frauen; beide trugen Strickjacken, Jeans und Turnschuhe, als wären sie zu intellektuell, um sich darum zu kümmern, wie sie aussahen. Aber sie hatten sich so weit auseinanderentwickelt. Sandra kleidete sich noch immer wie früher; sie arbeitete im Verlagswesen, wo die Leute sich anziehen konnten wie schlampige Intellektuelle, und sie war leicht übergewichtig, was ihr aber gut stand. Alice dagegen kleidete sich jetzt wie ein italienisches Model, ihr Körper dünn und hart vom Radfahren und ihre Garderobe maßgeschneidert und makellos von Gucci.

Sandra ertappte mich dabei, wie ich sie ansah, und sagte: »Es ist schön, dich wiederzusehen, Frank, du hast mir gefehlt.«

Ich lächelte und sagte: »Ja, du hast mir auch gefehlt.«

»Du siehst anders aus im Vergleich zum letzten Mal, als ich dich gesehen hab. Wie geht's deinem Kopf inzwischen?«

»Ich hab ein paar sehr interessante Neuigkeiten für dich, aber das hat Zeit; die erzähl ich dir nach dem Besuch bei deiner Mum. Komm schon, wir müssen für Molly gut aufgelegt sein.«

Sandra hob die Hand und berührte mein Gesicht; ihre Finger bewegten sich nach oben zu meiner Narbe und betasteten sie sanft über die ganze Länge. Mit Ausnahme von Dr. Mills hatte noch niemand – nicht mal meine Frau – die Narbe berührt, und ich lächelte ein wenig verlegen und sagte: »Ich sag allen, die fragen, ich wäre von einem riesigen weißen Hai angegriffen worden.«

Sandra lachte, aber sie nahm ihre Hand nicht weg; stattdessen nahm sie meinen Pony und hob ihn aus der Stirn, so dass die Narbe frei lag, und sagte: »Du siehst besser aus, wenn du die Haare so trägst; so hast du sie früher getragen.«

Als wir eintraten, schlief Molly, bleich und dünn wie der Tod. Ihr einst volles Haar, das sie immer hoch aufgetürmt trug wie ein Lampion, war jetzt eingefallen, strähnig und schütter; ihr Gesicht war ausgehöhlt. Das Zimmer roch stark nach Pilzen. Sandra und ich setzten uns auf Plastikstühle und sahen zu, wie Molly schlief, während Apparate um uns herum surrten. Mir fiel auf, dass sie über ihrem Bett einen roten Panikknopf hatte, und der Anblick machte mich leicht nervös und löste in mir seltsam nostalgische Gefühle für eine Zeit aus, als ich bloß ein gebrochener Mann ohne Gedächtnis war, eine glückselig leere Seite.

»Wird Molly bald wach oder schläft sie die ganze Nacht durch?«, fragte ich.

»Sie bekommt eine Menge Schmerzmittel, und Schlaf ist für sie am besten.«

Dann regte Molly sich, blickte mich direkt an und nuschelte: »Ach du Scheiße, Frank, was ist denn mit dir passiert? Du hast ja eine Mordsnarbe an der Birne.«

Ich lächelte und antwortete: »Autounfall. Was zum Teufel ist mit dir passiert, Molly?«

»Lebensunfall«, witzelte sie.

Sandra lachte und beugte sich vor und küsste Molly, die sagte: »Wo ist Alice? Ist sie nicht mit Frank gekommen?«

»Sie hat wahnsinnig viel im Büro zu tun«, sagte Sandra.

»Tja, ich hab wahnsinnig viel mit Sterben zu tun«, sagte Molly, und Sandra sagte: »Sag das nicht, Mum.«

»Hör nicht auf Sandra. Sie weiß es genauso gut wie ich. Ich komm nicht mehr auf die Beine, Frank«, sagte Molly.

»Ich weiß, wie du dich fühlst«, sagte ich.

Zorn lief über Mollys altes Gesicht, und sie sagte: »Jetzt hör mal gut zu, Frank, reiß dich gefälligst zusammen und leg dir ein Rückgrat zu, verdammt noch mal, und red nicht so einen Mist. Ich bin im Eimer, aber du bist bloß ein bisschen gebrochen, wie meine Mosaike. Die besten Leute haben alle ein paar Risse. Ich weiß, du hast was Schlimmes erlebt, hattest einen schweren Unfall, aber du hast einen guten Kopf, Frank, der wird wieder. Aber bei mir, tja, da sieht die Sache anders aus. Schau dir dieses Bett an, Frank, dieses beschissene Kassenbett ist die Grenze, wo Tod und Leben sich berühren. Ich bin auf der Todesseite; und du bleibst mir schön auf der anderen Seite, verstanden?«

»Ja, Molly«, sagte ich, und als ich mich gerade dafür entschuldigen wollte, dass ich so ein Weichei war, sank Molly genauso plötzlich in den Schlaf wie ich immer direkt nach meinem Autounfall – als wäre ein riesiger Schalter auf AUS gestellt worden. Ich erinnere mich an das Gefühl und an all seine verwirrenden Nebenwirkungen. Ich erinnere mich, dass ich beispielsweise gerade mit einer Krankenschwester sprach, dann – *Schnitt!* – war die Krankenschwester verschwunden, und es war Stunden später.*

Wir saßen lange da, und Sandra legte ihre Hand auf meine. Zuerst war es ein wenig unangenehm, weil wir schwiegen und sie ihre Hand auf meiner hatte, doch nach einer Weile machte sich in meinem Körper ein ruhiges Erschöpfungsgefühl breit, und ich entspannte mich.

Als ich mich Sandra zuwandte, um etwas zu sagen, um ihr endlich von meinen neu gefundenen Erinnerungen zu erzählen, sah ich, dass auch sie eingeschlafen war, den Kopf auf einer Seite, dicht bei meiner Schulter, ihr Haar an meinem Hals, und sie schnarchte.

Selbst in diesem Raum mit schlafenden, entfremdeten Freunden empfand ich etwas, eine Nähe, die mir so schmerzlich gefehlt hatte.

Molly wachte wieder auf, und wir plauderten, während

* Aber mir kam es so vor, als ob gerade mal ein Sekundenbruchteil vergangen wäre und die Krankenschwester sich in einer stärkehaltigen Rauchwolke aufgelöst hätte.

Sandra schlief. Sie betrachtete lächelnd ihre schlafende Tochter und sagte: »Sie hat eine unglaublich hübsche Nase, meine Tochter, aber sie schnarcht wie eine Scheißtuba. Schon immer. Selbst als sie ein winziges Baby war, hat diese Hupe das ganze Haus geweckt.«

Ich lachte.

Molly sagte: »Ich werde diesem Saftsack von Tod noch von der Schippe springen, du wirst schon sehen, Frank.«

»Das würde ich gern sehen. Glaub mir, der Tod ist manchmal ein bisschen schusselig; er hat mich nicht erwischt, deshalb gibt's keinen Grund, warum du ihm nicht auch entwischen solltest, wenn du flink genug bist.«

Molly grinste wie ein Kind und versank dann wieder im Tiefschlaf.

Als Sandra wach wurde, holte ich für sie einen Kaffee und für mich ein Wasser, und während jetzt Molly im Hintergrund schnarchte, erzählte ich Sandra, dass ich mich an alles erinnern konnte.

»Was? Deine ganze Erinnerung ist wieder da?«

»Jedenfalls die entscheidenden Teile«, sagte ich.

»Du erinnerst dich an mich, immerhin, das ist das Wichtigste«, sagte sie und lächelte ihr hübsches Lächeln, aber dann musste sie noch hinzufügen: »Was ich von deiner werten Gattin nicht behaupten kann.«

»Und sie hat nicht mal einen Schlag auf den Kopf bekommen«, sagte ich.

»Du siehst so gut aus, Frank«, sagte Sandra unvermittelt.

»Oh.« Ich war verblüfft, wie viel Nachdruck sie in den Satz legte, und sagte: »Ähm, danke.«

Der Satz war so von Gefühl durchdrungen, dass ich mich in seinen Zwischentönen verlor; mir war, als würden unzählige kleine Fäden sich ausstrecken und Sandra fest an mich binden. Doch genauso schnell, wie die Flirtstimmung aufgewallt war, verschwand sie auch wieder, und Sandra und ich saßen schweigend da, bis Molly den Augenblick endgültig zunichtemachte, als sie im Schlaf pupste.

»Lust auf einen Drink?«, sagte ich.

»Und wie«, sagte Sandra, und sie legte ihren Arm um meine Taille, und wir gingen zu einer Bar in der Nähe.

Als wir mit unseren Drinks an einem Tisch saßen, erzählte ich Sandra die Einzelheiten, von Oscar und Alice, die es miteinander trieben, von meiner Episode, den Waffenverträgen. Und die ganze Zeit über starrte Sandra mich völlig baff an. Es war für mich keine Katharsis, einem anderen Menschen meine Erinnerungen zu schildern, eigentlich machte es alles nur noch schlimmer, es machte mir bewusst, wie absurd und unwiderruflich mein Leben doch außer Kontrolle geraten war.

Als ich fertig war, trank Sandra einen kräftigen Schluck und sagte: »So ein verdammtes Miststück.«

»Wie wahr«, sagte ich.

Ich trank auch einen kräftigen Schluck, und schließlich sah Sandra mich nach langem Nachdenken an und sagte: »Also, was willst du jetzt machen?«

ALLGEMEINE GESCHÄFTSBEDINGUNGEN VON GLUTENFREI

Manche Inspiration findet man dort,
wo man es am wenigsten erwartet.

Mein Gedächtnis war mittlerweile wieder ungemein aktiv. Als ob die Abteilung – nachdem sie viele Monate geschlossen gewesen war, die Möbel mit Staubtüchern bedeckt – plötzlich wieder aufgemacht hätte, die Türen weit aufgerissen, und ein Heer von emsigen Arbeitern dabei wäre, all die chaotischen Haufen von Gedanken, Erfahrungen und Erinnerungen hektisch einzusortieren. Während das im Gange war, fing ich an, mit Alice das zu machen, was sie viele Jahre mit mir gemacht hatte. Ich observierte sie, stellte ihr nach. An dem Tag, nachdem meine Erinnerung lückenlos zurückgekehrt war, verfolgte ich Alice bis in die Arme von Oscar. Ich heftete mich an ihre Fersen, nachdem sie mir gesagt hatte, sie würde »mit Valencia Rad fahren«, und wurde Zeuge, wie sie sich in einem Boutique-Hotel mit Oscar traf; die beiden aßen sogar in dem Restaurant zu Abend, in aller Öffentlichkeit. Ich saß ein ganzes Stück entfernt in der Hotelbar und beobachtete sie. Ich machte Fotos mit meinem Handy.* Ich machte Notizen.**

Ich hatte das Gefühl, alle Zutaten zu haben, aber nicht zu wissen, wie ich das bittere Gericht am besten servieren sollte. Die einfachste Variante: die beiden zu einem Ge-

* Ich habe keine Ahnung, warum.

** Ich habe keine Ahnung, warum.

spräch bitten, in aller Seelenruhe die Fotos auf dem Tisch ausbreiten und zusehen, wie ihnen klar wurde, dass ich Bescheid wusste, abwarten, ob sie wütend werden oder versuchen würden, zu lügen und sich herauszuwinden. Aber diese Variante erschien mir unbefriedigend; irgendwas fehlte daran.

Variante zwei kam mir in den Sinn, während ich so tat, als würde ich die Speisekarte lesen (mich dahinter versteckte, um nicht entdeckt zu werden), und mir auffiel, dass sogar Speisekarten Kleingedrucktes haben. Nichts Ausgefallenes, bloß zwei Sternchen, die *vegetarische* und *glutenfreie* Gerichte hervorhoben.

Aber das löste etwas in mir aus – eine Idee, die so simpel war, dass sie wie ein wunderbares Geschenk daherkam. Der Alte Frank hatte mir die Vorarbeit abgenommen – die Falle war schon aufgestellt –, ich musste sie nur noch zuschnappen lassen.

ALLGEMEINE GESCHÄFTSBEDINGUNGEN VON RACHE

Sie ist ein Gericht, das man am besten kalt serviert (mit Demütigung als Beilage).

Rache belebte mich neu.

Sie ist ein befriedigendes Gericht. Egal was die Christen sagen, von wegen die andere Wange hinhalten, mir waren die Wangen ausgegangen, die ich hätte hinhalten können.

Meine gesamte Existenz auf diesem Planeten habe ich damit zugebracht, alles Mögliche abzuschwächen – Risiken, Verantwortung, Erfahrungen, das Leben, sogar die Abschwächung selbst. Ich habe für Mandanten abgeschwächt und für mich. Ich habe für die Welt abgeschwächt und Ausflüchte erfunden und habe mich selbst in eine Sackgasse abgeschwächt, und ich kriege keine Luft mehr.

Schluss mit der Abschwächerei, Schluss mit der Vermeidung von Verantwortung und Risiken. Ich weiß jetzt, dass solche Dinge wie Restrisiko und Mut zur Verantwortung das Knochengerüst des Lebens sind, das Fleisch des Daseins. Ich habe es begriffen. Rache war riskant, aufregend und süß. Wie ein Kind mit einem Geheimnis – ich plante minutiös meine letzten Schachzüge – strahlte ich die kleine Schadenfreude aus, etwas zu haben, das allein mir gehörte. Es war so untypisch für mich, dass ich ganz berauscht war von dem heimlichen Kick, den mir das Ganze verschaffte. So glücklich war ich. Aber als Sandra anrief, steckte mein Glück einen Schlag ein, meine Rache verzögerte sich, und das Leben kam meinem Plan in die Quere.

ALLGEMEINE GESCHÄFTSBEDINGUNGEN VON MOLLY

Manchmal sterben die Guten alt.

»Frank, Molly ist gestern Nacht gestorben.«

»Ach, Sandra, das tut mir so leid«, sagte ich automatisch.

»Es ist besser so. Sie hatte zum Schluss wirklich starke Schmerzen, und sie ist im Laufe der Nacht einfach weggedämmert, was wohl das Beste war. Typisch Molly, liegt im Sterben und hat die ganze Zeit nichts anderes zu tun, als bis ins Detail ihre Beisetzung zu planen. Ich fände es schön, wenn du auch kämst.«

»Natürlich komme ich«, sagte ich. »Soll ich Alice mitbringen?«

»Ähm«, sie zögerte lange, ehe sie antwortete: »Das überlass ich dir, Frank. Ist mir egal. Tut mir leid, wenn sich das grob anhört, aber Alice war vor Mollys Ende nicht für sie da, deshalb weiß ich nicht, ob sie nach ihrem Ende dabei sein sollte.«

Als ich Alice von Mollys Tod erzählte, blickte sie traurig, und sie wirkte auch traurig, aber als ich das Datum der Beerdigung erwähnte, sagte sie: »Ach, Mist, da kann ich nicht. Ich muss nach Schottland zu einem großen Meeting, das kann ich unmöglich sausen lassen.«

Ich reagierte nicht, versuchte nicht mal, ihr das Meeting auszureden, ich nickte bloß und sagte: »Mach dir keine Gedanken, ich geh für uns beide hin. Ich hab Sandra schon gesagt, dass du zurzeit wahnsinnig viel um die Ohren hast.«

Meine Frau merkte, wie beschissen sie sich verhielt, und sagte: »Ich schicke Sandra auf jeden Fall einen schönen Blumenstrauß.«

Ohne auch nur einen Hauch Sarkasmus in der Stimme mitschwingen zu lassen, sagte ich: »Da wird sie sich freuen, Alice.«

»Gut«, sagte meine Frau, »dann kümmere ich mich gleich darum. Ja, die arme Molly, sie war eine wunderbare Frau. Sie hat sich wirklich um mich gekümmert, als ich es brauchte. Sie war eine tolle Frau.«

»So eine tolle Frau, dass du es nicht mal für nötig hältst, zu ihrer Beerdigung zu gehen, du selbstsüchtiges jämmerliches Biest!«, schrie ich.*

In Wahrheit tat ich mein Möglichstes, um meiner Frau das Gefühl zu geben, dass es nicht schlimm wäre, wenn sie nicht mit zur Beerdigung kam. Ich wollte nicht, dass sie den Tag ruinierte; ich wollte sie nicht in der Nähe von Molly oder Sandra haben, und auch nicht in meiner Nähe.

Mollys Beisetzung war alles andere als eine traurige Angelegenheit.**

Die Trauerfeier fand in einer von diesen tristen Friedhofskapellen statt, aber im Gegensatz zu dieser dezenten Räumlichkeit trugen Mollys Trauergäste fröhliche, extravagante Kleidung. Auf tristen braunen Bänken saßen gepuderte Damen, deren lila Haare und Nagellack mit den knalligen Farben ihrer Schultertücher und Hüte um die Wette leuchteten.

* Nein, nein, tat ich natürlich nicht.

** Als ich die große bunte Menschenmenge sah, die gekommen war, dachte ich: Wenn die Leute, die zu deiner Beerdigung kommen, widerspiegeln, was für ein Mensch du im Leben warst, dann hat Molly ihre Sache ganz ordentlich gemacht.

Ein Foto auf dem Podium zeigte eine lächelnde Molly, die eine Zigarette in der Hand hielt und ins Publikum schaute, als wollte sie sagen: *Was guckt ihr denn so traurig aus der Wäsche?*

Schon nach kurzer Zeit begannen die Leute zu schmunzeln, als in den Reden einige besonders ungenierte Momente von Molly erwähnt wurden, und als Mollys Sarg schließlich in die Erde gelassen wurde, war ich glücklich. Sie hatte ein Leben gehabt, von dem ich nur träumen konnte, war einer von diesen Freigeistern gewesen, die mir Angst machten und zugleich imponierten. Auf dem Weg zum Trauerempfang holte Sandra mich ein, und ich umarmte sie.

»Danke, dass du gekommen bist, Frank«, sagte sie.

»Ist doch selbstverständlich. Ich glaube, das war die lustigste Beerdigung, die ich je erlebt habe«, sagte ich.

»Mum hätte sich darüber gefreut, dass du das sagst.«

Alle, die an uns vorbeigingen, strichen Sandra sanft über den Rücken oder flüsterten: »Wunderbare Trauerfeier, Liebes.«

Ich betrachtete Sandra einen Moment lang, die Art, wie die Sonne auf die erstaunlichen Winkel ihrer Nase fiel, ihre Augen von Tränen ganz klar und blau gewaschen.

Sie sagte: »Was hast du nun vor?«

»Ich dachte, ich geh vielleicht auf Reisen.«

»Oh«, sagte Sandra und fügte mit einem traurigen Lächeln hinzu: »Um dich selbst zu finden?«

»Ganz bestimmt nicht. Das hab ich schon mehr als genug getan, vielen herzlichen Dank. Nein, ich dachte, ich probier's mal mit dem genauen Gegenteil – und geb mir alle Mühe, mich zu verlieren.«

Sie sagte: »Glaubst du, du könntest vielleicht etwas Hilfe dabei gebrauchen, dich zu verlieren, Frank?«

»Dafür hab ich zum Glück Malcolm. Ich will nämlich zu ihm.«

»Nein, ich meinte …« Sandra wirkte müde, als sie blaffte: »Ach, verdammt, vergiss es.«

»Hey. Was hast du denn?«

»Für einen Fachmann für Kleingedrucktes bist du sagenhaft mies darin, Signale zu erkennen. Hier: Das soll ich dir von Molly geben. Bis gleich auf dem Empfang.«

Sie ging davon und gesellte sich zu einer Gruppe Damen, die ihr über den Rücken streichelten und sie mit ins Gebäude nahmen.

In meiner Hand war ein verschlossener Umschlag, auf dem in Rot geschrieben stand – *Für Frank persönlich!*

Rezept für Pilzsuppe

Frank – du kriegst den Pilzgeschmack nicht aus der Pilzsuppe raus – er steckt in der Brühe.

Also, ich will dir nicht mit irgendeiner »Suppe für die Seele« kommen – dennoch, ich liege auf dem Sterbebett, also hab etwas Nachsicht mit mir! –, sondern dir dieses letzte Molly-Juwel schenken:

Wenn du etwas nicht magst – lass die Finger davon, Frank.

Ich habe festgestellt, dass der Tod meine Gedanken richtig geschärft hat, und ich hoffe, ich bin nicht zu direkt, aber eins muss ich dir sagen: Hör auf, irgendwelchen Mist zu essen, den du nicht ausstehen kannst! Und denk dran, Alice ab und zu mal für mich gegen das Schienbein zu treten. Ich hab das Mädel sehr gemocht, aber sie ist irgendwie auf Abwege geraten.

Ach ja, eines noch – ich weiß, du hast im Moment ziemlich viel am Hals (aber so ist das Leben, also hör auf zu jammern und reiß dich zusammen!).

Ich habe bloß noch eine Sache hinzuzufügen, mit der

du machen kannst, was du willst (was in deinem Fall, seien wir ehrlich, Frank, wahrscheinlich heißt: rein gar nichts).

Meine Sandra ist in dich verliebt, schon seit dem Moment, als du an dem Abend damals in meiner Küche aufgetaucht bist.

Genau wie du ist sie zu unterwürfig, um laut zu sagen, was sie empfindet, deshalb dachte ich, ich helfe euch beiden auf die Sprünge.

Alles Liebe & Pilze,

Molly

ALLGEMEINE GESCHÄFTSBEDINGUNGEN VON SCHNECKENPOST

Sie ist langsamer,
aber sinnvoller als E-Mail.

Nachdem ich ein paar Tage lang die Rolle des amnestischen Schwachkopfs gespielt hatte – was für mich keine allzu große Anstrengung war –, fand ich ein kleines Päckchen auf der Türmatte.

Drinnen war eine Streichholzschachtel mit einer Thai-Aufschrift, und darauf klebte ein Etikett:

»*Könntest vielleicht ein neues gebrauchen. Liebe Grüße Malc.*«

Ich öffnete die Schachtel, und darin war ein Plastikgehirn von einem meiner anatomischen Figürchen. Das verschwundene Gehirn.

Unter dem Gehirn lag ein Zettel:

Frank – Scheiße!

Hab deine Mail bekommen!
Aber ehe ich antworten konnte, hat das Internet hier den Geist aufgegeben, deshalb die gute alte Schneckenpost.

Halte durch – ich komme nach Hause.
Könnte ein paar Wochen dauern, weil ich hier nämlich mittendrin in der Mitte von der Pampa vom Arsch der Welt bin. Aber ich komme, Frank, keine Sorge.

Mein Tipp – renn deinem Leben hinterher, und bis du es eingeholt hast, bin ich schon da, um dir zu helfen. Bis dahin denk dran – ich liebe dich, Mann.

Liebe Grüße und Liebe,
Malc

PS: Du täuschst dich, was Oscar betrifft – er ist weniger ein Saftsack als ein ausgemachtes Arschloch.

ALLGEMEINE GESCHÄFTSBEDINGUNGEN VON ZEITFORMEN

Manchmal gibt sich
die Zukunft als Vergangenheit aus.

Um meine Wut im Zaum zu halten – um ja nicht gegenüber Oscar und Alice damit herauszuplatzen, dass ich mich wieder an alles erinnerte – und um Zeit zu gewinnen, fing ich in den letzten Tagen mit Joggen an.* Beim Training für den Zieleinlauf musste ich meine Wut einfach lange genug zügeln, um meinen Angriffsplan vollenden zu können.

Jeden Morgen stand ich in aller Frühe auf, wenn die Welt noch grau – noch nicht koloriert – war, und ging im Wald joggen.

Allein schon das Gefühl, mich durch Zeit und Raum zu bewegen, war eine Wonne.

Meine Organe wehrten sich, wenn ich zu schnell lief. Meine Rippen waren nach wie vor ein wenig locker und klimperten wie ein in Blut hängendes Windspiel. Wenn ich mich überanstrengte, peitschte das Blut regelrechte Ströme durch sie hindurch, was ein scharfes Stechen auslöste – eine Mahnung, langsamer zu werden, bevor irgendetwas platzte.

* Wenn ich *joggen* sage, ist das eine ziemliche Übertreibung. Ich versuchte zu joggen, aber es war eher ein schwerfälliges Hinken mit kurzen Joggingeinlagen und gelegentlichen unvernünftigen Sprints. Die meiste Zeit versuchte ich in meinen besten Momenten eine Art von Jogging-Walking – *Jolking*, wenn man so will –, und in meinen schlechtesten Momenten schaffte ich eine Kombination von Jogging und Schlendern, ein *Jondern*. Und obwohl ich zugebe, dass ich wie ein asthmatischer Krüppel aussah, fühlte ich mich beim *Jolking* und *Jondern* einfach wunderbar.

Doch selbst im Greisentempo fühlte ich mich schon bald unsterblich, wenn ich schmale, von Bäumen gesäumte Pfade entlanglief, die mir eine Geschwindigkeit vorgaukelten, als würde ich einen Tunnel hinunterrutschen, während Äste an mir vorbeifegten und ich mit dem Gesicht Spinnweben durchschnitt, die mich wie hundert fein gesponnene Zielbänder weiter und weiter vorantrieben.

Nach einigen Tagen Joggen spürte ich die Veränderung; mein Körper belohnte mich mit frischen Endorphinausschüttungen, überwältigenden Glücksmomenten. Ich lächelte beim Laufen, erschöpft und wund, wie ich war, spürte meinen Verstand, meinen Körper, sogar meine Seele plötzlich im Einklang. Meine Organe waren nicht länger ramponiert und funktionsgestört, nicht länger Anker, die mich nach unten zogen. Jetzt arbeiteten sie zusammen, äußere Bedingungen gingen mit angeborenen einen friedlichen, stillen Pakt ein, was bedeutete, dass ich zum ersten Mal seit langer Zeit bereit war.

Als ich eines Morgens über die Kiefernnadeln joggte und mich richtig gut fühlte, hatte ich plötzlich eine extreme Erinnerung. Sie war weder aufschlussreich noch unbedingt angenehm, und ich hatte das Gefühl, als bekäme ich einen Stich ins Auge. Ich blieb stehen und stützte die Hände auf die Knie, um wieder zu Atem zu kommen. Das Bild war schwer zu fassen, wackelig, unklar: Eine Tür, womöglich eine Sicherheitstür, so dick, dass sie wie eine U-Boot-Luke aussah, öffnete sich langsam, und dahinter ging es erschreckend tief und steil hinunter in eine diffuse Landschaft, und ehe ich irgendwas erkennen konnte, brannten Hitze und Licht das Bild weg, als würde Zelluloid zu einem verkohlten Klumpen zerschmelzen.

Als unter der Dusche nach dem Joggen all die guten

Endorphine weggespült wurden und die Neurose wieder zum Vorschein kam, beschlich mich der Verdacht, dass mein Körper mich vielleicht im Stich ließ, dass diese jähe Vision eine Art Vorschau auf einen plötzlichen Tod war.

Signalisierte mein Körper mir, dass ich bald sterben würde? Ausgerechnet in dem Moment, wo ich gerade den reinen Duft der Hoffnung witterte, bricht mein Körper zusammen und stirbt. Wieder mal typisch.

Ich fragte mich, ob diese Visionen meine letzten Erinnerungen waren, die sich nach draußen schlichen. Alle anderen waren herausgeplatzt und hatten sich querbeet verteilt, und jetzt hatte sich die letzte aus meinem erschöpften, entleerten Hirn gequetscht wie die kläglichen Reste Zahnpasta aus einer ausgepressten Tube.

Aber an was erinnerte ich mich?

Am nächsten Tag auf meiner Joggingrunde – die Welt war wieder grau und still und gehörte mir allein, bis auf ein paar freundliche Spatzen und verschreckte Eichhörnchen – wurde ich, kaum dass ich ein angenehmes Tempo erreicht hatte und mein Körper von dem warmen Glücksgefühl des Läufers durchströmt wurde, erneut von der Vision gepackt.

Ich beugte mich vor und stützte mich auf die Knie, rang nach Luft und stammelte dabei ein Gebet, das nicht an Gott oder so gerichtet war, nein, ich betete zu meinen Organen, zu meinem Körper, ich flehte, ich bettelte, ich bat ihn, noch nicht aufzugeben, nicht jetzt, wo ich so kurz vor dem Ziel war, wo meine Lunge und mein Blut voller Hoffnung und Freiheit waren, und ich murmelte: »Noch nicht, noch nicht, entschuldige Gehirn, dass ich dich immer nur mit Verwirrung gefüllt habe, entschuldigt Blase und Darm, dass ich euch so viel schlechte Pisse und Scheiße zugemutet habe, entschuldige Lunge für all die gefahrlosen, flachen Atemzüge, entschuldige Herz für den endlosen Brei aus Fertiggerichten und Angst, und auch du, meine längst verlorene Milz, okay, ich hab nie gewusst, wozu du eigentlich gut warst, aber entschuldige trotzdem, ich vermisse deine liebe, leise Art.«

Ich wollte keine Erinnerungen mehr. Ich wollte mich nicht an noch mehr von mir erinnern. (Ich hatte mich an genug von mir erinnert, um zu wissen, dass ich mich nicht an alles von mir erinnern wollte.) Aber die Vision hielt sich hartnäckig: Die dicke Tür öffnete sich, der Druck um mich herum ließ nach, als würde ich aus einer festen Umarmung befreit, aber diesmal winkten mir ein Engel mit einem vollkommenen Lächeln und gestärkten Flügeln – oder waren die Flügel bloß Kragen? – und lächelnde Leute um mich herum, durch die Tür zu gehen, in den sicheren Tod zu stürzen – und ich betete darum, diesen Herzanfall zu überleben, diesen Blutpfropfen oder was immer es war – und diesmal verging der Moment nicht, er wurde einfach klar, und ich sah, was es war.

Ich erkannte mich und Sandra, die meine Hand hielt, und eine lächelnde Flugbegleiterin dirigierte mich durch eine Flugzeugtür hinaus in die Wärme eines tropischen Paradieses.

Es war nicht die Vergangenheit, und es war kein Organversagen. Ich blickte nach oben durch das Baumkronendach, wo sich das Morgenlicht wie Tausende flimmernde Finger hereintastete, und ich begriff. Es war bloß mein Verstand, der sich so lange mit düsteren Erinnerungen herumgeschlagen hatte und nun plötzlich zum Stehen kam, eine 180-Grad-Wendung hinlegte und etwas in Betracht zog, woran er sich seit vielen Monaten keinen Gedanken mehr gestattet hatte – *eine glückliche Zukunft.*

Von	frankversion3.0@hotmail.com
An	scheißdrauf@hotmail.com
Betreff	Aufholen …

Malcolm,

ich habe deinen Rat befolgt, und ich habe mein Leben fast eingeholt.
Rühr dich nicht von der Stelle.
Komm nicht nach Hause.
Wo immer du auch bist, bleib da, ich komme zu dir.
Schick mir eine Mail und sag mir, wohin es dich verschlagen hat.
Kann es kaum erwarten, dir zu erzählen, was so alles passiert ist.
War eine ziemlich interessante Fahrt.

Liebe Grüße,
Frank

PS: Ich bringe jemanden mit.

ALLGEMEINE GESCHÄFTSBEDINGUNGEN VON ENDEN

*Meistens sind sie
schlecht getarnte Anfänge.*

ALLGEMEINE GESCHÄFTSBEDINGUNGEN DES BESCHWINDELNS EINES SCHWINDLERS

Alles eine Frage des Timings.

Heute habe ich meinen eigenen Arbeitsvertrag neu geschrieben, mit einem winzigen Zusatz, der da lautet: Falls ich die Firma aus welchen Gründen auch immer verlasse, werde ich noch weitere fünf Jahre mein volles Gehalt beziehen. Es war einfach, Oscars Unterschrift dafür zu bekommen. Zunächst einmal war er zurzeit bereit, alles für mich zu tun. Seit meinem Ohnmachtsanfall während des Meetings legte er sich mächtig ins Zeug, als gäbe es nichts, was er nicht für mich tun würde. Ich legte ihm einen ganzen Stapel Verträge zur Unterschrift vor, so dass er in einen gewissen Rhythmus gefallen war, als ich ihn austrickste. Ich timte das Ganze so, dass mein Arbeitsvertrag genau in dem Moment vor ihm lag, als die schöne Barista sein Büro betrat. (Simple Ablenkungsmethode. Der älteste Trick der Welt.)

»Was ist das?«, fragte er.

»Mein Arbeitsvertrag. Die Personalabteilung hat mich gestern darauf aufmerksam gemacht, dass er veraltet ist. Ich hab gesagt, das wäre egal, aber sie haben drauf bestanden. Das sind solche Pedanten.«*

Er sah kurz zu mir auf, skeptisch, doch jeder Argwohn wich aus seinem Gesicht, als die Barista auftauchte, die Tür mit ihrer weichen Hüfte aufschob, in den Händen

* Die Lüge auf das Notwendigste beschränken (jedes Zuviel macht sie anfällig).

ein Papptablett mit Kaffeebechern, und sagte: »Cappuccino?«

Oscar lächelte und sagte: »Ich hab zwar keinen bestellt, Herzchen,* aber ich nehm gern einen.«

Meine schöne Barista stellte zwei Becher auf den Schreibtisch, und Oscar sagte mit einem langen offensichtlichen Blick in ihren Ausschnitt: »Reizend.«

»Also kannst du einfach unterschreiben«, sagte ich.

Ich wusste, dass die Vorstellung, wie er etwas vor ihren Augen unterschrieb und dabei furchtbar wichtig aussah, Oscar mehr als genügen würde, den Vertrag nicht zu lesen.

Er las sie ohnehin nie; das überließ er seinen Knechten. Mir.

Die Barista wartete auf ihr Geld, und Oscar nahm mit einer schwungvollen Bewegung Dads Füllfederhalter** und setzte eine schnörkelige Unterschrift auf meinen manipulierten Vertrag.

»Ich mach nichts anderes als unterschreiben, unterschreiben, unterschreiben«, sagte Oscar, schraubte die Kappe auf Dads Füllfederhalter und stand auf, damit die Barista sehen konnte, wie groß und mächtig er war, damit sie seinen imposanten Körper in vollem Umfang bewundern konnte.

»Das macht fünf Pfund«, sagte sie.

»Ach ja, ähm, ich bin wie die Queen, Herzchen, ich hab nie Geld bei mir, dieses schmutzige Zeug, ich bin sicher, mein kleiner Bruder kann das regeln«, sagte Oscar.

* Oscar nannte jede Frau, die mit irgendeinem Akzent sprach, *Herzchen*. Er dachte, der Ausdruck wäre in den unteren Schichten üblich. Er hatte ein paar Taxifahrer seine Frau so nennen hören und es sich angewöhnt.

** Verzeih, Dad, dir hätte das nicht gefallen.

Kleiner Bruder. Die Bemerkung mit der Queen. Noch ein *Herzchen* als Gratiszugabe.*

Ich bat die schöne Barista, mit zu meinem Schreibtisch zu kommen, wo ich Kleingeld hatte. Während ich in meiner Schublade nach Münzen kramte, traf mich der süße Geruch ihres Atems wie die Schokoladenstreusel auf einem Mokka.

Sie deutete auf etwas in der Schublade und sagte: »Oh, wo soll's denn hingehen?«

Sie zeigte auf meinen Reisepass, den ich schon mal vorsorglich in die Schublade gelegt hatte.

Ich erwog, zu lügen und zu sagen: Nach Mallorca. Sie haben mir doch davon vorgeschwärmt, nicht?

Aber das klang irgendwie schleimig und wäre auch eine Lüge mehr gewesen. Und seit meine Erinnerung zurückgekehrt war, hatte ich beschlossen, ein aufrichtigeres Leben zu führen; ich hatte mir eine neue Politik der Ehrlichkeit auferlegt.

Daher sagte ich: »Na ja, ich mache eine Abenteuerreise.«

Sie sagte: »Und wohin?«

Ich wollte weder lügen noch zu genau werden, deshalb sagte ich: »Zu einem ganz besonderen Ort.«

»Wieso besonders?«

»Besonders, weil er unverfälscht ist und es da keine Manager gibt, besonders, weil es da niemanden gibt wie mich.«

Sie lachte und sagte: »Sie sind seltsam, was?«

Ich gab ihr das Geld und sagte: »Danke, ich geb mir

* Es prallte alles von mir ab. Ich hatte den Vertrag, ich fühlte mich wunderbar, ich hatte mein eigenes Hintertürchen gefunden, durch das ich schlüpfen konnte.

Mühe. Ich versuche bloß neuerdings, die Wahrheit zu sagen.«

»Na denn, viel Glück«, sagte sie. »Wollen Sie vielleicht bei mir damit anfangen?«

Sie sagte das irgendwie kokett, was mein Herz zum Rasen brachte. Ich hätte so viel sagen können. Ich hätte meine alberne Verknalltheit beichten können, ihr sagen können, wie viel Freude sie meinen dunklen Tagen bescherte, doch dann wurde mir klar, dass ich nur eines ehrlich sagen konnte – »Ich kann Kaffee absolut nicht ausstehen.«

ALLGEMEINE GESCHÄFTSBEDINGUNGEN EINES EHEVERTRAGS

Er ist bloß ein vorprogrammierter Streit nach der Hochzeit.

Mein Ehevertrag zauberte mir ein Lächeln ins Gesicht. Als wir heirateten, hatte ich ihn nicht mal gelesen, doch jetzt machte er mich richtig glücklich. Er hatte eine fast magische Qualität. Vor unserer Heirat war er ein wunder Punkt zwischen meinem Vater, Alice und mir gewesen. Dad bestand hartnäckig darauf, dass er unterzeichnet wurde; ich bestand noch hartnäckiger darauf, dass er zerrissen wurde. Alice war so höflich, sich einzuschalten und ihn in unser aller Interesse – um das Auseinanderbrechen einer Familie zu verhindern – großherzig zu unterschreiben.

Ich glaube nicht an Spiritualität, und es ist ein seltsames Gefühl, wenn ein sachlicher Vertrag als Tor zur spirituellen Welt dient. Aber genau das geschah. Er hätte auch ein Ouija-Brett sein können.

Mit seinen wasserdichten Klauseln hatte Dad für mich ein Sicherheitsnetz geflochten. Zu einer Zeit, als ich gegen ihn gewettert hatte – und ihn gewarnt hatte, meine hehren Gefühle ja nicht mit seiner zynischen Juristerei in den Dreck zu ziehen –, ignorierte er mich höflich, Gott sei Dank. Denn dieses Dokument enthielt alles, was ich brauchte. Zum Beispiel die Klausel, dass meine Frau im Falle einer durch sie verursachten »moralisch zweifelhaften« Situation bei einer Scheidung keinerlei finanzielle Zuwendungen im Zusammenhang mit Shaw&Söhne (einschließlich an mich ausgezahlte Boni oder Dividenden) erhalten würde. Und die Wohnung – die sie über alles liebte – würde ihr weggenommen (da sie auf den Namen der Kanzlei eingetragen war). Außerdem hatte er das ganze Kapital in einem Trust gesichert. Was einfach ausgedrückt bedeutete, dass sie die Hälfte von dem bekam, was wir auf unserem Girokonto hatten – ein paar Hundert Pfund höchstens –, und ansonsten war's das.

Ich spürte, wie ich feuchte Augen bekam. Diese stille Zeit allein mit einem alten Vertrag, mit meinem Dad, war womöglich der emotionalste Moment, den wir je gemeinsam hatten. Lange nach seinem Tod hatte mein Dad das getan, was so viele Väter versäumen: Er hatte mich beschützt.

ALLGEMEINE GESCHÄFTSBEDINGUNGEN VON DAD

Er hatte auch seine guten Seiten.

Dad mahnte immer: *Ein Shaw-Herz ist ein kurzes Herz.* Und er hatte nicht unrecht. Sein Dad war jung an einer Herzkrankheit gestorben, und auch mein Dad starb jung. Demzufolge hatte mein eigenes Shaw-Herz eine relativ kurze Lebenserwartung, während es da so vor sich hin schlug wie das eines Vogels, ein fester Sorgenknoten, der seinem Verfallsdatum entgegenpumpte. Ich musste an Doug denken und an die halbe Million Chancen und daran, dass ich von der Berechnung wahrscheinlich zwanzig Jahre abziehen musste, weshalb ich rasch eine Entscheidung zu treffen hatte – sonst würde ich so enden wie der Typ, der unbemerkt zwei Tage zusammengesackt in seinem Bürostuhl tot vor sich hin gefault hatte.

Auch mein Dad war sich seines kurzen Herzens bewusst gewesen, doch soweit ich sagen konnte, hatte er das Leben nie ausgekostet, sein Schicksal nie in Frage gestellt. Mein Dad war ein Paradebeispiel für Verdrängung und aufgeschobene Träume. Er zeigte uns Jungs so wenig von sich, dass es manchmal so schien, als ob da einfach nicht viel war. Aber ich erinnere mich, dass Mum uns hin und wieder einen Blick in den Mann gewährte, der er wirklich war, jenseits des langweiligen Anwalts, des sachlichen Dads.

Meine Mum war ein Füllhorn an Liebe, Freude und Hilfsbereitschaft, und ich vermute – ohne sie zu verniedlichen –, dass ich keine bessere Mutter hätte haben können. Die Erinnerung an meinen Vater war dagegen nicht so wohltuend. Für uns Kinder war er wie ein humorloser Vorgesetzter, denn er verhielt sich als Vater nicht anders als in seinem Job und übersäte das Haus ständig mit kleinen hingekritzelten Verträgen zwischen uns und ihm – *Wenn ich Dads Auto wasche, bekomme ich Extrataschengeld* –, unterzeichnet von allen Parteien. Ich glaube, Dad fand sie witzig, aber mit zunehmendem Alter empfand ich all diese Verträge – alle unsere kindlichen Zeichnungen am Kühlschrank erstickten irgendwann unter Verträgen auf Post-it-Zetteln – ein bisschen gruselig. Er war einfach kein Mann der Worte, was nicht heißen soll, dass er nicht genauso stark und tief fühlte wie andere Menschen, aber das merktest du nun mal nie.

Als ich jung war, fragte ich Mum, wie Dad als junger Mann gewesen war – und sie schockte mich.

Ich rechnete damit, dass sie sagen würde: »Dein Dad war genau wie du, Frank«, oder: »Dein Dad war wie Oscar, sehr ehrgeizig.«

Doch stattdessen sagte sie: »Dein Dad war genau wie Malcolm, rebellisch und stets bemüht, Menschen oder Ideen weiterzubringen.«

»Quatsch«, sagte ich. »Dad war niemals wie Malcolm. Nie im Leben. Keiner ist wie Malcolm.«

»Tja, was glaubst du wohl, nach wem Malcolm schlägt? Er hat nicht meine Gene, sondern die von deinem Dad. Du bist noch zu jung, um das zu begreifen, aber das Leben verändert dich. Vergiss nicht, schon dein Dad war gezwungen gewesen, die Kanzlei von seinem Vater zu übernehmen. Und glaub mir, dein Dad hatte erst auch keine Lust dazu. Er war kein Rebell im heutigen Sinne, aber damals in den Sechzigern war Dad einer der Ersten, die Umweltfragen ernst nahmen. Er hat nicht deshalb Jura studiert, weil er später für Unternehmen Verträge aufsetzen wollte, sondern um Unternehmen vor Gericht zu bringen, sie zur Verantwortung zu ziehen, wenn sie gegen Umweltgesetze verstießen, und jahrelang hat dein Dad bis spät in die Nacht gearbeitet, um ein paar der grundlegendsten Umweltbestimmungen durchzuboxen, die noch heute gelten. Er war richtig engagiert.«

Ich musste fragen: »Und was ist passiert, das ihn so verändert hat?«

»Was passiert ist?«, sagte Mum. »Na, du bist passiert, und Malc und Oscar. Das Leben ist passiert, und er musste sich anstrengen und Verantwortung übernehmen.«

»Ich wünschte bloß, er würde manchmal ein paar von diesen Gefühlen zeigen, mehr nicht«, sagte ich.

»Ich weiß, Frank«, sagte sie. »Ich weiß.«

Was nicht heißen soll, dass mein Dad mir seine anderen Seiten nie zeigte.

Er versteckte sich nicht immer in seinem Nadelstreifengefängnis. Mein Vater war weiß Gott keine übersprudelnde Quelle emotionaler Momente. Aber das heißt nicht, dass es gar keine gab. Als sein Sohn war es für mich irgendwie so, als würde ich über eine riesige Fläche aus grauem Beton gehen, um dann ganz plötzlich auf eine einzelne Mohnblume zu stoßen, die aus einem winzigen Riss erblüht war.

Ich weiß noch, wie mein Dad und ich, als er schon älter war, mal zusammen im Auto saßen; ich glaube, ich fuhr ihn zu einer Routineuntersuchung ins Krankenhaus, und nachdem wir die üblichen Themen wie Mandantenbelange und Kanzleiinterna abgehakt hatten, ging uns der Gesprächsstoff aus.

Ich hatte das Radio eingeschaltet, und John Lennon sang »Imagine«.

Dad war niemand, der zu Musik mit den Füßen wippte, und als er die Hand zum Radio ausstreckte, dachte ich, er wollte es leiser drehen oder ausschalten, weil die Musik ihm auf die Nerven ging, aber er drehte es lauter, und wir hörten beide zu, und Dad sagte: »Das ist ein wunderbar schlichtes Lied über Menschen, Frank. Menschen, die nicht auf Religion und Ideale bauen, die so viel Tod und Krieg verursachen, sondern Menschen, die einfach miteinander klarkommen. Das war übrigens der Lieblingssong deiner Mutter.«*

Nach langen emotionalen Durststrecken waren solche Momente für mich eine derartige Erleichterung, dass ich stur geradeaus schauen musste, damit Dad nicht sah, wie mir die Tränen kamen, als ich sagte: »Ich weiß, Dad, es ist ein schöner Song.«

* Ich wartete, rechnete damit, dass Dad wie so oft die Stimmung mit einer Pointe kaputtmachte. Wie wenn er zum Beispiel zur Melodie von »All You Need is Love« »All You Need is Law« sang.
Zum Glück tat er das diesmal nicht.

ALLGEMEINE GESCHÄFTSBEDINGUNGEN VON HOFFNUNG

Ich bin nicht der Einzige da draußen.

Kurz bevor ich zu Oscar ging, um ihn ein letztes Mal zu sehen, druckte ich alle meine sabotierten Verträge aus. Zumindest diejenigen, auf die ich besonders stolz war. Von meinen ersten zurückhaltenden Anfängen bis hin zu dem irren Zeug, als ich die Kontrolle verlor und Verträge der Waffenproduzenten mit ganzen Absätzen vollkritzelte. Und in letzter Zeit hatte ich mich an einer ganzen Reihe neuer Verträge ausgetobt. Als ich sie alle in der Hand hielt, wirkten sie fade und unbedeutend, aber sie waren, ehrlich gesagt, tatsächlich das Bemerkenswerteste und Wichtigste, das ich je in meinem Leben zustande gebracht hatte.

Ich nahm einen pinkfarbenen Textmarker und hob alle meine besten Einfälle hervor, damit das Auge des Lesers gleich auf diese schrecklichen kleinen Ergänzungen gelenkt wurde.

Mag sein, dass mein defektes Gedächtnis mir einen Streich spielte – und dessen kann ich mir nie ganz sicher sein (wie eigentlich bei gar nichts) –, doch als ich meine beste Arbeit markierte, las ich einen der allerersten Verträge, die ich manipuliert hatte, noch einmal und entdeckte plötzlich etwas Neues – etwas, das nicht von mir stammte, da war ich mir einigermaßen sicher.

Ich las es wieder und wieder.

Anscheinend hatte ein anderer Anwalt, vielleicht der Jurist des Waffenproduzenten, etwas hinzugefügt, auf meine Worte reagiert, geantwortet – ein anderer Anwalt hatte meine Manipulation manipuliert.

Denn tief im Wald des Kleingedruckten, gleich neben den Worten, die ich diesem Vertrag hinzugefügt hatte, *Jesus weinte*, stand eine kleine Ergänzung von einem anderen Anwalt, eine Erwiderung könnte man sagen, die da lautete – *und das aus gutem Grund.*

Mit einem Lächeln im Gesicht ging ich beschwingten Schrittes in Oscars Büro und legte die Verträge, ohne irgendetwas zu sagen, auf seinen Schreibtisch.

ALLGEMEINE GESCHÄFTSBEDINGUNGEN VON OSCAR

Der gute Ruf von hundert Jahren
ist im Handumdrehen ruiniert.

Ich wartete.

Oscar, der gerade telefonierte, zwinkerte mir zu und redete weiter.

Während er sprach, blickte er geistesabwesend nach unten auf die Verträge.

Als Erstes klappte Oscar der Mund auf. Dann verstummte er. Er verabschiedete sich nicht von der Person am Telefon, er legte den Hörer nicht zurück auf die Gabel, er ließ ihn einfach auf den Schreibtisch fallen und blätterte hektisch die Verträge durch, beugte sich dicht zu ihnen hinab, als glaubte er seinen Augen nicht. Röte stieg ihm ins Gesicht, und er sagte: »Was ist das? Ist das ein Witz? Was soll das?«

Ich lächelte, und auf Oscars Gesicht machte sich ein wunderbarer Ausdruck riesiger Erleichterung breit. Er wusste nichts von meinen zurückgekehrten Erinnerungen.*

»Scheiße, Franklyn, du hast mich echt drangekriegt«, sagte Oscar, drückte sich eine Hand aufs Herz und lehnte sich schwer in seinem Sessel zurück. »Das war echt gut. Ich hab eben wirklich gedacht, wir hätten millionen-

* Er ging sicher davon aus, dass ich Franklyn Version 2.0 war, wie er mich mittlerweile gern nannte. Ohne einen Schimmer, dass ich weder der Alte Frank noch der Neue Franklyn noch Version 2.0 war, konnte er nicht ahnen, dass ich etwas Neues war, etwas Schreckliches, bereit zum Angriff.

schwere Mandanten verloren. Version 2.0 macht auch Witze!«

Ich lachte weder, noch lächelte ich; ich sah ihn einfach direkt an.

Sein Gesichtsausdruck veränderte sich, Wut trat an die Stelle von Erleichterung, und ich sagte: »Kein Witz, Bruder. Das ist ernst; all diese Verträge sind rausgegangen, sind bei Mandanten, werden benutzt, alle so rechtsverbindlich wie ein Haufen Spaghetti.«

Oscar keuchte, schnappte nach Luft, Gesicht rot, Finger zu Haken gekrümmt, und explodierte zu einem geblafften: »Warum? Warum! Das? Das!«

»Nun ja«, sagte ich in einem ruhigen, vernünftigen Ton, »selbst Leute, die Bomben herstellen, müssen ein wenig Poesie in ihren Plutonium-Seelen haben.«

»Aber! Aber!«

»Ach ja«, fügte ich hinzu, als wäre es bloß eine belanglose Kleinigkeit, »ich weiß über dich und Alice Bescheid.«

Ich dachte, Oscar würde vielleicht einen Herzinfarkt kriegen und zusammenklappen, doch er stand auf, wich von mir zurück, als hätte ich eine ansteckende Krankheit, reckte den Hals und brüllte durch die Tür ins Großraumbüro: »Alle sofort herkommen und diese Verträge in Ordnung bringen; was sitzt ihr noch da rum wie die Volltrottel, los, bringt die Fehler in Ordnung!«

»Zu spät«, sagte ich, »die Telefone müssten jeden Moment losklingeln …«*

Und das taten sie.

* Natürlich hatte ich die halbe Stunde davor damit verbracht, alle meine markierten verrückten Vertragszusätze an unsere Mandanten zu faxen und zu mailen, versehen mit der Überschrift: *Immer das Kleingedruckte lesen!*

Mit einem Mal sprachen eine Menge Leute mit einer Menge anderer Leute an einer Menge Telefone.

Eine Panikwelle rollte von Schreibtisch zu Schreibtisch, bis irgendwer aufstand und rief: »Leitung sechs für Sie, Oscar«, und jemand anders fügte hinzu: »Leitung drei, Oscar.«

Drei weitere Stimmen fielen in den Chor mit ein.

Leitung zwei, Oscar …

Leitung sieben und neun, Oscar …

Leitung zehn, Oscar …

Oscar!

Oscar!

Alle hielten ihre Hörer in der Hand, warteten ab, was Oscar als Nächstes tun würde. Er sah aus, als wollte er mir jeden Moment eine reinhauen, dann drehte er sich auf dem Absatz um, lief zurück zu seinem Schreibtisch und begann, rasch und laut in sein Telefon zu reden. Ich lächelte, winkte meinen Kollegen zu, die mich alle ignorierten, und dann verließ ich die Kanzlei zum letzten Mal in meinem Leben.

ALLGEMEINE GESCHÄFTSBEDINGUNGEN DES PACKENS

Pack schnell und leicht.

Als sie in die Wohnung gestürmt kam, packte ich gerade eine Reisetasche. Ihre Frisur war hinüber, windzerzaust und außer Form, ihr Pony schief wie ein von der Töpferscheibe geflogener Tontopf. Es machte mich froh und traurig zugleich. Froh, weil die Art, wie Alice' Gesicht von ihrem Haar umrahmt wurde, mich an die hübsche, chaotische junge Frau erinnerte, in die ich mich verliebt hatte, und traurig, weil mir bei ihrem Anblick klar wurde, dass der Moment gekommen war, dass ich sie jetzt zum letzten Mal sah.

»Was soll ich sagen?«, fragte Alice.

»Tja, ich liefere dir keine Antworten mehr!«, sagte ich langsam. »Ich habe jahrelang deine blödsinnigen Fragen beantwortet. Du kommst schon von allein drauf, du bist ja ein heller Kopf. Nur eines kann ich dir sagen, du warst auf dem falschen Dampfer, was Manager X betrifft. Selbst er, der große unterwürfige Kapitulierer kommt irgendwann an die Grenze der Belastbarkeit.«

Alice stolperte leicht und setzte sich aufs Bett, überraschend nah neben mir, während ich ein paar Hemden in die Tasche warf.

»Da spielt vieles mit rein: Du warst verletzt, ich war erschöpft, ich musste so viel emotionales Veränderungsmanagement leisten, um deinen Unfall zu verarbeiten, dazu mein straffer Terminplan …«

Ganz sachte hob ich die Hand, um sie zu bremsen, ich sah sie mit sehr viel Liebe in den Augen an, und ich sagte sanft: »Alice, bitte halt doch einfach die Klappe.«

»Was fällt dir ein!«

»Was fällt *dir* ein«, erwiderte ich leise.

»Du weißt nicht, wie das seit dem Unfall gewesen ist.«

»Das verstehe ich. Aber du hast Oscar schon *vor* dem Unfall gevögelt.«

»Oh ... Scheiße.«

»Das Intelligenteste, was du seit Jahren gesagt hast.«

»Es ist einfach passiert. Wir sind ähnliche Typen, Oscar und ich, beide leistungsorientiert, im Alpha-Spektrum, du musst doch gewusst haben, wie kompatibel wir waren und ...«

»Kein Management-Gefasel bitte«, sagte ich.

»Ich will damit sagen, Oscar und ich, wir sind derselbe Typ«, sagte sie.

»Tja, Gleich und Gleich gesellt sich gern.«

»Ich weiß nicht, was ich sagen soll«, sagte sie.

»Das ist ja ganz was Neues«, sagte ich. »Hast du dieses Szenario nicht im Rollenspiel geübt, Alice? Das enttäuscht mich aber. Ich hätte gedacht, das hier wäre ein Meeting, in das du gut vorbereitet kommst. Oder hast du arroganterweise gedacht, dieser Tag würde dir erspart bleiben, hast du angenommen, du und Oscar, ihr wärt der Nabel des Universums und alles, was ihr macht, wäre akzeptabel?«

»Okay, Moment, Frank, können wir kurz innehalten, uns entspannen und neu aufstellen?«

»Ich sag dir was. Gestalten wir dieses Rollenspiel doch ein wenig interessanter.« Ich ging ins Bad, holte Zahnbürste und Rasierer und warf beides in die Tasche. »Nehmen wir ein paar Parameter mit rein. Ein paar Vorbedingungen, Klauseln. Sagen wir, du darfst ausnahmsweise nur in deiner guten, alten Muttersprache reden. Das war schließlich die Sprache, die du benutzt hast, bevor du diesen Managementjargon gelernt hast, den du so über alles liebst. Kriegst du das hin? Keine Schlagwörter. Das sind meine Geschäftsbedingungen. Akzeptierst du sie?«

Ich sah meine Reisetasche durch und war erstaunt, dass sie nicht viel enthielt. Es ist unglaublich, auf wie wenig man sein Leben reduzieren kann.

Alice saß da, als würde sie versuchen, sich ihr altes Vokabular in Erinnerung zu rufen, und ich sagte: »Falls dir nicht mehr einfällt, wie du mal gesprochen hast, ich hol dir gern ein Wörterbuch.«

»Sei nicht so gemein«, sagte sie und fing an zu weinen.

Sie konnte noch weinen. Und ich gebe zu, ein Teil von mir hätte sie gern in den Arm genommen.* Ich war fest entschlossen gewesen, ganz cool zu bleiben; jetzt war ich es, der sich wie ein Kind verhielt.

»Frank, warum benimmst du dich schrecklich? So bist du doch sonst nicht«, sagte sie.

»Ach nee, Alice, und wie genau bin ich?«, fragte ich.

»Du bist ein toller Mann, Frank, du bist lieb und nett und großzügig, und du würdest alles für andere tun.«

»Wer bin ich also?«, sagte ich.

»Du bist der Mann, den ich liebe«, sagte sie.

»Wer bin ich?«

* Einschränkend gebe ich aber auch zu, dass ein anderer Teil von mir Lust hatte, ihr so fest ins Gesicht zu schlagen, dass die kleine Lücke zwischen den Schneidezähnen, die sie sich hatte verblenden lassen, wieder aufgesprungen wäre und ich die alte Alice noch ein letztes Mal zu sehen bekommen hätte.

»Wie meinst du das, Frank? Wieso stellst du mir dauernd dieselbe Frage?«

»Wer bin ich, Alice?«

»Du bist Frank.«

»Auch bekannt als?«

»Worauf willst du hinaus?«

»Auch bekannt als Manager X«, sagte ich.

»Fang nicht wieder damit an, Frank. Ich hab doch gesagt, das hatte nichts mit dir zu tun«, sagte sie.

»Hör auf, mich anzulügen. Die Tests, alle Tests, alle Ergebnisse waren meine, es ging um mich, du hast mich zum Gespött gemacht, jawohl, und du hast es in vollen Zügen genossen. Wie konntest du, wie konntest du mir das antun, Alice?«

»Ich habe Elemente von dir benutzt, stimmt, weil du brillant warst, leistungsstark warst.«

»Man beachte das Wort ›warst‹. Ich bin eine echte Enttäuschung für dich, was?«

»Nein, bist du nicht, Frank.«

»Doch«, sagte ich, und ich setzte mich neben sie und nahm ihre Hand, während sie so heftig weinte, dass das Bett sich bewegte.

»Das bist du nicht, Frank, ich bin die Verkorkste von uns beiden«, sagte sie und lehnte sich ein wenig näher, so dass wir einander fast berührten. »Es tut mir so leid, Frank. Kannst du mir je verzeihen?«

Ich sah ihr in die Augen und sagte sanft: »Ausgeschlossen.«

»Ich hab so viel für dich geopfert«, sagte sie und lehnte sich wieder von mir weg. »Weißt du eigentlich, wie schwer so ein starkes Engagement ist? Weißt du eigentlich, was ich für dich getan habe? Ich bin ein hoch motivierter, kreativer

Mensch. Ich habe es zu was gebracht, während du wie ein Kind stagniert hast. Ich habe was aus mir gemacht.«

»Du hast aus dir eine Zicke gemacht, wohl kaum eine Leistung, auf die du stolz sein solltest.«

»Ich bin keine Zicke, ich bin eine brillante Personalmanagerin und Innovatorin«, zischte Alice.

»Tut mir leid, Alice«, sagte ich, stand auf und schlang mir die Reisetasche über die Schulter. »Du hast ›Innovatorin‹ benutzt. Ich hatte dich gewarnt.«

Ihre Miene veränderte sich, irgendetwas verschob sich, und sie stand auf und versuchte, ihre Bubifrisur mit den Händen in Form zu bringen, strich ihren Rock nach unten, wurde wieder ruhig und gefasst.

Ich stand dicht vor ihr, und sie wischte sich die Tränen ab und sagte: »Na gut, Frank, dann verpiss dich doch meinetwegen.«

»Ich werde deinen Rat beherzigen«, erwiderte ich.

»Ach, halt den Mund«, sagte sie. »Ich werde dich bis aufs Hemd ausziehen. Die Wohnung gehört mir, versuch gar nicht erst, darum zu streiten, sie bedeutet dir ja nicht mal was, ich habe mein Herzblut hier reingesteckt, und ich werde dir auch dein Geld abnehmen und alle deine Anteile an der Kanzlei, was mich in ungefähr einem Monat, wenn sie an die Börse geht, zu einer sehr reichen Frau machen wird.«

»Ach ja, was das angeht«, sagte ich. »Es mag ein kleiner Schock für dich sein, aber das alles kannst du dir abschminken. Die Wohnung gehört mir, sie ist an die Kanzlei gebunden, mein ganzes Geld ist in einem Trust angelegt, der ebenfalls an die Kanzlei gebunden ist, und was den Börsengang betrifft, tja, da muss ich dir leider sagen, dass der nicht mehr stattfinden wird. Oscar wird dir die Einzelheiten erläutern, wenn er Zeit hat.«

Dann holte ich den gefalteten Ehevertrag hervor und legte ihn aufs Bett. »Du erinnerst dich wahrscheinlich nicht an dieses Dokument, aber du hast einen Ehevertrag unterschrieben. Mein Dad, Gott segne ihn, hat darauf bestanden. Und um ehrlich zu sein, dadurch bleibt dir nicht viel mehr als das, was du am Leibe trägst. Steht dir übrigens gut.«

Sie sackte in sich zusammen wie ein Gebäude, das kontrolliert gesprengt wird: Ihr Rücken krümmte sich, der Kopf sank ihr schlaff auf die Brust, das Haar fiel nach vorn, während sie den Ehevertrag überflog, mit huschenden Augen, die sie nicht fokussieren konnte, bis ihre Faust sich kraftlos öffnete und der Ehevertrag recht anmutig zu Boden segelte.

»Du kannst ihn ja später noch in Ruhe lesen«, sagte ich. »Das ist wirklich die beste Arbeit meines Vaters. Er war ein Dichter. Er verstand die menschliche Natur besser als die meisten.«

Sie sah mich an, und mir wurde klar, dass ich mir gar keine Abschiedsworte überlegt hatte; ich hatte vergessen, meinen Abgang aus ihrem Leben einzustudieren.

Ich dachte, meine letzten Worte müssten tiefsinnig und denkwürdig sein, doch dann lächelte ich bloß und sagte: »Na denn. Tschüssi.«

PARAGRAF 3.2

EIN SUIZID*

ALLGEMEINE GESCHÄFTSBEDINGUNGEN VON ALLGEMEINEN GESCHÄFTSBEDINGUNGEN

Wie eine Endlosschleife haben sogar
Allgemeine Geschäftsbedingungen
Allgemeine Geschäftsbedingungen.

* Οφ σορτς

ALLGEMEINE GESCHÄFTSBEDINGUNGEN VON KASSANDRA

Diese Griechen waren
gar nicht so dumm.

Ich bin bloß eines von vielen ungehörten Orakeln.

Das heutige Leben ist voller Warnhinweise, ob nun juristischer Art – *Es gelten die Allgemeinen Geschäftsbedingungen!* –, biblischer Art – *Du sollst nicht töten!* – oder sprichwörtlicher Art – *Vorsicht ist besser als Nachsicht.* Und was stellen wir mit all diesen Wahrheiten und Ratschlägen an? Wir ignorieren sie einfach.

Wenn es heißt *Tempolimit beachten!*, geben wir erst recht Gas, weil das *Leben nun mal zu kurz ist, um uns über die Details Gedanken zu machen.*

Stopp!

Die Details machen das Leben aus. Wenn du in die Jahre kommst, verändert sich der Wortlaut, aber das Kleingedruckte des Lebens sagt im Grunde das Gleiche – *Du lebst nur kurz und bist lange tot.*

Also halte einen Moment inne und denk darüber nach.

Du wirst aus dem Nichts herauskatapultiert, und als Baby sind die Details einfach – *Leck nicht an Steckdosen, erstick nicht, atme weiter* –, als Teenager tönen die Warnungen laut und deutlich – *Rauch nicht, stirb nicht jung und hör auf deine Eltern (die wissen wirklich einiges, was du nicht weißt)* –, du wirst älter, und wenn du in die mittleren Jahre kommst, werden die Botschaften unscharf – *Immer mit der Ruhe, nutze den Tag, sei dankbar für die kleinen Dinge, sag deiner Frau, dass du sie liebst* –, aber inzwischen rast die Zeit, und wenn du gerade anfängst, hinzuhören, wenn du dich gerade ausstreckst, um die simplen Wahrheiten des Lebens zu packen, wirst du grob am anderen Ende in noch mehr ewiges Nichts abgeschoben.

Bitte Vorfahrt achten!

Von	frankversion3.0@hotmail.com
An	oscar@shaw&soehne.com
Cc	ninashaw@hotmail.com
Betreff	Ich will meine Milz zurück!

Hi Oscar – mein Bruder, mein Hüter, mein Boss und mein Verräter,

ich weiß zwar nicht genau, ob meine Vertragssabotage dich *alle* deine Mandanten kosten wird, aber *einige* Mandanten garantiert, was dein Leben in einen Alptraum verwandeln wird, wenn du verzweifelt versuchst, ihnen zu erklären, was passiert ist – warum Mandanten Millionen für wertlose Verträge ausgegeben haben, die mit lahmen Witzen gespickt sind. Was bedeutet, du kannst dir dein heißbegehrtes Börsengeld abschminken. Der Markt mag es nicht, wenn man einen Riesenbatzen Geld an einem Tag verliert. Wirtschaftsprüfer sehen so was gar nicht gern. Ich habe eine ganze Menge Verträge sabotiert – manipuliert, *verbessert?* Also mach dich auf eine Flut von wütenden Mandanten gefasst.*

Falls du es noch nicht geschnallt hast – dies ist ein Abschiedsbrief vor meinem Suizid.

Kein normaler Suizid. Keiner, der mich das Leben kostet. Bloß ein beruflicher Suizid, moderner Suizid, Dokumentensuizid. Ich radiere mich von der Seite und lebe hoffentlich in einer realeren Welt.

* Als kleine Fußnote gebe ich zu, dass ich nicht *alle* meine besten Arbeiten rausgeschickt habe; da draußen in der Wildnis lauern noch immer ein paar kleine Kobolde in den Allgemeinen Geschäftsbedingungen, die ich nicht farblich markiert habe; ich kann nur hoffen, dass sie dich noch viele Jahre in den Hintern beißen.

In einem Punkt bin ich mir sicher: Niemand wird mich je wieder als Anwalt einstellen. Diese Gewissheit erfüllt mich mit einem warmen Gefühl des Wohlbefindens. Sobald ich mich irgendwo niedergelassen habe, verwende ich vielleicht sogar das schöne Gehalt, das du mir dank deiner Unterschrift weiter bescherst, um endlich etwas zu tun, was ich schon immer tun wollte – Arzt werden und etwas von dem Schlechten, das ich getan habe, durch ein bisschen Gutes auszugleichen. Erinnerst du dich überhaupt an den Tag, an dem ich dich dazu gebracht habe, meinen neuen Arbeitsvertrag zu unterzeichnen?

Ich weiß, ich hab die Sachlage ein wenig falsch dargestellt, und ich vermute, du wirst versuchen, ihn zu widerrufen, weil du ihn unter unfairen Umständen unterschrieben hast. Ich denke aber, im Vergleich dazu waren die Umstände, die du mir zugemutet hast, sogar unerträglich unfair. Ich appelliere daher an deinen natürlichen Gerechtigkeitssinn und bitte dich, dieses Gehalt als Entschädigung zu betrachten. Ich hoffe, du respektierst meinen neuen Vertrag, sozusagen als kleine Wiedergutmachung dafür, dass du mein Leben so eklatant nicht respektiert hast. Vielleicht überschätze ich dich ja, Oscar, aber wie wär's, wenn du mich überraschst, wenn du mir das Gegenteil beweist? Verklage mich nicht, bekämpfe mich nicht, denk einfach daran, was du getan hast, steck deine Wut weg, und tu zur Abwechslung mal was Anständiges.

Ich werde auch insofern Suizid begehen, als dass ich fortan für Alice und dich tot sein werde. Tot in dem Sinne, dass ihr mich nie wiedersehen oder je wieder etwas von mir hören werdet. Was tot sein im Grunde ja auch ist. Ich schätze, ich werde es richtig genießen, tot zu sein. Also betrachte diese Mail als mein Testament. Ich werde mein Bestes tun, um alle meine Papiere loszuwerden, sämtliche Dokumente, die mich offiziell machen. Meinen

Führerschein bin ich schon losgeworden, was ein guter Anfang ist. (Schön, er wurde mir nach dem Unfall abgenommen.) Meine Zulassung als Anwalt ist auch schon weg. Meinen Reisepass behalte ich noch so lange, bis ich weiß, wo ich endgültig bleiben, leben und irgendwann sterben und verwesen möchte.

Damit eines klar ist: Das hier ist keine Unterlassungsaufforderung. Im Gegenteil, es ist eine Aufforderung, weiterzumachen wie gehabt. Ich erteile dir, Oscar, und Alice hiermit die rechtmäßige, moralische und emotionale Erlaubnis, eure Affäre fortzusetzen. Gehe hin mit meinem Segen, Oscar, und vögele meine Frau dumm und dämlich. Ach so, bevor ich's vergesse, ich habe diese Mail als Kopie an deine reizende Gattin Nina geschickt – *gerade stelle ich mir vor, wie deine Augäpfel verzweifelt nach oben zur CC-Zeile gesprungen sind und dann wieder zurück* – ja, stimmt, ich habe ihr wirklich eine Kopie geschickt.

Hi Nina!

Zu guter Letzt: Ich habe dir ein kleines Geschenk hinterlassen, Oscar, ein Andenken. Es befindet sich in einem Colman's-Senfglas. Es ist keine eingelegte Zwiebel, also nicht essen. Wenn dein Ego mal wieder zu sehr anschwillt, nimm dir einen Moment Zeit, um es dir anzuschauen, und ruf dir Folgendes in Erinnerung – *Vom tiefsten Grunde deiner Seele bis hinauf zu deiner glänzenden Oberfläche bist du nichts weiter als ein dicker fetter Heuchler.*

Bye-bye, großer Bruder.

Von	frankversion3.0@hotmail.com
An	actualactuary@actuaryinc.com
Betreff	Danke

Lieber Doug,

was kann ich anderes sagen, als dir eine halbe Million Mal und noch mehr zu danken.

Du hast mal zu mir gesagt, das Leben ist ein Geschenk. Und das stimmt. Es stimmt insofern, als Geschenke meist gleich nach dem Öffnen entsorgt werden. Die vielen Geschenke, die du Jahr für Jahr zum Geburtstag und zu Weihnachten bekommen hast. Wo sind sie jetzt? Du hast sie entsorgt, weil sie beschissen waren.

Nach meinem Autounfall – kurz nachdem die Freude über meine Genesung abgeklungen war – tat ich genau das: Tage vergeuden, das Geschenk des Lebens wegwerfen. Ich tat das, wovon du mir dringend abgeraten hattest: Ich rutschte schnurstracks zurück in mein altes Leben oder in eine Annäherung davon, wie wenn man einen alten Anzug trägt, der nach Bedauern riecht. Die menschliche Nase ist ein erstaunliches Ding, sie kann sich an wahrhaft widerliche Gerüche gewöhnen, und für eine kurze Zeit gewöhnte ich mich daran. Tja, nie wieder, Doug. Du bist zwar eine schreibtischgebundene Seele, aber du bleibst trotzdem ein Mann der Tat, und du hast mich genug gelehrt, um zu wissen, dass dem Leben nichts an uns liegt, wir müssen es dazu bringen, dass ihm was an uns liegt.
Ich weiß jetzt, ich habe jahrelang darauf gewartet, dass die Brücke, auf der ich stand, abbrennt, wollte sie kraft meines Willens zum Einsturz bringen, damit ich gezwungen bin zu springen.

Doug, ich habe das Streichholz angezündet, und was auch immer geschieht, ich brenne meine eigene Brücke ab, und ganz gleich, was danach kommt, ich werde mich ihm stellen.

Du wirst mir sehr fehlen, Doug, und ich wünsche dir alles erdenklich Gute, oder vielleicht sollte ich sagen – ich wünsche dir die bestmöglichen statistischen Chancen, die das Leben zu bieten bereit ist.

Ich habe dir Dads Uhr geschenkt.

Liebe Grüße,
Frank

Liebe Alice,

kurzer Fragebogen. (Antworten unten.)

1. Wie konnten wir uns so weit auseinanderleben?*

a. Ich habe mich verändert.

b. Du hast dich verändert.

c. Wir haben uns verändert.

2. Was werde ich am meisten vermissen?**

a. Dein Lächeln.

b. Deine Fragebögen.

c. Beides.

3. Liebe ich dich noch?***

a. Er liebt mich.

b. Er liebt mich nicht.

* Antwort: c. Ein Mann namens Jerry fährt jeden Tag mit dem Rad einen Hügel hoch zum McDonald-Observatorium im Westen von Texas, wo er Laser zum Mond schießt, um dessen Entfernung zur Erde zu messen. Nach siebenunddreißig Jahren in dem Job hat Jerry festgestellt, dass der Mond sich ganz langsam von der Erde wegbewegt. Genau das ist mit uns passiert. Im Laufe der Zeit sind wir in einem unmerklichen Tempo Millionen Meilen auseinandergedriftet.

** Das ist eine Fangfrage. Wahr ist, ich werde dich, nachdem ich dich für immer verlassen habe, kein bisschen mehr vermissen, als ich dich schon seit vielen Jahren vermisse. Ich vermisse die weichen Rundungen, die du mit Sport weggemeißelt hast, ich vermisse den warmherzigen Humor, den du mit Managerzynismus eingefroren hast, ich vermisse die zarte Lücke zwischen deinen Zähnen. Ich habe dich länger vermisst, als ich ertragen kann. Ich hoffe, du wirst dich irgendwann an dich selbst erinnern, Alice, und wieder wissen, was für ein großartiger Mensch du einmal warst.

*** Antwort: a. Ich liebe noch immer einen Teil von dir – ich liebe das schwache Echo der aufsässigen jungen Frau, in die ich mich vor langer Zeit verliebte. Manchmal, wenn du redest und ich ganz genau aufpasse, kann ich sie noch hören, und sie bringt mich zum Lachen.

Ich hoffe, du findest diesen Zettel. Ich habe ihn auf die vielen Umzugskisten mit deinen Sachen gelegt, die die Möbelpacker heute aus der Wohnung schaffen.
Ich bin jetzt also auf dem Weg zu einem Ort namens *Überall, bloß nicht hier*, in Begleitung einer Frau, die mich wirklich um meinetwillen liebt, um einen Mann zu treffen, der wirklich weiß, wann man etwas sagen sollte, das ich schon vor vielen langen Jahren hätte sagen sollen – *Scheiß drauf!*
Ich wünsche dir alles Gute und jede Menge Liebe.*
So, wenn du mich jetzt bitte entschuldigst, es wird Zeit für meinen Neuanfang.

Frank

* Es gelten die Allgemeinen Geschäftsbedingungen.

DANKSAGUNG

Mein besonderer Dank gilt Jemma, Lily, George und meiner ganzen Familie dafür, dass sie meine zwanghaften Schreibgewohnheiten unterstützen (und bisweilen erdulden). Ein Dankeschön geht an alle meine Freunde, die gezwungen waren, viel zu viele Entwürfe zu lesen. Bob Gilhooly – du bist brillant; Charmaine Hunt – im nächsten Buch kommt mehr Sex vor, versprochen; Dominic Smith – der mit Fug und Recht mehr Doug haben wollte; und Alison Burford – du bist weit über deine nachbarschaftliche Pflicht hinausgegangen. Danke, Stan, dass du meine E-Mail geöffnet hast, und für alles, was du seitdem für mich tust; ich steh in deiner Schuld. Und ich danke der klugen und wunderbaren Helen und all den brillanten engagierten Leuten bei Bloomsbury, die den »Vertrauenssprung« mit mir wagten.